修訂版

中學生文學精讀・老舍

舒乙 編

責任編輯　　　舒　非　劉汝沁
書籍設計　　　吳丹娜

書　　名　　**中學生文學精讀・老舍**（修訂版）
編　　者　　舒　乙
出　　版　　三聯書店（香港）有限公司
　　　　　　香港北角英皇道 499 號北角工業大廈 20 樓
　　　　　　Joint Publishing (H.K.) Co., Ltd.
　　　　　　20/F., North Point Industrial Building,
　　　　　　499 King's Road, North Point, Hong Kong
香港發行　　香港聯合書刊物流有限公司
　　　　　　香港新界大埔汀麗路 36 號 3 字樓
印　　刷　　美雅印刷製本有限公司
　　　　　　香港九龍觀塘榮業街 6 號 4 樓 A 室
版　　次　　2018 年 2 月香港第一版第一次印刷
規　　格　　特 16 開（150 × 210 mm）224 面
國際書號　　ISBN 978-962-04-4276-6

於北京寓所中（1954 年）。

1 | 2
  | 3

❶ 全家福，左起：長女舒濟、次女舒雨、老舍、兒子舒乙、小女舒立、夫人胡絜青
  （1946年初於重慶北碚）。
❷ 在寫作（1952年）。
❸ 在青年藝術劇院給演員和院長吳雪（前右）談劇本（1961年）。

1 | 2

❶ 攝於 1964 年。
❷ 老舍手跡。

黄，那不足著奇，值得注意的倒是英国府三個
有声势的字。丁約翰来自英国府，那些东西来自

英国府，遠較大赤包感到冠家与英国使馆有了
聯繫，一点可骄傲的聯繫！每逢她给客人拿出
哪，或果醬的时候，她必要再三的说明：「这是
英国府拿来的！」「英国府」三個字好像粘
在她的口中，像口香糖似的那麼甜美。

見丁約翰揀著個瓶瓶進来，她立刻停止了中
丁文夫，赶把当时所能搬運到脸上的笑意全
運上来：「喲！丁約翰！」她也非常喜欢約翰

目錄

前言

老舍是中國現代小說家和戲劇家。

老舍是北京人。

老舍是滿族人。

老舍是窮人。

老舍生於十九世紀最末一年，死於二十世紀中葉，他活了六十七歲。這個時期，正好是中國歷史發生翻天覆地的變化時期，是新舊交替的時期，是出歷史巨人時期。

老舍兩次出國，前後達十年之久，一次是在英國和新加坡，另一次是在美國。

以上五點，是了解老舍的五把鑰匙，是可以把老舍和別的作家區別開來的特徵。老舍作品的體裁、語言、風格都可以由這些特質中找到來源。老舍的文學成就，老舍的性格，乃至老舍的生死也都和這五個特點有密切的關係。

老舍是北京人，這一條決定了他總是寫北京城和北京人。北京是世界文化名城，本身有獨一無二的神采，可以演繹出無數傳奇故事。同時，這一條決定老舍用北京話寫作。眾所周知，官話、國語、普通話，都是以北

京音為基礎的。老舍是北京人，他的北京話地道，他的文章後來往往被當作學中文的範本來唸。

老舍是滿族人。滿族是中華各民族中文化較高的民族。滿族作過統治全中國的少數民族。滿族全民族，不分地位高低和貧富，都享有較好的經濟條件和社會地位，有較多的機會從事文化活動。尤其是到了清朝末期，滿族成了「熟透了」的民族。連普通的滿族成員都個個文武雙全，多才多藝，會武術，會彈拉吹唱，會養花種樹，會養狗養貓養鳥養蛐蛐，會烹飪也會品嚐，懂禮節，有規矩，口才好，懂幽默，有語言天才。一個滿族出身的人，一旦當了作家，必有其豐富多彩的修養優勢。

老舍是窮人。這一條使他天生地同情窮人，天生地傾向進步和變革，而且有一副嫉惡如仇和悲天憫人同樣發達的性格。他因在八國聯軍侵華時喪父而自幼便痛恨帝國主義，是愛國主義者，創作了《二馬》、《四世同堂》等作品。窮人，包括拉車的、妓女、巡警、小商小販、小職員、小知識分子是他的描寫對象，創作了《駱駝祥子》、《月牙兒》、《我這一輩子》等作品。他的窮人出身使他對人民政權的建立感到狂喜，從而保持了高度旺盛的創作勢頭，創作了《龍鬚溝》、《茶館》等作品。

老舍生活在二十世紀上半葉，又長時間在國外生活過。在他身上既有古老中國的傳統，又有現代世界意識，像一個站在縱坐標和橫坐標交點上的人，他的古文知識和外文知識同樣優秀。這樣一位作家，不同於古典作家，也不同於當代作家，有他獨特的長處。他的格律詩作得很好，頗有唐詩味兒；他的英文話劇也寫得好，可以交給美國大學生去直接演出。作為中國文學中的一個高峰，老舍文學經受住了時間的考驗，而且能夠跨越國界，成為世界文學寶庫中的精品，絕非偶然。

除了上面提到的作品之外，老舍的《離婚》、《微神》、《貓城記》、《正紅旗下》等也是他的代表作，都在世界上傳播很廣，有多種外文譯本。

老舍本人也做了大量中外文化交流的事，包括教外國人學漢語，將中國優秀文學作品介紹到世界上去，把自己的小說翻譯成外文等等。老舍認為中國現代文學和現代戲劇絕不弱於世界上的任何人，是強項。老舍自己取得的文學成就是一個證明，他無愧於「人民藝術家」的稱號。

舒乙

一九九五年七月於北京

正紅旗下

【題解】

　　正紅旗，是清代軍隊編制中一支部隊的名稱，這樣的部隊一開始共有四個，各以不同的顏色的旗幟為標誌，即整黃旗、整白旗、整紅旗、整藍旗，「整」字後簡化為「正」字。隨着戰事的需要，部隊擴充為八個，新增的四個在原有四個旗幟上各鑲一圈邊作為標誌，即鑲黃旗、鑲白旗、鑲紅旗、鑲藍旗，四整旗和四鑲旗合稱「滿洲八旗」，八旗既是軍事編制又是戶口編制，所有滿族成員都在八旗編制之內，隸屬各旗。以後又建立了「蒙古八旗」和「漢軍八旗」。所有在編的人員，通稱「旗人」。

　　老舍是滿族人。屬舒穆祿氏族，他的祖先被編入正紅旗，所以老舍是正紅旗旗人。滿族入關佔領北京後，八旗有序地駐紮在北京城內皇帝的紫禁城四周，正紅旗所轄地盤在西直門一帶。老舍誕生在西直門內新街口大街以東的一個叫「小羊圈」的胡同裏。

　　《正紅旗下》是一本小說，以自傳體為形式，描寫清朝末年京城形形色色滿族人的生活。

　　《正紅旗下》是老舍最後一部小說。寫於一九六二至一九六三年。迫

於當時的政治形勢，老舍沒有寫完，只寫了十一章，約有十萬字，相當於一個小長篇。從整體結構上看，它還只是一部宏篇巨著的開頭，未能完成，十分可惜。

不過，就是這個開頭，已經有很高的文學價值了，老舍去世十餘年後，小說才正式發表，立即被公認為老舍最好的作品之一，也是他的代表作，並被翻譯成多種文字流行於世。

老舍過去很少寫滿族人，即使是寫，也是隱去其族籍，並不說明他們是滿族人。清朝末年滿族上層統治者腐敗賣國，致使中國發展遲緩，變得非常落後，老舍以此為恥。其次，孫中山先生從事民主革命，提的口號是「驅除韃虜」，有籠統排滿的意思，致使辛亥革命後一般的滿族人受到不公正的待遇，甚至連族籍都不敢說了。再次，清末皇帝溥儀在二戰中投敵賣國，當了偽滿皇帝，正直愛國的滿族人包括老舍在內對此極為不滿。事情起了變化是一九四九年之後，中國共產黨執行了各民族不問大小一律平等的民族政策，毛澤東和周恩來當着老舍的面就滿族的地位和貢獻發表了熱情洋溢的講話，對滿族給予了極高的評價，稱滿族是了不起的偉大民族，認為康熙皇帝對中國貢獻很大，他的許多治國策略對今日都有重要的參考價值。這些觀念上的變化對老舍起了很大作用，使他立志要正確地描寫滿族。

應該說，《正紅旗下》是歷史上第一個以正確的歷史唯物史觀為出發點，正面地、全面地、形象地描寫滿族人的文學作品。從這個意義上說，它是一個較大的紀念品，是個里程碑。

【文本】

一

假若我姑母和我大姐的婆母現在還活着，我相信她們還會時常爭辯：到底在我降生的那一晚上，我的母親是因生我而昏迷過去了呢，還是她受了煤氣。

幸而這兩位老太太都遵循着自然規律，到時候就被親友們護送到墳地裏去；要不然，不論我慶祝自己的花甲之喜，還是古稀大壽，我心中都不會十分平安。是呀，假若大姐婆婆的說法十分正確，我便根本不存在啊！

似乎有聲明一下的必要：我生的遲了些，而大姐又出閣早了些，所以我一出世，大姐已有了婆婆，而且是一位有比金剛石還堅硬的成見的婆婆。是，她的成見是那麼深，我簡直地不敢叫她看見我。只要她一眼看到我，她便立刻把屋門和窗子都打開，往外散放煤氣！

還要聲明一下：這並不是為來個對比，貶低大姐婆婆，以便高抬我的姑母。那用不着。說真的，姑母對於我的存在與否，並不十分關心；要不然，到後來，她的煙袋鍋子為什麼常常敲在我的頭上，便有些費解了。是呀，我長着一個腦袋，不是一塊破磚頭！

儘管如此，姑母可是堅持實事求是的態度，和我大姐的婆婆進行激辯。按照她的說法，我的母親是因為生我，失血過多，而昏了過去的。據我後來調查，姑母的說法頗為正確，因為自從她中年居孀以後，就搬到我家來住，不可能不掌握些第一手的消息與資料。我的啼哭，吵得她不能安眠。那麼，我一定不會是一股煤氣！

我也調查清楚：自從姑母搬到我家來，雖然各過各的日子，她可是

以大姑子的名義支使我的母親給她沏茶灌水，擦桌子掃地，名正言順，心安理得。她的確應該心安理得，我也不便給她造謠：想想看，在那年月，一位大姑子而不欺負兄弟媳婦，還怎麼算作大姑子呢？

在我降生前後，母親當然不可能照常伺候大姑子，這就難怪在我還沒落草兒[1]，姑母便對我不大滿意了。不過，不管她多麼自私，我可也不能不多少地感激她：假若不是她肯和大姐婆婆力戰，甚至於混戰，我的生日與時辰也許會發生些混亂，其說不一了。我捨不得那個良辰吉日！

那的確是良辰吉日！就是到後來，姑母在敲了我三煙鍋子之後，她也不能不稍加考慮，應否繼續努力。她不能不想想，我是臘月二十三日酉時[2]，全北京的人，包括着皇上和文武大臣，都在歡送灶王爺上天的時刻降生的呀！

在那年代，北京在沒有月色的夜間，實在黑的可怕。大街上沒有電燈，小胡同裏也沒有個亮兒，人們晚間出去若不打着燈籠，就會越走越怕，越怕越慌，迷失在黑暗裏，找不着家。有時候，他們會在一個地方轉來轉去，一直轉一夜。按照那時代的科學説法，這叫作「鬼打牆」。

可是，在我降生的那一晚上，全北京的男女，千真萬確，沒有一個遇上「鬼打牆」的！當然，那一晚上，在這兒或那兒，也有餓死的、凍死的、和被殺死的。但是，這都與鬼毫無關係。鬼，不管多麼頑強的鬼，在那一晚上都在家裏休息，不敢出來，也就無從給夜行客打一堵牆，欣賞他們來回轉圈圈了。

大街上有多少賣糖瓜與關東糖[3]的呀！天一黑，他們便點上燈籠，把攤子或車子照得亮堂堂的。天越黑，他們吆喝的越起勁，洪亮而急切。過了定更[4]，大家就差不多祭完了灶王，糖還賣給誰去呢！就憑這一片賣糖的聲音，那麼洪亮，那麼急切，膽子最大的鬼也不敢輕易出來，更甭說那些膽子不大的了 —— 據説，鬼也有膽量很小很小的。

再聽吧，從五六點鐘起，已有稀疏的爆竹聲。到了酉時左右（就是我降生的偉大時辰），連舖戶帶人家一齊放起鞭炮，不用説鬼，就連黑、黃、大、小的狗都嚇得躲在屋裏打哆嗦。花炮的光亮衝破了黑暗的天空，一閃一閃，能夠使人看見遠處的樹梢兒。每家院子裏都亮那麼一陣：把灶王像請到院中來，燃起高香與柏枝，灶王就急忙吃點關東糖，化為灰燼，飛上天宮。

灶王爺上了天，我卻落了地。這不能不叫姑母思索思索：「這小子的來歷不小哇！説不定，灶王爺身旁的小童兒因為貪吃糖果，沒來得及上天，就留在這裏了呢！」這麼一想，姑母對我就不能不在討厭之中，還有那麼一點點敬意！

灶王對我姑母的態度如何，我至今還沒探聽清楚。我可是的確知道，姑母對灶王的態度並不十分嚴肅。她的屋裏並沒有灶王龕。她只在我母親在我們屋裏給灶王與財神上了三炷香之後，才搭訕着過來，可有可無地向神像打個心[5]。假若我恰巧在那裏，她必狠狠地瞪我一眼；她認準了我是灶王的小童兒轉世，在那兒監視她呢！

説到這裏，就很難不提一提我的大姐婆婆對神佛的態度。她的氣派很大。在她的堂屋裏，正中是掛着黃圍子的佛桌，桌上的雕花大佛龕幾乎高及頂棚，裏面供着紅臉長髯的關公。到春節，關公面前擺着五碗[6]小塔似的蜜供、五碗紅月餅，還有一堂乾鮮果品。財神、灶王，和張仙[7]（就是「打出天狗去，引進子孫來」的那位神仙）的神龕都安置在兩旁，倒好像她的「一家之主」不是灶王，而是關公。趕到這位老太太對丈夫或兒子示威的時候，她的氣派是那麼大，以至把神佛都罵在裏邊，毫不留情！「你們這群！」她會指着所有的神像説：「你們這群！吃着我的蜜供、鮮蘋果，可不管我的事，什麼東西！」

可是，姑母居然敢和這位連神佛都敢罵的老太太分庭抗禮，針鋒相

對地爭辯，實在令人不能不暗伸大指！不管我怎麼不喜愛姑母，當她與大姐婆婆作戰的時候，我總是站在她這一邊的。

經過客觀的分析，我從大姐婆婆身上實在找不到一點可愛的地方。是呀，直到如今，我每一想起什麼「虛張聲勢」、「瞎唬事」等等，也就不期然而然地想起大姐的婆婆來。我首先想起她的眼睛。那是一雙何等毫無道理的眼睛啊！見到人，不管她是要表示歡迎，還是馬上衝殺，她的眼總是瞪着。她大概是想用二目圓睜表達某種感情，在別人看來卻空空洞洞，莫名其妙。她的兩腮多肉，永遠陰鬱地下垂，像兩個裝着什麼毒氣的口袋似的。在咳嗽與說話的時候，她的嗓子與口腔便是一部自製的擴音機。她總以為只要聲若洪鐘，就必有說服力。她什麼也不大懂，特別是不懂怎麼過日子。可是，她會瞪眼與放炮，於是她就懂了一切。

雖然我也忘不了姑母的煙袋鍋子（特別是那裏面還有燃透了的蘭花煙的），可是從全面看來，她就比大姐的婆婆多着一些風趣。從模樣上說，姑母長得相當秀氣，兩腮並不像裝着毒氣的口袋。她的眼睛，在風平浪靜的時候，黑白分明，非常的有神。不幸，有時候不知道為什麼就來一陣風暴。風暴一來，她的有神的眼睛就變成有鬼，寒光四射，冷氣逼人！不過，讓咱們還是別老想她的眼睛吧。她愛玩梭兒胡⁽⁸⁾。每逢贏那麼三兩吊錢的時候，她還會低聲地哼幾句二黃⁽⁹⁾。據說：她的丈夫，我的姑父，是一位唱戲的！在那個改良的……哎呀，我忘了一件大事！

你看，我只顧了交代我降生的月、日、時，可忘了說是哪一年！那是有名的戊戌年⁽¹⁰⁾啊！戊戌政變！

說也奇怪，在那麼大講維新與改良的年月，姑母每逢聽到「行頭」⁽¹¹⁾、「拿份兒」⁽¹²⁾等等有關戲曲的名詞，便立刻把話岔開。只有逢年過節，喝過兩盅玫瑰露酒之後，她才透露一句：「唱戲的也不下賤啊！」儘管如此，大家可是都沒聽她說過：我姑父的藝名叫什麼，他是唱小生還

是老旦。

　　大家也都懷疑，我姑父是不是個旗人。假若他是旗人，他可能是位耗財買臉的京戲票友兒〔13〕。可是，玩票是出風頭的事，姑父為什麼不敢公開承認呢？他也許真是個職業的伶人吧？可又不大對頭：那年月，儘管醞釀着革新與政變，堂堂的旗人而去以唱戲為業，不是有開除旗籍的危險麼？那麼，姑父是漢人？也不對呀！他要是漢人，怎麼在他死後，我姑母每月去領好幾份兒錢糧〔14〕呢？

　　直到如今，我還弄不清楚這段歷史。姑父是唱戲的不是，關係並不大。我總想不通：憑什麼姑母，一位寡婦，而且是愛用煙鍋子敲我的腦袋的寡婦，應當吃幾份兒餉銀呢？我的父親是堂堂正正的旗兵，負着保衛皇城的重任，每月不過才領三兩銀子，裏面還每每攙着兩小塊假的；為什麼姑父，一位唱小生或老旦的，還可能是漢人，會立下那麼大的軍功，給我姑母留下幾份兒錢糧呢？看起來呀，這必定在什麼地方有些錯誤！

　　不管是皇上的，還是別人的錯兒吧，反正姑母的日子過得怪舒服。她收入的多，開銷的少 ── 白住我們的房子，又弟媳婦作義務女僕。她是我們小胡同裏的「財主」。

　　恐怕呀，這就是她敢跟大姐的婆婆頂嘴抬槓的重要原因之一。大姐的婆婆口口聲聲地説：父親是子爵〔15〕，丈夫是佐領〔16〕，兒子是驍騎校〔17〕。這都不假；可是，她的箱子底兒上並沒有什麼沉重的東西。有她的胖臉為證，她愛吃。這並不是説，她有錢才要吃好的。不！沒錢，她會以子爵女兒、佐領太太的名義去賒。她不但自己愛賒，而且頗看不起不敢賒，不喜歡賒的親友。雖然沒有明説，她大概可是這麼想：不賒東西，白作旗人！

　　我説她「愛」吃，而沒説她「講究」吃。她只愛吃雞鴨魚肉，而不會欣賞什麼山珍海味。不過，她可也有講究的一面：到十冬臘月，她要買兩

條豐台暖洞子〔18〕生產的碧綠的、尖上還帶着一點黃花的王瓜，擺在關公面前；到春夏之交，她要買些用小蒲包裝着的，頭一批成熟的十三陵大櫻桃，陳列在供桌上。這些，可只是為顯示她的氣派和排場。當她真想吃的時候，她會買些冒充櫻桃的「山豆子」，大把大把地往嘴裏塞，既便宜又過癮。不管怎麼說吧，她經常拉下虧空，而且是債多了不愁，滿不在乎。

對債主子們，她的眼瞪得特別圓，特別大；嗓音也特別洪亮，激昂慷慨地交代：

「聽着！我是子爵的女兒，佐領的太太，娘家婆家都有鐵桿兒莊稼！俸銀俸米到時候就放下來，欠了日子欠不了錢，你着什麼急呢！」

這幾句豪邁有力的話語，不難令人想起二百多年前清兵入關時候的威風，因而往往足以把債主子打退四十里。不幸，有時候這些話並沒有發生預期的效果，她也會瞪着眼笑那麼一兩下，叫債主子嚇一大跳；她的笑，說實話，並不比哭更體面一些。她的剛柔相濟，令人啼笑皆非。

她打扮起來的時候總使大家都感到遺憾。可是，氣派與身份有關，她還非打扮不可。該穿亮紗，她萬不能穿實地紗；該戴翡翠簪子，決不能戴金的。於是，她的幾十套單、夾、棉、皮，紗衣服，與冬夏的各色首飾，就都循環地出入當舖，當了這件贖那件，博得當舖的好評。據看見過閻王奶奶的人說：當閻王奶奶打扮起來的時候，就和盛裝的大姐婆婆相差無幾。

因此，直到今天，我還摸不清她的丈夫怎麼會還那麼快活。在我幼年的時候，我覺得他是個很可愛的人。是，他不但快活，而且可愛！除了他也愛花錢，幾乎沒有任何缺點。我首先記住了他的咳嗽，一種清亮而有腔有調的咳嗽，叫人一聽便能猜到他至小是四品官兒。他的衣服非常整潔，而且帶着樟腦的香味，有人說這是因為剛由當舖拿出來，不知正確與否。

無論冬夏，他總提着四個鳥籠子，裏面是兩隻紅頦，兩隻藍靛頦兒。他不養別的鳥，紅、藍頦兒雅俗共賞，恰合佐領的身份。只有一次，他用半年的俸祿換了一隻雪白的麻雀。不幸，在白麻雀的聲譽剛剛傳遍九城[19]的大茶館之際，也不知怎麼就病故了，所以他後來即使看見一隻雪白的老鴉也不再動心。

　　在冬天，他特別受我的歡迎：在他的懷裏，至少藏着三個蟈蟈葫蘆，每個都有擺在古玩舖裏去的資格。我並不大注意葫蘆。使我興奮的是它們裏面裝着的嫩綠蟈蟈，時時輕脆地鳴叫，彷彿夏天忽然從哪裏回到北京。

　　在我的天真的眼中，他不是來探親家，而是和我來玩耍。他一講起養鳥、養蟈蟈與蛐蛐的經驗，便忘了時間，以至我母親不管怎樣為難，也得給他預備飯食。他也非常天真。母親一暗示留他吃飯，他便咳嗽一陣，有腔有調，有板有眼，而後又哈哈地笑幾聲才説：

　　「親家太太，我還真有點餓了呢！千萬別麻煩，到天泰軒叫一個乾炸小丸子、一賣木樨肉、一中碗酸辣湯，多加胡椒麵和香菜，就行啦！就這麼辦吧！」

　　這麼一辦，我母親的眼圈兒就分外濕潤那麼一兩天！不應酬吧，怕女兒受氣；應酬吧，錢在哪兒呢？那年月走親戚，用今天的話來説，可真不簡單！

　　親家爹雖是武職，四品頂戴的佐領，卻不大愛談怎麼帶兵與打仗。我曾問過他是否會騎馬射箭，他的回答是咳嗽了一陣，而後馬上又説起養鳥的技術來。這可也的確值得説，甚至值得寫一本書！看，不要説紅、藍頦兒們怎麼養，怎麼蹓，怎麼「押」[20]，在換羽毛的季節怎麼加意飼養，就是那四個鳥籠子的製造方法，也夠講半天的。不要説鳥籠子，就連籠裏的小瓷食罐，小瓷水池，以及清除鳥糞的小竹鏟，都是那麼考究，誰也不

敢說它們不是藝術作品！是的，他似乎已經忘了自己是個武官，而把畢生的精力都花費在如何使小罐小鏟、咳嗽與發笑都含有高度的藝術性，從而隨時沉醉在小刺激與小趣味裏。

他還會唱呢！有的王爺會唱鬚生，有的貝勒[21]會唱《金錢豹》[22]，有的滿族官員由票友而變為京劇名演員⋯⋯。戲曲和曲藝成為滿人生活中不可缺少的東西，他們不但愛去聽，而且喜歡自己粉墨登場。他們也創作，大量地創作，岔曲、快書、鼓詞等等。我的親家爹也當然不甘落後。遺憾的是他沒有足夠的財力去組成自己的票社，以便親友家慶祝孩子滿月，或老太太的生日，去車馬自備、清茶恭候地唱那麼一天或一夜，耗財買臉，傲裏奪尊，譽滿九城。他只能加入別人組織的票社，隨時去消遣消遣。他會唱幾段聯珠快書。他的演技並不很高，可是人緣很好，每逢獻技都博得親友們熱烈喝彩。美中不足，他走票的時候，若遇上他的夫人也盛裝在場，他就不由地想起閻王奶奶來，而忘了詞兒。這樣丟了臉之後，他回到家來可也不鬧氣，因為夫妻們大吵大鬧會喊啞了他的嗓子。倒是大姐的婆婆先發制人，把日子不好過，債務越來越多，統統歸罪於他愛玩票，不務正業，鬧得沒結沒完。他一聲也不出，只等到她喘氣的時候，他才用口學着三弦的聲音，給她彈個過門兒：「登根兒哩登登」。藝術的薰陶使他在痛苦中還能夠找出自慰的辦法，所以他快活 —— 不過據他的夫人說，這是沒皮沒臉，沒羞沒臊！

他們夫婦誰對誰不對，我自幼到而今一直還沒有弄清楚。那麼，書歸正傳，還說我的生日吧。

在我降生的時候，父親正在皇城的什麼角落值班。男不拜月，女不祭灶[23]，自古為然。姑母是寡婦，母親與二姐也是婦女；我雖是男的，可還不堪重任。全家竟自沒有人主持祭灶大典！姑母發了好幾陣脾氣。她在三天前就在英蘭齋滿漢餑餑舖買了幾塊真正的關東糖。所謂真正的關東

糖者就是塊兒小而比石頭還硬，放在口中若不把門牙崩碎，就把它黏掉的那一種，不是攤子上賣的那種又泡又鬆，見熱氣就容易化了的低級貨。她還買了一斤什錦南糖。這些，她都用小缸盆扣起來，放在陰涼的地方，不叫灶王爺與一切的人知道。她準備在大家祭完灶王，偷偷地拿出一部分，安安頓頓地躺在被窩裏獨自享受，即使黏掉一半個門牙，也沒人曉得。可是，這個計劃必須在祭灶之後執行，以免叫灶王看見，招致神譴。哼！全家居然沒有一個男人！她的怒氣不打一處來。我二姐是個忠厚老實的姑娘，空有一片好心，而沒有克服困難的辦法。姑母越發脾氣，二姐心裏越慌，只含着眼淚，不住地叫：「姑姑！姑姑！」

　　幸而大姐及時地來到。大姐是個極漂亮的小媳婦：眉清目秀，小長臉，尖尖的下頦像個白蓮花瓣似的。不管是穿上大紅緞子的氅衣，還是藍布旗袍，不管是梳着兩把頭，還是挽着旗髻〔24〕，她總是那麼俏皮利落，令人心曠神怡。她的不寬的腰板總挺得很直，亭亭玉立；在請蹲安的時候，直起直落，穩重而飄灑。只有在發笑的時候，她的腰才彎下一點去，彷彿喘不過氣來，笑得那麼天真可憐。親戚、朋友，沒有不喜愛她的，包括着我的姑母。只有大姐的婆婆認為她既不俊美，也不伶俐，並且時常譏誚：你爸爸不過是三兩銀子的馬甲〔25〕！

　　大姐婆婆的氣派是那麼大，講究是那麼多，對女僕的要求自然不能不極其嚴格。她總以為女僕都理當以身殉職，進門就累死。自從娶了兒媳婦，她乾脆不再用女僕，而把一個小媳婦當作十個女僕使用。大姐的兩把頭往往好幾天不敢拆散，就那麼帶着那小牌樓似的傢伙睡覺。梳頭需要相當長的時間，萬一婆婆已經起床，大聲地咳嗽着，而大姐還沒梳好了頭，過去請安，便是一行大罪！大姐須在天還沒亮就起來，上街給婆婆去買熱油條和馬蹄兒燒餅。大姐年輕，貪睡。可是，出閣之後，她練會把自己驚醒。醒了，她便輕輕地開開屋門，看看天上的三星。假若還太早，她便回

到炕上，穿好衣服，坐着打盹，不敢再躺下，以免睡熟了誤事。全家的飯食、活計、茶水、清潔衛生，全由大姐獨自包辦。她越努力，婆婆越給她添活兒，加緊訓練。婆婆的手，除了往口中送飲食，不輕易動一動。手越不動，眼與嘴就越活躍，她一看見兒媳婦的影子就下好幾道緊急命令。

事情真多！大姐每天都須很好地設計，忙中要有計劃，以免發生混亂。出嫁了幾個月之後，她的眉心出現了兩條細而深的皺紋。這些委屈，她可不敢對丈夫說，怕挑起是非。回到娘家，她也不肯對母親說，怕母親傷心。當母親追問的時候，她也還是笑着說：沒事！真沒事！奶奶放心吧！（我們管母親叫作奶奶。）

大姐更不敢向姑母訴苦，知道姑母是爆竹脾氣，一點就發火。可是，她並不拒絕姑母的小小的援助。大姐的婆婆既要求媳婦打扮得像朵鮮花似的，可又不肯給媳婦一點買胭脂、粉，梳頭油等等的零錢，所以姑母一問她要錢不要，大姐就沒法不低下頭去，表示口袋連一個小錢也沒有。姑母是不輕易發善心的，她之所以情願幫助大姐者是因為我們滿人都尊敬姑奶奶。她自己是老姑奶奶，當然要同情小姑奶奶，以壯自己的聲勢。況且，大姐的要求又不很大，有幾吊錢就解決問題，姑母何必不大仁大義那麼一兩回呢？這個，大姐婆婆似乎也看了出來，可是不便說甚麼；娘家人理當貼補出了嫁的女兒，女兒本是賠錢貨嘛。在另一方面，姑母之所以敢和大姐婆婆分庭抗禮者，也在這裏找到一些說明。

大姐這次回來，並不是因為她夢見了一條神龍或一隻猛虎落在母親懷裏，希望添個將來會「出將入相」[26] 的小弟弟。快到年節，她還沒有新的綾絹花兒、胭脂宮粉，和一些雜拌兒[27]。這末一項，是為給她的丈夫的。大姐夫雖已成了家，並且是不會騎馬的驍騎校，可是在不少方面還像個小孩子，跟他的爸爸差不多。是的，他們老爺兒倆到時候就領銀子，終年都有老米[28] 吃，幹嘛注意天有多麼高，地有多麼厚呢？生活的意

義，在他們父子看來，就是每天要玩耍，玩得細緻，考究，入迷。大姐丈夫不養靛頦兒，而英雄氣概地玩鷯子和胡伯喇〔29〕，威風凜凜地去捕幾隻麻雀。這一程子，他玩膩了鷯子與胡伯喇，改為養鴿子。他的每隻鴿子都值那麼一二兩銀子；「滿天飛元寶」是他愛說的一句豪邁的話。他收藏的幾件鴿鈴都是名家製作，由古玩攤子上搜集來的。

大姐夫需要雜拌兒。每年如是：他用各色的洋紙糊成小高腳碟，以備把雜拌兒中的糖豆子、大扁杏仁等等輕巧地放在碟上，好像是為給他自己上供。一邊擺弄，一邊吃；往往小紙碟還沒都糊好，雜拌兒已經不見了；儘管是這樣，他也得到一種快感。雜拌兒吃完，他就設計糊燈籠，好在燈節懸掛起來。糊完春燈，他便動手糊風箏。這些小事情，他都極用心地去作；一兩天或好幾天，他逢人必說他手下的工作，不管人家愛聽不愛聽。在不斷的商討中，往往得到啟發，他就從新設計，以期出奇制勝，有所創造。若是別人不願意聽，他便都說給我大姐，鬧得大姐腦子裏盡是春燈與風箏，以至耽誤了正事，招得婆婆鳴炮一百零八響！

他們玩耍，花錢，可就苦了我的大姐。在家庭經濟不景氣的時候，他們不能不吵嘴，以資消遣。十之八九，吵到下不來台的時候，就歸罪於我的大姐，一致進行討伐。大姐夫雖然對大姐還不錯，可是在混戰之中也不敢不罵她。好嘛，什麼都可以忍受，可就是不能叫老人們罵他怕老婆。因此，一來二去，大姐增添了一種本事：她能夠在炮火連天之際，似乎聽到一些聲響，又似乎什麼也沒聽見。似乎是她給自己的耳朵安上了避雷針。可憐的大姐！

大姐來到，立刻了解了一切。她馬上派二姐去請「姥姥」，也就是收生婆。並且告訴二姐，順腳兒去通知婆家：她可能回去的晚一些。大姐婆家離我家不遠，只有一里多地。二姐飛奔而去。

姑母有了笑容，遞給大姐幾張老裕成錢舖特為年節給賞與壓歲錢

用的、上邊印着劉海戲金蟾的、嶄新的紅票子，每張實兌大錢兩吊。同時，她把弟婦生娃娃的一切全交給大姐辦理，倘若發生任何事故，她概不負責。

二姐跑到大姐婆家的時候，大姐的公公正和兒子在院裏放花炮。今年，他們負債超過了往年的最高紀錄。臘月二十三過小年[30]，他們理應想一想怎麼還債，怎麼節省開支，省得在年根底下叫債主子們把門環子敲碎。沒有，他們沒有那麼想。大姐婆婆不知由哪裏找到一點錢，買了頭號的大糖瓜，帶芝麻的和不帶芝麻的，擺在灶王面前，並且瞪着眼下命令：「吃了我的糖，到天上多說幾句好話，別不三不四地順口開河，瞎扯！」兩位男人呢，也不知由哪裏弄來一點錢，都買了鞭炮。老爺兒倆都脫了長袍。老頭兒換上一件舊狐皮馬褂，不繫鈕扣，而用一條舊布褡包鬆攏着，十分瀟灑。大姐夫呢，年輕火力壯，只穿着小棉襖，直打噴嚏，而連說不冷。鞭聲先起，清脆緊張，一會兒便火花急濺，響成一片。兒子放單響的麻雷子，父親放雙響的二踢腳[31]，間隔停勻，有板有眼：嘩啪嘩啪，咚；嘩啪嘩啪，咚——當！這樣放完一陣，父子相視微笑，都覺得放炮的技巧九城第一，理應得到四鄰的熱情誇讚。

不管二姐說什麼，中間都夾着麻雷子與二踢腳的巨響。於是，大姐的婆婆彷彿聽見了：親家母受了煤氣。「是嘛！」她以壓倒鞭炮的聲音告訴二姐：「你們窮人總是不懂得怎麼留神，大概其喜歡中煤毒！」她把「大概」總說成「大概其」，有個「其」字，顯着多些文采。說完，她就去換衣裳，要親自出馬，去搶救親家母的性命，大仁大義。佐領與驍騎校根本沒注意二姐說了什麼，專心一志地繼續放爆竹。即使聽明白了二姐的報告，他們也不能一心二用，去考慮爆竹以外的問題。

我生下來，母親昏了過去。大姐的婆母躲在我姑母屋裏，二目圓睜，兩腮的毒氣肉袋一動一動地述說解救中煤毒的最有效的偏方。姑母

老練地點起蘭花煙，把老玉煙袋嘴兒斜放在嘴角，眉毛挑起多高，準備挑戰。

「偏方治大病！」大姐的婆婆引經據典地說。

「生娃娃用不着偏方！」姑母開始進攻。

「那也看誰生娃娃！」大姐婆婆心中暗喜已到人馬列開的時機。

「誰生娃娃也不用解煤氣的偏方！」姑母從嘴角撤出烏木長煙袋，用煙鍋子指着客人的鼻子。

「老姑奶奶！」大姐婆婆故意稱呼對方一句，先禮後兵，以便進行殲滅戰。「中了煤氣就沒法兒生娃娃！」

在這激烈舌戰之際，大姐把我揣在懷裏，一邊為母親的昏迷不醒而落淚，一邊又為小弟弟的誕生而高興。二姐獨自立在外間屋，低聲地哭起來。天很冷，若不是大姐把我揣起來，不管我的生命力有多麼強，恐怕也有不小的危險。

二

姑母高了興的時候，也格外賞臉地逗我一逗，叫我「小狗尾巴」，因為，正如前面所交代的，我是生在戊戌年（狗年）的尾巴上。連她高了興，幽默一下，都不得人心！我才不願意當狗尾巴呢！傷了一個孩子的自尊心，即使沒有罪名，也是個過錯！看，直到今天，每逢路過狗尾巴胡同，我的臉還難免有點發紅！

不過，我還要交代些更重要的事情，就不提狗尾巴了吧。可以這麼說：我只趕上了大清皇朝的「殘燈末廟」。在這個日落西山的殘景裏，儘管大姐婆婆仍然常常吹嗙她是子爵的女兒、佐領的太太，可是誰也明白她是虛張聲勢，威風只在嘴皮子上了。是呀，連向她討債的賣燒餅的都敢指

着她的鼻子説：「吃了燒餅不還錢，怎麼，還有理嗎？」至於我們窮旗兵們，雖然好歹地還有點鐵桿莊稼，可是已經覺得脖子上彷彿有根繩子，越勒越緊！

以我們家裏説，全家的生活都仗着父親的三兩銀子月餉，和春秋兩季發下來的老米維持着。多虧母親會勤儉持家，這點收入才將將使我們不至淪為乞丐。

二百多年積下的歷史塵垢，使一般的旗人既忘了自譴，也忘了自勵。我們創造了一種獨具風格的生活方式：有錢的真講究，沒錢的窮講究。生命就這麼沉浮在講究的一汪死水裏。是呀，以大姐的公公來説吧，他為官如何，和會不會衝鋒陷陣，倒似乎都是次要的。他和他的親友彷彿一致認為他應當食王祿，唱快書，和養四隻靛頦兒。同樣地，大姐丈不僅滿意他的「滿天飛元寶」，而且情願隨時為一隻鴿子而犧牲了自己。是，不管他去辦多麼要緊的公事或私事，他的眼睛總看着天空，決不考慮可能撞倒一位老太太或自己的頭上碰個大包。他必須看着天空。萬一有那麼一隻掉了隊的鴿子，飛的很低，東張西望，分明是十分疲乏，急於找個地方休息一下。見此光景，就是身帶十萬火急的軍令，他也得飛跑回家，放起幾隻鴿子，把那隻自天而降的「元寶」裏了下來。能夠這樣俘獲一隻別人家的鴿子，對大姐夫來説，實在是最大最美的享受！至於因此而引起糾紛，那，他就敢拿刀動杖，捨命不捨鴿子，嚇得大姐渾身顫抖。

是，他們老爺兒倆都有聰明、能力、細心，但都用在從微不足道的事物中得到享受與刺激。他們在蛐蛐罐子、鴿鈴、乾炸丸子……等等上提高了文化，可是對天下大事一無所知。他們的一生像作着個細巧的，明白而又有點糊塗的夢。

婦女們極講規矩。是呀，看看大姐吧！她在長輩面前，一站就是幾個鐘頭，而且笑容始終不懈地擺在臉上。同時，她要眼觀四路，看着每個

茶碗，隨時補充熱茶；看着水煙袋與旱煙袋，及時地過去裝煙，吹火紙捻兒。她的雙手遞送煙袋的姿態夠多麼美麗得體，她的嘴唇微動，一下兒便把火紙吹燃，有多麼輕巧美觀。這些，都得到老太太們（不包括她的婆婆）的讚嘆，而誰也沒注意她的腿經常浮腫着。在長輩面前，她不敢多說話，又不能老在那兒呆若木雞地侍立。她須精心選擇最簡單而恰當的字眼，在最合適的間隙，像舞台上的鑼鼓點兒似的那麼準確，說那麼一兩小句，使老太太們高興，從而談得更加活躍。

這種生活藝術在家裏得到經常的實踐，以備特別加工，拿到較大的場合裏去。親友家給小孩辦三天、滿月，給男女作四十或五十整壽，都是這種藝術的表演競賽大會。至於婚喪大典，那就更須表演的特別精彩，連笑聲的高低，與請安的深淺，都要恰到好處，有板眼，有分寸。姑母和大姐的婆婆若在這種場合相遇，她們就必須出奇制勝，各顯其能，用各種筆法，旁敲側擊，打敗對手，傳為美談。辦理婚喪大事的主婦也必須眼觀六路、耳聽八方，隨時隨地使這種可能產生嚴重後果的耍弄與諷刺大事化小，小事化無。同時，她還要委託幾位負有重望的婦女，幫助她安排賓客們的席次，與入席的先後次序。安排得稍欠妥當，就有鬧得天翻地覆的危險。她們必須知道誰是二姥姥的姑舅妹妹的乾兒子的表姐，好來與誰的小姨子的公公的盟兄弟的寡嫂，作極細緻的分析比較，使她們的席位各得其所，心服口服，吃個痛快。經過這樣的研究，而兩位客人是半斤八兩，不差一釐，可怎麼辦呢？要不怎麼，不但必須記住親友們的生年月日，而且要記得落草兒的時辰呢？這樣分量完全相同的客人，也許還是同年同月同日生的呀！可是二嫂恰好比六嫂早生了一點鐘，這就解決了問題。當然，六嫂雖晚生了六十分鐘，而丈夫是三品頂戴，比二嫂的丈夫高着兩品，這就又須從長研究，另作安排了。是的，我大姐雖然不識一個字，她可是一本活書，記得所有的親友的生辰八字兒。不管她的婆婆要怎樣惑亂人心，

我可的確知道我是戊戌年臘月二十三日酉時生的，毫不動搖，因為有大姐給我作證！

這些婚喪大典既是那麼重要，親友家辦事而我們缺禮，便是大逆不道。母親沒法把送禮這筆支出打在預算中，誰知道誰什麼時候死，什麼時候生呢？不幸而趕上一個月裏發生好幾件紅白事，母親的財政表格上便有了赤字。她不能為減少赤字，而不給姑姑老姨兒們去拜壽，不給胯骨上的親戚 [32] 弔喪或賀喜。不去給親友們行禮等於自絕於親友，沒臉再活下去，死了也欠光榮。而且，禮到人不到還不行啊。這就須於送禮而外，還得整理鞋襪，添換頭繩與絹花，甚至得作非作不可的新衣裳。這又是一筆錢。去弔祭或賀喜的時候，路近呢自然可以勉強走了去，若是路遠呢，難道不得僱輛騾車麼？在那文明的年月，北京的道路一致是灰沙三尺，恰似香爐。好嘛，打扮得漂漂亮亮的，而在香爐裏走十里八里，到了親友家已變成了土鬼，豈不是大笑話麼？騾車可是不能白坐，這又是個問題！去行人情，豈能光拿着禮金禮品，而腰中空空如也呢？假若人家主張湊湊十胡什麼的，難道可以嚴詞拒絕麼？再說，見了晚一輩或兩輩的孫子們，不得給二百錢嗎？是呀，辦婚喪大事的人往往傾家盪產，難道親友不應當捨命陪君子麼？

母親最怕的是親友家娶媳婦或聘姑娘而來約請她作娶親太太或送親太太。這是一種很大的榮譽：不但寡婦沒有這個資格，就是屬虎的或行為有什麼不檢之處的「全口人」 [33] 也沒有資格。只有堂堂正正，一步一個腳印的婦人才能負此重任。人家來約請，母親沒法兒拒絕。誰肯把榮譽往外推呢？可是，去作娶親太太或送親太太不但必須坐騾車，而且平日既無女僕，就要僱個臨時的、富有經驗的、乾淨利落的老媽子。有人攙着上車下車、出來進去，才像個娶親太太或送親太太呀！至於服裝首飾呢，用不着説，必須格外出色，才能壓得住台。母親最恨向別人借東西，可是她

又絕對沒有去置辦幾十兩銀子一件的大緞子、繡邊兒的氅衣，和真金的扁方[34]、耳環，大小頭簪。她只好向姑母開口。姑母有成龍配套的衣裳與首飾，可就是不願出借！姑母在居孀之後，固然沒有作娶親或送親太太的資格，就是在我姑父活着的時候，她也很不易得到這種榮譽。是呀，姑父到底是唱戲的不是，既沒有弄清楚，誰能夠冒冒失失地來邀請姑母出頭露面呢？大家既不信任姑母，姑母也就不肯往外借東西，作為報復。

於是，我父親就須親自出馬，向姑母開口。親姐弟之間，什麼話都可以說。大概父親必是完全肯定了「唱戲的並不下賤」，姑母才把帶有樟腦味兒的衣服，和式樣早已過了時而分量相當重的首飾拿出來。

這些非應酬不可的應酬，提高了母親在親友眼中的地位。大家都誇她會把錢花在刀刃兒上。可也正是這個刀刃兒使母親關到錢糧發愁，關不下來更發愁。是呀，在我降生的前後，我們的鐵桿兒莊稼雖然依然存在，可是逐漸有點歉收了，分量不足，成色不高。賒欠已成了一種制度。賣燒餅的、賣炭的、倒水的都在我們的，和許多人家的門垛子上畫上白道道，五道兒一組，頗像雞爪子。我們先吃先用，錢糧到手，按照雞爪子多少還錢。母親是會過日子的人，她只許賣燒餅的、賣炭的、倒水的在我們門外畫白道道，而絕對不許和賣酥糖的，賣糖葫蘆的等等發生雞爪子關係。姑母白吃我們的水，隨便拿我們的炭，而根本不吃燒餅 —— 她的紅漆盒子裏老儲存着「大八件」[35]一級的點心。因此，每逢她看見門垛子上的雞爪圖案，就對門神爺眨眨眼，表明她對這些圖案不負責任！我大姐婆家門外，這種圖案最為豐富。除了我大姐沒有隨便賒東西的權利，其餘的人是凡能賒者必賒之。大姐夫說的好：反正錢糧下來就還錢，一點不丟人！

在門外的小販而外，母親只和油鹽店、糧店，發生賒賬的關係。我們不懂吃飯館，我們與較大的舖戶，如綢緞莊、首飾樓，同仁堂老藥舖等等都沒有什麼貿易關係。我們每月必須請幾束高香，買一些茶葉末兒，香

燭店與茶莊都講現錢交易；概不賒欠。

雖然我們的賒賬範圍並不很大，可是這已足逐漸形成寅吃卯糧的傳統。這就是說：領到餉銀，便去還債。還了債，所餘無幾，就再去賒。假若出了意外的開銷，像獲得作娶親太太之類的榮譽，得了孫子或外孫子，還債的能力當然就減少，而虧空便越來越大。因此，即使關下銀子來，母親也不能有喜無憂。

姑母經常出門：去玩牌、逛護國寺、串親戚、到招待女賓的曲藝與戲曲票房去聽清唱或彩排，非常活躍。她若是去賭錢，母親便須等到半夜。若是忽然下了雨或雪，她和二姐還得拿着雨傘去接。母親認為把大姑子伺候舒服了，不論自己吃多大的苦，也比把大姑子招翻了強的多。姑母鬧起脾氣來是變化萬端，神鬼難測的。假若她本是因嫌茶涼而鬧起來，鬧着鬧着就也許成為茶燙壞她的舌頭，而且把我們的全家，包括着大黃狗，都牽扯在內，都有意要燙她的嘴，使她沒法兒吃東西，餓死！這個蓄意謀殺的案件至少要鬧三四天！

與姑母相反，母親除了去參加婚喪大典，不大出門。她喜愛有條有理地在家裏幹活兒。她能洗能作，還會給孩子剃頭，給小媳婦們鉸臉 —— 用絲線輕輕地勒去臉上的細毛兒，為是化裝後，臉上顯着特別光潤。可是，趕巧了，父親正去值班，而衙門放銀子，母親就須親自去領取。我家離衙門並不很遠，母親可還是顯出緊張，好像要到海南島去似的。領了銀子（越來分兩越小），她就手兒在街上兌換了現錢。那時候，山西人開的煙舖，回教人開的蠟燭店，和銀號錢莊一樣，也兌換銀兩。母親是不喜歡算計一兩文錢的人，但是這點銀子關係着家中的「一月大計」，所以她也既腼腆又堅決地多問幾家，希望多換幾百錢。有時候，在她問了兩家之後，恰好銀盤兒落了，她饒白跑了腿，還少換了幾百錢。

拿着現錢回到家，她開始發愁。二姐趕緊給她倒上一碗茶 —— 用小

沙壺沏的茶葉末兒，老放在爐口旁邊保暖，茶汁很濃，有時候也有點香味。二姐可不敢說話，怕攪亂了母親的思路。她輕輕地出去，到門外去數牆垛上的雞爪圖案，詳細地記住，以備作母親製造預算的參考材料。母親喝了茶，脫了剛才上街穿的袍罩，盤腿坐在炕上。她抓些銅錢當算盤用，大點兒的代表一吊，小點的代表一百。她先核計該還多少債，口中唸唸有詞，手裏搬動着幾個銅錢，而後擺在左方。左方擺好，一看右方（過日子的錢）太少，就又輕輕地從左方撤下幾個錢，心想：對油鹽店多說幾句好話，也許可以少還幾個。想着想着，她的手心上就出了汗，很快地又把撤下的錢補還原位。不，她不喜歡低三下四地向債主求情：還！還清！剩多剩少，就是一個不剩，也比叫掌櫃的或大徒弟高聲申斥好的多。是呀，在太平天國、英法聯軍、甲午海戰等等風波之後，不但高鼻子的洋人越來越狂妄，看不起皇帝與旗兵，連油鹽店的山東人和錢舖的山西人也對旗籍主顧們越來越不客氣了。他們竟敢瞪着包子大的眼睛挖苦、笑罵吃了東西不還錢的旗人，而且威脅從此不再記賬，連塊凍豆腐都須現錢交易！母親雖然不知道國事與天下事，可是深刻地了解這種變化。即使她和我的父親商議，他 —— 負有保衛皇城重大責任的旗兵，也只會慘笑一下，低聲地說：先還債吧！

左方的錢碼比右方的多着許多！母親的鬢角也有了汗珠！她坐着發愣，左右為難。最後，二姐搭訕着說了話：「奶奶！還錢吧，心裏舒服！這個月，頭繩、錠兒粉、梳頭油，咱們都不用買！咱們娘兒倆多給灶王爺磕幾個頭，告訴他老人家：以後只給他上一炷香，省點香火！」

母親嘆了口氣：「唉！叫灶王爺受委屈，於心不忍哪！」

「咱們也苦着點，灶王爺不是就不會挑眼了嗎？」二姐提出具體的意見：「咱們多端點豆汁兒，少吃點硬的；多吃點小葱拌豆腐，少吃點炒菜，不就能省下不少嗎？」

「二妞，你是個明白孩子！」母親在愁苦之中得到一點兒安慰。「好吧，咱們多勒勒褲腰帶吧！你去，還是我去？」

「您歇歇吧，我去！」

母親就把銅錢和錢票一組一組地分清楚，交給二姐，並且囑咐了又囑咐：「還給他們，馬上就回來！你雖然還梳着辮子，可也不小啦！見着便宜坊〔36〕的老王掌櫃，不准他再拉你的駱駝；告訴他：你是大姑娘啦！」

「嗐，老王掌櫃快七十歲了，叫他拉拉也不要緊！」二姐笑着，緊緊握着那些錢，走了出去。所謂拉駱駝者，就是年歲大的人用中指與食指夾一夾孩子的鼻子，表示親熱。

二姐走後，母親呆呆地看着炕上那一小堆兒錢，不知道怎麼花用，才能對付這一個月去。以她的洗作本領和不怕勞苦的習慣，她常常想去向便宜坊老王掌櫃那樣的老朋友們說說，給她一點活計，得些收入，就不必一定非喝豆汁兒不可了。二姐也這麼想，而且她已經學的很不錯：下至衲鞋底襪底，上至紮花兒、釘鈕絆兒，都拿得起來。二姐還以為拉過她的駱駝的那些人，像王老掌櫃與羊肉床子〔37〕上的金四把〔38〕叔叔，雖然是漢人與回族人，可是在感情上已然都不分彼此，給他們洗洗作作，並不見得降低了自己的身份。況且，大姐曾偷偷地告訴過她金四把叔叔送給了大姐的公公兩隻大綿羊，就居然補上了缺，每月領四兩銀子的錢糧。二姐聽了，感到十分驚異：金四叔？他是回族人哪！大姐説：是呀！千萬別喧嚷出去呀！叫上邊知道了，我公公準得丟官罷職！二姐沒敢去宣傳，大姐的公公於是也就沒有丟官罷職。有這個故事在二姐心裏，她就越覺得大夥兒都是一家人，誰都可以給誰幹點活兒，不必問誰是旗人，誰是漢人或回族人。她並且這麼推論：既是送綿羊可以得錢糧，若是贈送駱駝，説不定還能作王爺呢！到後來，我懂了點事的時候，我覺得二姐的想法十分合乎

邏輯。

　　可是，姑母絕對不許母親與二姐那麼辦。她不反對老王掌櫃與金四把，她跟他們，比起我們來，有更多的來往：在她招待客人的時候，她叫得起便宜坊的蘇式盒子[39]；在過陰天[40]的時候，可以定買金四把的頭號大羊肚子或是燒羊脖子。我們沒有這種氣派與財力。她的大道理是：婦女賣苦力給人家作活、洗衣裳，是最不體面的事！「你們要是那麼幹，還跟三河縣的老媽子有什麼分別呢？」母親明知三河縣的老媽子是出於飢寒所迫，才進城來找點事作，並非天生來的就是老媽子，像皇上的女兒必是公主那樣。但是，她不敢對大姑子這麼說，只笑了笑，就不再提起。

　　在關餉發愁之際，母親若是已經知道，東家的姑娘過兩天出閣，西家的老姨娶兒媳婦，她就不知須喝多少沙壺熱茶。她不餓，只覺得口中發燥。除了對姑母說話，她的臉上整天沒個笑容！可憐的母親！

　　我不知道母親年輕時是什麼樣子。我是她四十歲後生的「老」兒子。但是，從我一記事兒起，直到她去世，我總以她在二三十歲的時節，必定和我大姐同樣俊秀。是，她到了五十歲左右還是那麼乾淨體面，倒彷彿她一點苦也沒受過似的。她的身量不高，可是因為舉止大方，並顯不出矮小。她的臉雖黃黃的，但不論是發着點光，還是暗淡一些，總是非常恬靜。有這個臉色，再配上小而端正的鼻子，和很黑很亮、永不亂看的眼珠兒，誰都可以看出她有一股正氣，不會有一點壞心眼兒。乍一看，她彷彿沒有什麼力氣，及至看到她一氣就洗出一大堆衣裳，就不難斷定：儘管她時常發愁，可決不肯推卸責任。

　　是呀，在生我的第二天，雖然她是那麼疲倦虛弱，嘴唇還是白的，她可還是不肯不操心。她知道：平常她對別人家的紅白事向不缺禮，不管自己怎麼發愁為難。現在，她得了「老」兒子，親友怎能不來賀喜呢？大家來到，拿什麼招待呢？父親還沒下班兒，正月的錢糧還沒發放。向姑母

求援吧，不好意思。跟二姐商議吧，一個小姑娘可有什麼主意呢。看一眼身旁的瘦弱的、幾乎要了她的命的「老」兒子，她無可如何地落了淚。

三

果然，第二天早上，二哥福海攙着大舅媽，聲勢浩大地來到。他們從哪裏得到的消息，至今還是個疑問。不管怎樣吧，大舅媽是非來不可的。按照那年月的規矩，姑奶奶作月子，須由娘家的人來服侍。這證明姑娘的確是賠錢貨，不但出閣的時候須由娘家賠送四季衣服、金銀首飾，乃至箱櫃桌椅，和雞毛撣子；而且在生兒養女的時節，娘家還須派人來服勞役。

大舅媽的身量小，咳嗽的聲音可很洪亮。一到冬天，她就犯喘，咳嗽上沒完。咳嗽稍停，她就拿起水煙袋咕嚕一陣，預備再咳嗽。她還離我家有半里地，二姐就驚喜地告訴母親：大舅媽來了！大舅媽來了！母親明知娘家嫂子除了咳嗽之外，並沒有任何長處，可還是微笑了一下。大嫂冒着風寒，頭一個來賀喜，實在足以證明娘家人對她的重視，嫁出的女兒並不是潑出去的水。母親的嘴唇動了動。二姐沒聽見什麼，可是急忙跑出去迎接舅媽。

二哥福海和二姐耐心地攙着老太太，從街門到院裏走了大約二十多分鐘。二姐還一手攙着舅媽，一手給她捶背。因此，二姐沒法兒接過二哥手裏提的水煙袋、食盒（裏面裝着紅糖與雞蛋），和蒲包兒[41]（內裝破邊的桂花「缸爐」[42]與槽子糕）。

好容易喘過一口氣來，大舅媽嘟囔了兩句。二哥把手中的盒子與蒲包交給了二姐，而後攙着媽媽去拜訪我姑母。不管喘得怎麼難過，舅媽也忘不了應當先去看誰。可是也留着神，把食品交給我二姐，省得叫我姑母

給扣下。姑母並不缺嘴，但是看見盒子與蒲包，總覺得歸她收下才合理。

大舅媽的訪問純粹是一種外交禮節，只須叫聲老姐姐，而後咳嗽一陣，就可以交代過去了。姑母對大舅媽本可以似有若無地笑那麼一下就行了，可是因為有二哥在旁，她不能不表示歡迎。

在親友中，二哥福海到處受歡迎。他長得短小精悍，既壯實又秀氣，既漂亮又老成。圓圓的白淨子臉，雙眼皮，大眼睛。他還沒開口，別人就預備好聽兩句俏皮而頗有道理的話。及至一開口，他的眼光四射，滿面春風，話的確俏皮，而不傷人；頗有道理，而不老氣橫秋。他的腦門以上總是青青的，像年畫上胖娃娃的青頭皮那麼清鮮，後面梳着不鬆不緊的大辮子，既穩重又飄灑。他請安請得最好看：先看準了人，而後俯首急行兩步，到了人家的身前，雙手扶膝，前腿實，後腿虛，一趨一停，畢恭畢敬。安到話到，親切誠摯地叫出來：「二嬸兒，您好！」而後，從容收腿，挺腰斂胸，雙臂垂直，兩手向後稍攏，兩腳並齊「打橫兒」[43]。這樣的一個安，叫每個接受敬禮的老太太都哈腰兒還禮，並且暗中讚嘆：我的兒子要能夠這樣懂得規矩，有多麼好啊！

他請安好看，坐着好看，走道兒好看，騎馬好看，隨便給孩子們擺個金雞獨立，或騎馬蹲襠式就特別好看。他是熟透了的旗人，既沒忘記二百多年來的騎馬射箭的鍛煉，又吸收了漢族、蒙族和回族的文化。論學習，他文武雙全；論文化，他是「滿漢全席」。他會騎馬射箭，會唱幾段（只是幾段）單弦牌子曲，會唱幾句（只是幾句）汪派的《文昭關》[44]，會看點風水，會批八字兒。他知道怎麼養鴿子，養鳥，養騾子與金魚。可是他既不養鴿子、鳥，也不養騾子與金魚。他有許多正事要作，如代親友們去看棺材，或介紹個廚師傅等等，無暇養那些小玩藝兒。大姐夫雖然自居內行，養着鴿子，或架着大鷹，可是每逢遇見福海二哥，他就甘拜下風，頗有意把他的滿天飛的元寶都廉價賣出去。福海二哥也精於賭錢，

牌九、押寶、抽籤子、擲骰子、鬥十胡、踢球、「打老打小」，他都會。但是，他不賭。只有在老太太們想玩十胡而湊不上手的時候，他才逢場作戲，陪陪她們。他既不多輸，也不多贏。若是贏了幾百錢，他便買些糖豆大酸棗什麼的分給兒童們。

他這個熟透了的旗人其實也就是半個、甚至於是三分之一的旗人。這可與血統沒有什麼關係。以語言來說，他只會一點點滿文，談話，寫點什麼，他都運用漢語。他不會吟詩作賦，也沒學過作八股或策論，可是只要一想到文藝，如編個岔曲，寫副春聯，他總是用漢文去思索，一回也沒考慮過可否試用滿文。當看到滿、漢文並用的匾額或碑碣，他總是欣賞上面的漢字的秀麗或剛勁，而對旁邊的滿字便只用眼角照顧一下，敬而遠之。至於北京話呀，他說的是那麼漂亮，以至使人認為他是這種高貴語言的創造者。即使這與歷史不大相合，至少他也應該分享「京腔」創作者的一份兒榮譽。是的，他的前輩們不但把一些滿文詞兒收納在漢語之中，而且創造了一種輕脆快當的腔調；到了他這一輩，這腔調有時候過於輕脆快當，以至有時候使外鄉人聽不大清楚。

可是，驚人之筆是在這裏：他是個油漆匠！我的大舅是三品亮藍頂子的參領[45]，而兒子居然學過油漆彩畫，誰能說他不是半個旗人呢？我大姐的婚事是我大舅給作的媒人。大姐婆婆是子爵的女兒、佐領的太太，按理說她絕對不會要個旗兵的女兒作兒媳婦，不管我大姐長的怎麼俊秀，手腳怎麼利落。大舅的亮藍頂子起了作用。大姐的公公不過是四品呀。在大姐結婚的那天，大舅親自出馬作送親老爺，並且約來另一位亮藍頂子的，和兩位紅頂子的，二藍二紅，都戴花翎，組成了出色的送親隊伍。而大姐的婆婆呢，本來可以約請四位紅頂子的來迎親，可是她以為我們絕對沒有能力組織個強大的隊伍，所以只邀來四位五品官兒，省得把我們都嚇壞了。結果，我們取得了絕對壓倒的優勢，大快人心！受了這個打擊，大

姐婆婆才不能不管我母親叫親家太太,而姑母也乘勝追擊,鄭重聲明:她的丈夫(可能是漢人!)也作過二品官!

大姐後來囑咐過我,別對她婆婆說,二哥福海是拜過師的油漆匠。是的,若是當初大姐婆婆知道二哥的底細,大舅作媒能否成功便大有問題了,雖然他的失敗也不見得對大姐有什麼不利。

二哥有遠見,所以才去學手藝。按照我們的佐領制度,旗人是沒有什麼自由的,不准隨便離開本旗,隨便出京;儘管可以去學手藝,可是難免受人家的輕視。他應該去當兵,騎馬射箭,保衛大清皇朝。可是,旗族人口越來越多,而旗兵的數目是有定額的。於是,老大老二也許補上缺,吃上錢糧,而老三老四就只好賦閒。這樣,一家子若有幾個白丁,生活就不能不越來越困難。這種制度曾經掃南蕩北,打下天下;這種制度可也逐漸使旗人失去自由,失去自信,還有多少人終身失業。

同時,吃空頭錢糧的在在皆是,又使等待補缺的青年失去有缺即補的機會。我姑母,一位寡婦,不是吃着好幾份兒錢糧麼?

我三舅有五個兒子,都虎頭虎腦的,可都沒有補上缺。可是,他們住在郊外,山高皇帝遠。於是這五虎將就種地的種地,學手藝的學手藝,日子過得很不錯。福海二哥大概是從這裏得到了啟發,決定自己也去學一門手藝。二哥也看得很清楚:他的大哥已補上了缺,每月領四兩銀子;那麼他自己能否也當上旗兵,就頗成問題。以他的聰明能力而當一輩子白丁,甚至連個老婆也娶不上,可怎麼好呢?他的確有本領,騎術箭法都很出色。可是,他的本領只足以叫他去作槍手[46],替崇家的小羅鍋,或明家的小瘸子去箭中紅心,得到錢糧。是呀,就是這麼一回事:他自己有本領,而補不上缺,小羅鍋與小瘸子肯花錢運動,就能通過槍手而當兵吃餉!二哥在得一雙青緞靴子或幾兩銀子的報酬而外,還看明白:怪不得英法聯軍直入公堂地打進北京,燒了圓明園!憑吃幾份兒餉銀的寡婦、小羅

鍋、小瘸子，和像大姐公公那樣的佐領、像大姐夫那樣的驍騎校，怎麼能擋得住敵兵呢！他決定去學手藝！是的，歷史發展到一定的階段，總會有人，像二哥，多看出一兩步棋的。

大哥不幸一病不起，福海二哥才有機會補上了缺。於是，到該上班的時候他就去上班，沒事的時候就去作點油漆活兒，兩不耽誤。老親舊友們之中，有的要漆一漆壽材，有的要油飾兩間屋子以備娶親，就都來找他。他會替他們省工省料，而且活兒作得細緻。

當二哥作活兒的時候，他似乎忘了他是參領的兒子，吃着錢糧的旗兵。他的工作服，他的認真的態度，和對師兄師弟的親熱，都叫他變成另一個人，一個漢人，一個工人，一個順治與康熙所想像不到的旗人。

二哥還信白蓮教〔47〕！他沒有造反、推翻皇朝的意思，一點也沒有。他只是為堅守不動煙酒的約束，而入了「理門」〔48〕。本來，在友人讓煙讓酒的時候，他拿出鼻煙壺，倒出點茶葉末顏色的聞藥來，抹在鼻孔上，也就夠了。大家不會強迫一位「在理兒的」破戒。可是，他偏不說自己「在理兒」，而說：我是白蓮教！不錯，「理門」確與白蓮教有些關係，可是在一般人的心目中，「在理兒」是好事，而白蓮教便有些可怕了。母親便對他說過：「老二，在理兒的不動煙酒，很好！何必老說白蓮教呢，叫人怪害怕的！」二哥聽了，便爽朗地笑一陣：「老太太！我這個白蓮教不會造反！」母親點點頭：「對！那就好！」

大姐夫可有不同的意見。在許多方面，他都敬佩二哥。可是，他覺得二哥的當油漆匠與自居為白蓮教徒都不足為法。大姐夫比二哥高着一寸多。二哥若是雖矮而不顯着矮，大姐夫就並不太高而顯着晃晃悠悠。幹什麼他都慌慌張張，冒冒失失。長臉，高鼻子、大眼睛，他坐定了的時候顯得很清秀體面。可是，他總坐不住，像個手腳不識閑的大孩子。一會兒，他要看書，便趕緊拿起一本《五虎平西》〔49〕——他的書庫裏只有一套《五

虎平西》，一部《三國志演義》，四五冊小唱本兒，和他幼年讀過的一本《六言雜字》[50]。剛拿起《五虎平西》，他想起應當放鴿子，於是順手兒把《五虎平西》放在窗台上，放起鴿子來。趕到放完鴿子，他到處找《五虎平西》，急得又嚷嚷又跺腳。及至一看它原來就在窗台上，便不去管它，而哼哼唧唧地往外走，到街上去看出殯的。

他很珍視這種想幹什麼就幹什麼的「自由」。他以為這種自由是祖宗所賜，應當傳之永遠，「子子孫孫永寶用」！因此，他覺得福海二哥去當匠人是失去旗人的自尊心，自稱白蓮教是同情叛逆。前些年，他不記得是哪一年了，白蓮教不是造過反嗎？

在我降生前的幾個月裏，我的大舅、大姐的公公和丈夫，都真着了急。他們都激烈地反對變法。大舅的理由很簡單，最有說服力：祖宗定的法不許變！大姐公公說不出更好的道理來，只好補充了一句：要變就不行！事實上，這兩位官兒都不大知道要變的是哪一些法，而只聽說：一變法，旗人就須自力更生，朝廷不再發給錢糧了。

大舅已年過五十，身體也並不比大舅媽強着多少，小辮兒須續上不少假頭髮才勉強夠尺寸，而且因為右肩年深日久地向前探着，小辮兒幾乎老在肩上扛着，看起來頗欠英武。自從聽說要變法，他的右肩更加突出，差不多是斜着身子走路，像個斷了線的風箏似的。

大姐的公公很硬朗，腰板很直，滿面紅光。他每天一清早就去遛鳥兒，至少要走五六里路。習以為常，不走這麼多路，他的身上就發僵，而且鳥兒也不歌唱。儘管他這麼硬朗，心裏海闊天空，可是聽到鐵桿莊稼有點動搖，也頗動心，他的咳嗽的音樂性減少了許多。他找了我大舅去。

籠子還未放下，他先問有貓沒有。變法雖是大事，貓若撲傷了藍靛頦兒，事情可也不小。

「雲翁！」他聽說此地無貓，把鳥籠放好，有點急切地說：「雲翁！」

大舅的號叫雲亭。在那年月，旗人越希望永遠作旗人，子孫萬代，可也越愛摹仿漢人。最初是高級知識分子，在名字而外，還要起個字雅音美的號。慢慢地，連參領佐領們也有名有號，十分風雅。到我出世的時候，連原來被稱為海二哥和恩四爺的旗兵或白丁，也都什麼臣或什麼甫起來。是的，亭、臣、之、甫是四個最時行的字。大舅叫雲亭，大姐的公公叫正臣，而大姐夫別出心裁地自稱多甫，並且在自嘲的時節，管自己叫豆腐。多甫也罷，豆腐也罷，總比沒有號好的多。若是人家拱手相問：您台甫〔51〕？而回答不出，豈不比豆腐更糟麼？

　　大舅聽出客人的語氣急切，因而不便馬上動問。他比客人高着一品，須拿出為官多年，經驗豐富，從容不迫的神態來。於是，他先去看鳥，而且相當內行地誇讚了幾句。直到大姐公公又叫了兩聲雲翁，他才開始説正經話：「正翁！我也有點不安！真要是自力更生，您看，您看，我五十多了，頭髮掉了多一半，肩膀越來越歪，可叫我幹什麼去呢？這不是什麼變法，是要我的老命！」

　　「嘸！是！」正翁輕嗽了兩下，幾乎完全沒有音樂性。「是！出那樣主意的人該剮！雲翁，您看我，我安分守己，自幼兒就不懂要完星星，要月亮！可是，我總得穿的整整齊齊，乾乾淨淨吧？我總得炒點腰花，來個木樨肉下飯吧？我總不能不天天買點嫩羊肉，餵我的藍靛頦兒吧？難道這些都是不應該的？應該！應該！」

　　「咱們哥兒們沒作過一件過分的事！」

　　「是嘛！真要是不再發錢糧，叫我下街去賣……」正翁把手捂在耳朵上，學着小販的吆喝，眼中含着淚，聲音淒楚：「賽梨哪，辣來換！我，我……」他説不下去了。

　　「正翁，您的身子骨兒比我結實多了。我呀，連賣半空兒多給，都受不了啊！」

「雲翁！雲翁！您聽我説！就是給咱們每人一百畝地，自耕自種，咱們有辦法沒有？」

「由我這兒説，沒有！甭説我拿不動鋤頭，就是拿得動，我要不把大拇腳趾頭鋤掉了，才怪！」

老哥倆又討論了許久，毫無辦法。於是就一同到天泰軒去，要了一斤半柳泉居自製的黃酒，幾個小燒（燒子蓋與炸鹿尾之類）[52]，吃喝得相當滿意。吃完，誰也沒帶着錢，於是都爭取記在自己的賬上，讓了有半個多鐘頭。

可是，在我降生的時候，變法之議已經完全作罷，而且殺了幾位主張變法的人。雲翁與正翁這才又安下心去，常在天泰軒會面。每逢他們聽到賣蘿蔔的「賽梨耶，辣來換」的呼聲，或賣半空花生的「半空兒多給」的吆喝，他們都有點怪不好意思；作了這麼多年的官兒，還是沉不住氣呀！

多甫大姐夫，在變法潮浪來得正猛的時節，佩服了福海二哥，並且不大出門，老老實實地在屋中溫習《六言雜字》。他非常嚴肅地跟大姐討論：「福海二哥真有先見之明！我看咱們也得想個法！」

「對付吧！沒有過不去的事！」大姐每逢遇到難以解決的問題，總是拿出這句名言來。

「這回呀，就怕對付不過去！」

「你有主意，就説説吧！多甫！」大姐這樣稱呼他，覺得十分時髦、漂亮。

「多甫？我是大豆腐！」大姐夫慘笑了幾聲。「現而今，當瓦匠、木匠、廚子、裱糊匠什麼的，都有咱們旗人。」

「你打算……」大姐微笑地問，表示嫁雞隨雞，嫁狗隨狗，他去學什麼手藝，她都不反對。

「學徒,來不及了!誰收我這麼大的徒弟呢?我看哪,我就當鴿販子去,准行!鴿子是隨心草兒,不愛,白給也不要;愛,十兩八兩也肯花。甭多了,每月我只作那麼一兩號俏買賣[53],就夠咱們倆吃幾十天的!」

「那多麼好啊!」大姐信心不大地鼓舞着。

大姐夫挑了兩天,才狠心挑出一對紫烏頭來,去作第一號生意。他並捨不得出手這一對,可是朝廷都快變法了,他還能不堅強點兒麼?及至到了鴿子市上,認識他的那些販子們一口一個多甫大爺,反倒賣給他兩對鴿鈴,一對鳳頭點子。到家細看,鳳頭是用膠水黏合起來的。他沒敢再和大姐商議,就偷偷撤銷了販賣鴿子的決定。

變法的潮浪過去了,他把大鬆辮梳成小緊辮,摹仿着庫兵[54],橫眉立目地滿街走,倒彷彿那些維新派是他親手消滅了的。同時,他對福海二哥也不再那麼表示欽佩。反之,他覺得二哥是腳踩兩隻船,有錢糧就當兵,沒有錢糧就當油漆匠,實在不能算個地道的旗人,而且難免白蓮教匪的嫌疑。

書歸正傳:大舅媽拜訪完了我的姑母,就同二哥來看我們。大舅媽問長問短,母親有氣無力地回答,老姐兒們都落了點淚。收起眼淚,大舅媽把我好讚美了一頓:多麼體面哪!高鼻子,大眼睛,耳朵有多麼厚實!

福海二哥笑起來:「老太太,這個小兄弟跟我小時候一樣的不體面!剛生下來的娃娃都看不出模樣來!你們老太太呀……」他沒往下説,而又哈哈了一陣。

母親沒表示意見,只叫了聲:「福海!」

「是!」二哥急忙答應,他知道母親要説什麼。「您放心,全交給我啦!明天洗三[55],七姥姥八姨的總得來十口八口兒的,這兒二妹妹管裝煙倒茶,我跟小六兒(小六兒是誰,我至今還沒弄清楚)當廚子,兩杯水酒,一碟炒蠶豆,然後是羊肉酸菜熱湯兒麵,有味兒沒味兒,吃個熱乎勁

兒。好不好？您哪！」

母親點了點頭。

「有愛玩小牌兒的，四吊錢一鍋。您一丁點心都別操，全有我呢！完了事，您聽我一筆賬，決不會叫您為難！」說罷，二哥轉向大舅媽：「我到南城有點事，太陽偏西，我來接您。」

大舅媽表示不肯走，要在這兒陪伴着產婦。

二哥又笑了：「奶奶，您算了吧！憑您這全本連台的咳嗽，誰受得了啊！」

這句話正碰在母親的心坎上。她需要多休息、睡眠，不願傾聽大舅媽的咳嗽。

二哥走後，大舅媽不住地叨嘮：這個二鬼子！這個二鬼子！

可是「二鬼子」的確有些本領，使我的洗三辦得既經濟，又不完全違背「老媽媽論」[56] 的原則。

四

大姐既關心母親，又願參加小弟弟的洗三典禮。況且，一回到娘家，她便是姑奶奶，受到尊重：在大家的眼中，她是個有出息的小媳婦，既沒給娘家丟了人，將來生兒養女，也能升為老太太，代替婆婆 —— 反正婆婆有入棺材的那麼一天。她渴望回家。是的，哪怕在娘家只呆半天兒呢，她的心中便覺得舒暢，甚至覺得只有現在多受些磨煉，將來才能夠成仙得道，也能像姑母那樣，坐在炕沿上吸兩袋蘭花煙。是呀，現在她還不敢吸蘭花煙，可是已經學會了嚼檳榔 —— 這大概就離吸蘭花煙不太遠了吧。

有這些事在她心中，她睡不踏實，起來的特別早。也沒顧得看三星

在哪裏，她就上街去給婆婆買油條與燒餅。在那年月，粥舖是在夜裏三點左右就開始炸油條，打燒餅的。據説，連上早朝的王公大臣們也經常用燒餅、油條當作早點。大姐婆婆的父親，子爵，上朝與否，我不知道。子爵的女兒可的確繼承了吃燒餅與油條的傳統，並且是很早就起床，梳洗完了就要吃，吃完了發睏可以再睡。於是，這個傳統似乎專為折磨我的大姐。

西北風不大，可很尖鋭，一會兒就把大姐的鼻尖、耳唇都吹紅。她不由地説出來：「喝！乾冷！」這種北京特有的乾冷，往往冷得使人痛快。即使大姐心中有不少的牢騷，她也不能不痛快地這麼説出來。説罷，她加緊了腳步。身上開始發熱，可是她反倒打了個冷戰，由心裏到四肢都那麼顫動了一下，很舒服，像吞下一小塊冰那麼舒服。她看了看天空，每顆星都是那麼明亮，清涼，輕顫，使她想起孩子們的純潔、發光的眼睛來。她笑了笑，嘟囔着：只要風別大起來，今天必是個晴美的日子！小弟弟有點來歷，洗三遇上這麼好的天氣！想到這裏，她恨不能馬上到娘家去，抱一抱小弟弟！

不管她怎樣想回娘家，她可也不敢向婆婆去請假。假若她大膽地去請假，她知道，婆婆必定點頭，連聲地説：克吧！克吧！（「克」者「去」也）她是子爵的女兒，不能毫無道理地拒絕兒媳回娘家。可是，大姐知道，假若她依實地「克」了，哼，婆婆的毒氣口袋就會垂到胸口上來。不，她須等待婆婆的命令。

命令始終沒有下來。首先是：別説母親只生了一個娃娃，就是生了雙胞胎，只要大姐婆婆認為她是受了煤氣，便必定是受了煤氣，沒有別的可説！第二是：雖然她的持家哲理是：放膽去賒，無須考慮怎樣還債；可是，門口兒討債的過多，究竟有傷子爵女兒、佐領太太的尊嚴。她心裏不大痛快。於是，她喝完了粳米粥，吃罷燒餅與油條，便計劃着先跟老頭子鬧一場。可是，佐領提前了遛鳥的時間，早已出去。老太太撲了個空，怒

氣增長了好幾度，趕快撥轉馬頭，要生擒驍騎校。可是，驍騎校偷了大姐的兩張新紅票子，很早就到街上吃了兩碟子豆兒多、棗兒甜的盆糕，喝了一碗杏仁茶。老太太找不到男的官校，只好向女將挑戰。她不發命令，而端坐在炕沿上叨嘮：這，這哪像過日子！都得我操心嗎？現成的事，擺在眼皮子前邊的事，就看不見嗎？沒長着眼睛嗎？有眼無珠嗎？有珠無神嗎？不用伺候我，我用不着誰來伺候！佛爺，連佛爺也不伺候嗎？眼看就過年，佛桌上的五供[57]擦了嗎？

大姐趕緊去篩爐灰，篩得很細，預備去擦五供。端着細爐灰麵子，到了佛桌前，婆婆已經由神佛說到人間：啊！箱子、櫃子、連三[58]上的銅活[59]就不該動動手嗎？我年輕的時候，凡事用不着婆婆開口，該作什麼就作什麼！

大姐不敢回話。無論多麼好聽的話，若在此刻說出來，都會變成反抗婆婆，不服調教。可是，要是什麼也不說，低着頭幹活兒呢，又會變成：對！拿蠟扦兒殺氣，心裏可咒罵老不死的，老不要臉的！那，那該五雷轟頂！

大姐含着淚，一邊擦，一邊想主意：要在最恰當的時機，去請教婆母怎麼作這，或怎麼作那。她把回娘家的念頭完全放在了一邊。待了一會兒，她把淚收起去，用極大的努力把笑意調動到臉上來：奶奶，您看看，我擦得還像一回事兒嗎？婆婆只哼了一聲，沒有指示什麼，原因很簡單，她自己並沒擦過五供。

果然是好天氣，剛到九點來鐘，就似乎相當暖和了。天是那麼高，那麼藍，陽光是那麼亮，連大樹上的破老鴰窩看起來都有些畫意了。俏皮的喜鵲一會兒在東，一會兒在西，喳喳地讚美着北京的冬晴。

大姐婆婆叨嘮到一個階段，來到院中，似乎是要質問太陽與青天，幹什麼這樣晴美。可是，一出來便看見了多甫養的鴿子，於是就譴責起紫

烏與黑玉翅來：養着你們幹什麼？就會吃！你們等着吧，一高興，我全把你們宰了！

大姐在屋裏大氣不敢出。她連嘆口氣的權利也沒有！

在我們這一方面，母親希望大姐能來。前天晚上，她幾乎死去。既然老天爺沒有收回她去，她就盼望今天一家團圓，連出嫁了的女兒也在身旁。可是，她也猜到大女兒可能來不了。誰叫人家是佐領，而自己的身份低呢！母親不便於説什麼，可是臉上沒有多少笑容。

姑母似乎在半夜裏就策劃好：別人辦喜事，自己要不發發脾氣，那就會使喜事辦的平平無奇，缺少波瀾。到九點鐘，大姐還沒來，她看看太陽，覺得不甩點閑話，一定對不起這麼晴朗的陽光。

「我説，」她對着太陽説，「太陽這麼高了，大姑奶奶怎麼還不露面？一定，一定又是那個大酸棗眼睛的老梆子不許她來！我找她去，跟她講講理！她要是不講理，我把她的酸棗核兒摳出來！」

母親着了急。叫二姐請二哥去安慰姑母：「你別出聲，叫二哥跟她説。」

二哥正跟小六兒往酒裏對水。為省錢，他打了很少的酒，所以得設法使這一點酒取之不盡，用之不竭。二姐拉了拉他的袖子，往外指了指。他拿着酒壺出來，極親熱地走向姑母：「老太太，您聞聞，有酒味沒有？」

「酒嘛，怎能沒酒味兒，你又憋着什麼壞呢？」

「是這麼回事，要是酒味兒太大，還可以再對點水！」

「你呀，老二，不怪你媽媽叫你二鬼子！」姑母無可如何地笑了。

「窮事兒窮對付，就求個一團和氣！是不是？老太太！」見沒把姑母惹翻，急忙接下去：「吃完飯，我準備好，要贏您四吊錢，買一斤好雜拌兒吃吃！敢來不敢？老太太！」

「好小子，我接着你的！」姑母聽見要玩牌，把酸棗眼睛完全忘了。

母親在屋裏嘆了口氣，十分感激內侄福海。

九點多了，二哥所料到要來賀喜的七姥姥八姨們陸續來到。二姐不管是誰，見面就先請安，後倒茶，非常緊張。她的臉上紅起來，鼻子上出了點汗，不說什麼，只在必要的時候笑一下。因此，二哥給她起了個外號，叫「小力笨」[60]。

姑母催開飯，為是吃完好玩牌。二哥高聲答應：「全齊嘍！」

所謂「全齊嘍」者，就是醃疙疸纓兒炒大蠶豆與肉皮炸辣醬都已炒好，酒也對好了水，千杯不醉。「酒席」雖然如此簡單，入席的禮讓卻絲毫未打折扣：「您請上坐！」「那可不敢當！不敢當！」「您要不那麼坐，別人就沒法兒坐了！」直到二哥發出呼籲：「快坐吧，菜都涼啦！」大家才恭敬不如從命地坐下。酒過三巡（誰也沒有絲毫醉意），菜過兩味（蠶豆與肉皮醬），「宴會」進入緊張階段──熱湯麵上來了。大家似乎都忘了禮讓，甚至連說話也忘了，屋中好一片吞麵條的響聲，排山倒海，虎嘯龍吟。二哥的頭上冒了汗：「小六兒，照這個吃法，這點麵兜不住啊！」小六兒急中生智：「多對點水！」二哥輕輕呸了一聲：「呸！麵又不是酒，對水不成了漿糊嗎？快去！」二哥掏出錢來（這筆款，他並沒向我母親報賬）：「快去，到金四把那兒，能烙餅，烙五斤大餅；要是等的功夫太大，就拿些芝麻醬燒餅來，快！」（那時候的羊肉舖多數帶賣燒餅、包子、並代客烙大餅。）

小六兒聰明：看出烙餅需要時間，就拿回一爐熱燒餅和兩屜羊肉白菜餡的包子來。風捲殘雲，頃刻之間包子與燒餅蹤影全無。最後，輪到二哥與小六兒吃飯。可是，吃什麼呢？二哥哈哈地笑了一陣，而後指示小六兒：「你呀，小伙子，回家吃去吧！」我至今還弄不清小六兒是誰，可是每一想到我的洗三典禮，便覺得對不起他！至於二哥吃了沒吃，我倒沒怎麼不放心，我深知他是有辦法的人。

快到中午，天晴得更加美麗。藍天上，這兒一條，那兒一塊，飄着潔白光潤的白雲。西北風兒稍一用力，這些輕巧的白雲便化為長長的紗帶，越來越長，越薄，漸漸又變成一些似斷似續的白煙，最後就不見了。小風兒吹來各種賣年貨的呼聲：賣供花[61]的、松柏枝的、年畫的⋯⋯一聲尖鋭，一聲雄渾，忽遠忽近，中間還夾雜着幾聲花炮響，和剃頭師傅的「喚頭」[62]聲。全北京的人都預備過年，都在這晴光裏活動着，買的買，賣的賣，着急的着急，尋死的尋死，也有乘着年前娶親的，一路吹着嗩吶，打着大鼓。只有我靜靜地躺在炕中間，墊着一些破棉花，不知道想些什麼。

　　據説，冬日裏我們的屋裏八面透風，炕上冰涼，夜間連杯子裏的殘茶都會凍上。今天，有我在炕中間從容不迫地不知想些什麼，屋中的形勢起了很大的變化。屋裏很暖，陽光射到炕上，照着我的小紅腳丫兒。炕底下還升着一個小白鐵爐子。裏外的暖氣合流，使人們覺得身上，特別是手背與耳唇，都有些發癢。從窗上射進的陽光裏面浮動着多少極小的，發亮的遊塵，像千千萬萬無法捉住的小行星，在我的頭上飛來飛去。

　　這時候，在那達官貴人的晴窗下，會曬着由福建運來的水仙。他們屋裏的大銅爐或地炕發出的熱力，會催開案上的綠梅與紅梅。他們的擺着紅木炕桌，與各種古玩的小炕上，會有翠綠的蟈蟈，在陽光裏展翅輕鳴。他們的廊下掛的鳴禽，會對着太陽展展雙翅，唱起成套的歌兒來。他們的廚子與僕人會拿進來內蒙的黃羊、東北的錦雞，預備作年菜。陽光射在錦雞的羽毛上，發出五色的閃光。

　　我們是最喜愛花木的，可是我們買不起梅花與水仙。我們的院裏只有兩株歪歪擰擰的棗樹，一株在影壁後，一株在南牆根。我們也愛小動物，可是養不起畫眉與靛頦兒，更沒有時間養過冬的綠蟈蟈。只有幾隻麻雀一會兒落在棗樹上，一會兒飛到窗台上，向屋中看一看。這幾隻麻雀也

許看出來：我不是等待着梅花與水仙吐蕊，也不是等待着蟈蟈與蜻蜓兒鳴叫，而是在一小片陽光裏，等待着洗三，接受幾位窮苦旗人們的祝福。

外間屋的小鐵爐上正煎着給我洗三的槐枝艾葉水。濃厚的艾香與老太太們抽的蘭花煙味兒混合在一處，香暖而微帶辛辣，也似乎頗為吉祥。大家都盼望「姥姥」快來，好祝福我不久就成為一個不受飢寒的偉大人物。

姑母在屋裏轉了一圈兒，向炕上瞟了一眼，便與二哥等組織牌局，到她的屋中鏖戰。她心中是在祝福我，還是詛咒我，沒人知道。

正十二點，晴美的陽光與尖溜溜的小風把白姥姥和她的滿腹吉祥話兒，送進我們的屋中。這是老白姥姥，五十多歲的一位矮白胖子。她的腰背筆直，乾淨利落，使人一見就相信，她一天接下十個八個男女娃娃必定勝任愉快。她相當的和藹，可自有她的威嚴——我們這一帶的二十來歲的男女青年都不敢跟她開個小玩笑，怕她提起：別忘了誰給你洗的三！她穿得很素靜大方，只在俏美的緞子「帽條兒」後面斜插着一朵明艷的紅絹石榴花。

前天來接生的是小白姥姥，老白姥姥的兒媳婦。小白姥姥也乾淨利落，只是經驗還少一些。前天晚上出的岔子，據她自己解釋，並不能怨她，而應歸咎於我母親的營養不良，身子虛弱。這，她自己可不便來對我母親說，所以老白姥姥才親自出馬來給洗三。老白姥姥現在已是名人，她從哪家出來，人們便可斷定又有一位幾品的世襲罔替的官兒或高貴的千金降世。那麼，以她的威望而肯來給我洗三，自然是含有道歉之意。這，誰都可以看出來，所以她就不必再說什麼。我母親呢，本想說兩句，可是又一想，若是惹老白姥姥不高興而少給老兒子說幾句吉祥話，也大為不利。於是，母親也就一聲沒出。

姑母正抓到一手好牌，傳過話來：洗三典禮可以開始，不必等她。

母親不敢依實照辦。過了一會兒，打發二姐去請姑母，而二姐帶回

來的話是：「我說不必等我，就不必等我！」典禮這才開始。

白姥姥在炕上盤腿坐好，寬沿的大銅盆（二哥帶來的）裏倒上了槐枝艾葉熬成的苦水，冒着熱氣。參加典禮的老太太們、媳婦們，都先「添盆」，把一些銅錢放入盆中，並說着吉祥話兒。幾個花生，幾個紅、白雞蛋，也隨着「連生貴子」等祝詞放入水中。這些錢與東西，在最後，都歸「姥姥」拿走。雖然沒有去數，我可是知道落水的銅錢並不很多。正因如此，我們才不能不感謝白姥姥的降格相從，親自出馬，同時也足證明小白姥姥惹的禍大概並不小。

邊洗邊說，白姥姥把說過不知多少遍的祝詞又一句不減地說出來：「先洗頭，作王侯；後洗腰，一輩倒比一輩高；洗洗蛋，作知縣；洗洗溝，作知州！」大家聽了，更加佩服白姥姥 —— 她明知盆內的銅錢不多，而仍把吉祥話說得完完全全，不偷工減料，實在不易多得！雖然我後來既沒作知縣，也沒作知州，我可也不能不感謝她把我的全身都洗得乾乾淨淨，可能比知縣、知州更乾淨一些。

洗完，白姥姥又用薑片艾團灸了我的腦門和身上的各重要關節。因此，我一直到年過花甲都沒鬧過關節炎。她還用一塊新青布，沾了些清茶，用力擦我的牙床。我就在這時節哭了起來；誤投誤撞，這一哭原是大吉之兆！在老媽媽們的詞典中，這叫作「響盆」。有無始終堅持不哭、放棄吉利的孩子，我就不知道了。最後，白姥姥拾起一根大葱打了我三下，口中唸唸有詞：「一打聰明，二打伶俐！」這到後來也應驗了，我有時候的確和大葱一樣聰明。

這棵葱應當由父親扔到房上去。就在這緊要關頭，我父親回來了。屋中的活躍是無法形容的！他一進來，大家便一齊向他道喜。他不知請了多少安，說了多少聲「道謝啦！」可是眼睛始終瞭着炕中間。我是經得起父親的鑒定的，渾身一塵不染，滿是槐枝與艾葉的苦味與香氣，頭髮雖然

不多不長，卻也剛剛梳過。我的啼聲也很雄壯。父親很滿意，於是把褡褳中兩吊多錢也給了白姥姥。

父親的高興是不難想像的。母親生過兩個男娃娃，都沒有養住，雖然第一個起名叫「黑妞」，還扎了耳朵眼，女賤男貴，賤者易活，可是他竟自沒活許久。第二個是母親在除夕吃餃子的時候，到門外去叫：「黑小子、白小子，上炕吃餃子！」那麼叫來的白小子。可是這麼來歷不凡的白小子也沒有吃過多少回餃子便「回去」了，原因不明，而確係事實。後來，我每逢不好好地睡覺，母親就給我講怎麼到門外叫黑小子、白小子的經過，我便趕緊蒙起頭來，假裝睡去，唯恐叫黑、白小子看見！

父親的模樣，我說不上來，因為還沒到我能記清楚他的模樣的時候，他就逝世了。這是後話，不用在此多說。我只能說，他是個「面黃無鬚」的旗兵，因為在我八九歲時，我偶然發現了他出入皇城的那面腰牌，上面燙着「面黃無鬚」四個大字。

雖然大姐沒有來，小六兒沒吃上飯，和姑母既沒給我「添盆」，反倒贏了好幾吊錢，都是美中不足，可是整個的看來，我的洗三典禮還算過得去，既沒有人挑眼，也沒有喝醉了吵架的 —— 十分感謝二哥和他的「水酒」！假若一定問我，有什麼值得寫入歷史的事情，我倒必須再提一提便宜坊的老王掌櫃。他也來了，並且送給我們一對豬蹄子。

老王掌櫃是膠東人，從八九歲就來京學習收拾豬蹄與填鴨子等技術。到我洗三的時候，他已在北京過了六十年，並且一步一步地由小力笨升為大徒弟，一直升到跑外的掌櫃。他從慶祝了自己的三十而立的誕辰起，就想自己去開個小肉舖，獨力經營，大展經綸。可是，他仔細觀察，後起的小舖總是時開時閉，站不住腳。就連他的東家們也把便宜坊的雅座撤銷，不再附帶賣酒飯與烤鴨。他注意到，老主顧們，特別是旗人，越來越買肉越少，而肉案子上切肉的技術不能不有所革新 —— 須把生肉切得片

兒大而極薄極薄，像紙那麼薄，以便看起來塊兒不小而分量很輕，因為買主兒多半是每次只買一二百錢的。（北京是以十個大錢當作一吊的，一百錢實在是一個大錢。）

老王掌櫃常常用他的膠東化的京腔，激憤而纏綿地說：錢都上哪兒氣（去）了？上哪兒氣了！

那年月，像王掌櫃這樣的人，還不敢亂穿衣裳。直到他慶賀華甲之喜的時節，他才買了件緞子面的二荏兒羊皮袍，可是每逢穿出來，上面還罩上漿洗之後像鐵板那麼硬的土藍布大衫。他喜愛這種土藍布。可是，一來二去，這種布幾乎找不到了。他得穿那刷刷亂響的竹布。乍一穿起這有聲有色的竹布衫，連家犬帶野狗都一致汪汪地向他抗議。後來，全北京的老少男女都穿起這種洋布，而且差不多把竹布衫視為便禮服，家犬、野狗才也逐漸習慣下來，不再亂叫了。

老王掌櫃在提着錢口袋去要賬的時候，留神觀看，哼，大街上新開的舖子差不多都有個「洋」字，洋貨店，洋煙店等等。就是那小雜貨舖也有洋紙洋油出售，連向來帶賣化妝品，而且自造鵝胰宮皂的古色古香的香燭店也陳列着洋粉、洋鹼，與洋漚子 [63]。甚至於串胡同收買破鞋爛紙的婦女們，原來吆喝「換大肥頭子兒」，也竟自改為「換洋取燈兒」[64]！

一聽見「換洋取燈兒」的呼聲，老王掌櫃便用力敲擊自己的火鐮，燃起老關東煙。可是，這有什麼用呢？洋緞、洋布、洋粉、洋取燈兒、洋鐘、洋錶、還有洋槍，像潮水一般地湧進來，絕對不是他的火鐮所能擋住的。他是商人，應當見錢眼開，可是他沒法去開一座洋豬肉舖，既賣熏雞醬肉，也賣洋油洋藥！他是商人，應當為東家們賺錢。若是他自己開了買賣，便須為自己賺錢。可是，錢都隨着那個「洋」字流到外洋去了！他怎麼辦呢？

「錢都上哪兒氣了？」似乎已有了答案。他放棄了獨力經營肉舖，大

發財源的雄心，而越來越恨那個「洋」字。儘管他的布衫是用洋針、洋線、洋布作成的，無可抗拒，可是他並不甘心屈服。他公開地說，他恨那些洋玩藝兒！及至他聽到老家膠東鬧了教案[65]，洋人與二洋人[66]騎住了鄉親們的脖子，他就不只恨洋玩藝兒了。

在他剛一入京的時候，對於旗人的服裝打扮，規矩禮節，以及說話的腔調，他都看不慣、聽不慣，甚至有些反感。他也看不上他們的逢節按令挑着樣兒吃，賒着也得吃的講究與作風，更看不上他們的提籠架鳥，飄飄欲仙地搖來擺去的神氣與姿態。可是，到了三十歲，他自己也玩上了百靈，而且和他們一交換養鳥的經驗，就能談半天兒，越談越深刻，也越親熱。他們來到，他既要作揖，又要請安，結果是發明了一種半揖半安的，獨具風格的敬禮。假若他們來買半斤肉，他卻親熱地建議：拿隻肥母雞！看他們有點猶疑，他忙補充上：拿吧！先記上賬！

趕到他有個頭疼腦熱，不要說提籠架鳥的男人們來看他，給他送來清瘟解毒丸，連女人們也派孩子來慰問。他不再是「小山東兒」，而是王掌櫃，王大哥，王叔叔。他漸漸忘了他們是旗人，變成他們的朋友。雖然在三節[67]要賬的時候，他還是不大好對付，可是遇到誰家娶親，或誰家辦滿月，他只要聽到消息，便拿着點東西來致賀。「公是公，私是私」，他對大家交代清楚。他似乎覺得：清朝皇上對漢人如何是另一回事，大家夥兒既誰也離不開誰，便無妨作朋友。於是，他不但隨便去串門兒，跟大家談心，而且有權拉男女小孩的「駱駝」。在談心的時候，旗兵們告訴了他，上邊怎樣克扣軍餉，吃空頭錢糧，營私舞弊，貪污賣缺。他也說出漢人們所受的委屈，和對洋布與洋人的厭惡。彼此了解了，也就更親熱了。

拿着一對豬蹄子，他來慶祝我的洗三。二哥無論怎麼讓他，他也不肯進來，理由是：「年底下了，櫃上忙！」二哥聽到「年底下」，不由地說出來：「今年家家錢緊，您……」王掌櫃嘆了口氣：「錢緊也得要賬，

公是公，私是私！」説罷，他便匆匆地走開。大概是因為他的身上有醬肉味兒吧，我們的大黃狗一直乖乖地把他送到便宜坊門外。

<h2 style="text-align:center">五</h2>

是的，我一輩子忘不了那件事。並不因為他是掌櫃的，也不因為他送來一對豬蹄子。因為呀，他是漢人。

不錯，在那年月，某些有房產的漢人寧可叫房子空着，也不肯租給滿人和回民。可是，來京作生意的山東人、山西人，和一般的賣苦力吃飯的漢人，都和我們窮旗兵們誰也離不開誰，穿堂過戶。某些有錢有勢的滿人也還看不起漢人與回民，因而對我們這樣與漢人、回民來來往往也不大以為然。不管怎樣吧，他們是他們，我們是我們，誰也擋不住人民互相友好。

過了我的三天，就該過年。姑母很不高興。她要買許多東西，而母親在月子裏，不能替她去買。幸而父親在家，她不好意思翻臉，可是眉毛擰得很緊，腮上也時時抽動那麼一下。二姐注意到：火山即快爆發。她趕快去和父親商量。父親決定：把她調撥給姑母，作採購專員。二姐明知這是最不好當的差事，可是無法推卻。

「半斤高醋，到山西舖子去打；別心疼鞋；別到小油鹽店去！聽見沒有？」姑母數了半天，才狠心地把錢交給小力笨兼專員。

醋剛打回來，二姐還沒站穩。「還得去打香油，要小磨香油，懂吧？」姑母又頒佈了旨意。

是的，姑母不喜歡一下子交出幾吊錢來，一次買幾樣東西。她總覺得一樣一樣地買，每次出錢不多，便很上算。二姐是有耐心的。姑母怎麼支使，她怎麼辦。她一點不怕麻煩，只是十分可憐她的鞋。趕到非買貴一

些的東西不可了，姑母便親自出馬。她不願把許多錢交給二姐，同時也不願二姐知道她買那麼貴的東西。她乘院裏沒人的時候，像偷偷溜走的小魚似的溜出去。到街上，她看見什麼都想買，而又都嫌太貴。在人群裏，她擠來擠去，看看這，看看那，非常冷靜，以免上當。結果，繞了兩三個鐘頭，她什麼也沒買回來。直到除夕了，非買東西不可了，她才帶着二姐一同出征。二姐提着筐子，筐子裏放着各種小瓶小罐。這回，姑母不再冷靜，在一個攤子上就買好幾樣東西，而且買的並不便宜。但是，她最忌諱人家說她的東西買貴了。所以二姐向母親匯報的時候，總是把嘴放在母親的耳朵上，而且用手把嘴遮得嚴嚴的才敢發笑。

我們的新年過得很簡單。母親還不能下地，二姐被調去作專員，一切都須由父親操持。父親雖是旗兵，可是已經失去二百年前的叱咤風雲的氣勢。假若給他機會，他也會像正翁那樣玩玩靛頦兒，坐坐茶館，賒兩隻燒雞，哼幾句二黃或牌子曲。可是，他沒有機會戴上頂子與花翎。北城外的二三十畝地早已被前人賣掉，只剩下一畝多，排列着幾個墳頭兒。旗下分給的住房，也早被他的先人先典後賣，換了燒鴨子吃。據說，我的曾祖母跟着一位滿族大員到過雲南等遙遠的地方。那位大員得到多少元寶，已無可考查。我的曾祖母的任務大概是攙扶着大員的夫人上轎下轎，並給夫人裝煙倒茶。在我們家裏，對曾祖母的這些任務都不大提起，而只記得我們的房子是她購置的。

是的，父親的唯一的無憂無慮的事就是每月不必交房租，雖然在六七月下大雨的時候，他還不能不着點急——院牆都是碎磚頭兒砌成的，一遇大雨便塌倒幾處。他沒有嗜好，既不抽煙，也不賭錢，只在過節的時候喝一兩杯酒，還沒有放下酒杯，他便面若重棗。他最愛花草，每到夏季必以極低的價錢買幾棵姥姥不疼、舅舅不愛的五色梅。至於洋麻繩菜與草茉莉等等，則年年自生自長，甚至不用澆水，也到時候就開花。到

上班的時候，他便去上班。下了班，他照直地回家。回到家中，他識字不多，所以不去讀書；家中只藏着一張畫匠畫的《王羲之愛鵝》，也並不隨時觀賞，因為每到除夕才找出來掛在牆上，到了正月十九就摘下來[68]。他只出來進去，劈劈柴，看看五色梅，或刷一刷水缸。有人跟他説話，他很和氣，低聲地回答兩句。沒人問他什麼，他便老含笑不語，整天無話可説。對人，他頗有禮貌。但在街上走的時候，他總是目不斜視，非到友人們招呼他，他不會趕上前去請安。每當母親叫他去看看親友，他便欣然前往。沒有多大一會兒，他便打道回府。「喲！怎這麼快就回來了？」我母親問。父親便笑那麼一下，然後用布撣子啪啪地撣去鞋上的塵土。一輩子，他沒和任何人打過架，吵過嘴。他比誰都更老實。可是，誰也不大欺負他，他是帶着腰牌的旗兵啊。

在我十來歲的時候，我總愛刨根問底地問母親：父親是什麼樣子？母親若是高興，便把父親的那些特點告訴給我。我總覺得父親是個很奇怪的旗兵。

父親把打過我三下的那棵葱扔到房上去，非常高興。從這時候起，一直到他把《王羲之愛鵝》找出來，掛上，他不但老笑着，而且也先開口對大夥兒説話。他幾乎是見人便問：這小子該叫什麼呢？

研究了再研究，直到除夕給祖先焚化紙錢的時候，才決定了我的官名叫常順，小名叫禿子，暫缺「台甫」。

在這之外，父親並沒有去買什麼年貨，主要的原因是沒有錢。他可是沒有忽略了神佛，不但請了財神與灶王的紙像，而且請了高香、大小紅燭，和五碗還沒有烙熟的月餅。他也煮了些年飯，用特製的小飯缸盛好，上面擺上幾顆紅棗，並覆上一塊柿餅兒，插上一枝松枝，枝上還懸着幾個小金紙元寶，看起來頗有新年氣象。他簡單地説出心中的喜悦：「咱們吃什麼不吃什麼的都不要緊，可不能委屈了神佛！神佛賞給了我一個老兒

子呀！」

除夕，母親和我很早地就昏昏睡去，似乎對過年不大感興趣。二姐幫着姑母作年菜，姑母一邊工作，一邊叨嘮，主要是對我不滿。「早不來，晚不來，偏偏在過年的時候來搗亂，賊禿子！」每逢她罵到滿宮滿調的時候，父親便過來，笑着問問：「姐姐，我幫幫您吧！」

「你？」姑母打量着他，好像向來不曾相識似的。「你不想想就說話！你想想，你會幹什麼？」

父親含笑想了想，而後像與佐領或參領告辭那樣，倒退着走出來。

街上，祭神的花炮逐漸多起來。胡同裏，每家都在剁餃子餡兒，響成一片。趕到花炮與剁餃子餡的聲響匯合起來，就有如萬馬奔騰，狂潮怒吼。在這一片聲響之上，忽然這裏，忽然那裏，以壓倒一切的聲勢，討債的人敲着門環，啪啪啪啪，像一下子就連門帶門環一齊敲碎，驚心動魄，人人肉跳心驚，連最頑強的大狗也顫抖不已，不敢輕易出聲。這種聲音引起多少低卑的央求，或你死我活的吵鬧，夾雜着婦女與孩子們的哭叫。一些既要臉面，又無辦法的男人們，為躲避這種聲音，便在這諸神下界、祥雲繚繞的夜晚，偷偷地去到城根或城外，默默地結束了這一生。

父親獨自包着素餡的餃子。他相當緊張。除夕要包素餡餃子是我家的傳統，既為供佛，也省豬肉。供佛的作品必須精巧，要個兒姣小，而且在邊緣上捏出花兒來，美觀而結實 —— 把餃子煮破了是不吉祥的。他越緊張，餃子越不聽話，有的形似小船，有的像小老鼠，有的不管多麼用力也還張着嘴。

除了技術不高，這恐怕也與「心不在焉」有點關係。他心中惦念着大女兒。他雖自己也是寅吃卯糧，可是的確知道這個事實，因而不敢不算計每一個錢的用途，免得在三節叫債主子敲碎門環子。而正翁夫婦與多甫呢，卻以為賒到如白揀，絕對不考慮怎麼還債。若是有人願意把北海的白

塔賒給他們，他們也毫不遲疑地接受。他想不明白，他們有什麼妙策闖過年關，也就極不放心自己的大女兒。

母親被鄰近的一陣敲門巨響驚醒。她並沒有睡實在了，心中也七上八下地惦記着大女兒。可是，她打不起精神來和父親談論此事，只說了聲：你也睡吧！

除夕守歲，徹夜不眠，是多少輩子所必遵守的老規矩。父親對母親的建議感到驚異。他嗯了一聲，照舊包餃子，並且找了個小錢，擦乾淨，放在一個餃子裏，以便測驗誰的運氣好 —— 得到這個餃子的，若不誤把小錢吞下去，便會終年順利！他決定要守歲，叫油燈、小鐵爐、佛前的香火，都通宵不斷。他有了老兒子，有了指望，必須叫燈火都旺旺的，氣象崢嶸，吉祥如意！他還去把大綠瓦盆搬進來，以便儲存髒水，過了「破五」〔69〕再往外倒。在又包了一個像老鼠的餃子之後，他拿起皇曆，看清楚財神、喜神的方位，以便明天清早出了屋門便面對着他們走。他又高興起來，以為只要自己省吃儉用，再加上神佛的保佑，就必定會一順百順，四季平安！

夜半，街上的花炮更多起來，舖戶開始祭神。父親又笑了。他不大曉得雲南是在東邊，還是在北邊，更不知道英國是緊鄰着美國呢，還是離雲南不遠。只要聽到北京有花炮咚咚地響着，他便覺得天下太平，皆大歡喜。

二姐撅着嘴進來，手上捧着兩塊重陽花糕〔70〕，淚在眼圈兒裏。她並不惱幫了姑母這麼好幾天，連點壓歲錢也沒得到。可是，接到兩塊由重陽放到除夕的古老的花糕，她冒了火！她剛要往地上扔，就被父親攔住。「那不好，二妞！」父親接過來那兩塊古色古香的點心，放在桌上。「二妞，別哭，別哭！那不吉祥！」二姐忍住了淚。

父親掏出幾百錢來，交給二姐：「等小李過來，買點糖豆什麼的，當

作雜拌吧！」他知道小李今夜必定賣到天發亮，許多買不起正規雜拌兒的孩子都在等着他。

不大會兒，小李果然過來了。二姐剛要往外走，姑母開開了屋門：「二妞，剛才，剛才我給你的……餵了狗吧！來，過來！」她塞到二姐手中一張新紅錢票，然後啪的一聲關上了門。二姐出去，買了些糖豆大酸棗兒，和兩串冰糖葫蘆。回來，先問姑母：「姑姑，您不吃一串葫蘆嗎？白海棠的！」姑母回答了聲：「睡覺嘍！明年見！」

父親看出來，若是叫姑母這麼結束了今年，大概明年的一開頭準會順利不了。他趕緊走過去，在門外吞吞吐吐地問：「姐姐！不跟我、二妞，玩會兒牌嗎？」

「你們存多少錢哪？」姑母問。

「賭鐵蠶豆的！」

姑母哈哈地笑起來，笑完了一陣，叱的一聲，吹滅了燈！

父親回來，低聲地說：我把她招笑了，大概明天不至於鬧翻了天啦！

父女二人一邊兒吃着糖豆兒，一邊兒閑談。

「大年初六，得接大姐回來。」二姐說。

「對！」

「給她什麼吃呢？公公婆婆挑着樣兒吃，大姐可什麼也吃不着！」

父親沒出聲。他真願意給大女兒弄些好吃的，可是……

「小弟弟滿月，又得……」二姐也不願往下說了。

父親本想既節約又快樂地度過除夕，可是無論怎樣也快樂不起來了。他不敢懷疑大清朝的一統江山能否億萬斯年。可是，即使大清皇帝能夠永遠穩坐金鑾寶殿，他的兒子能夠補上缺，也當上旗兵，又怎麼樣呢？生兒子是最大的喜事，可是也會變成最發愁的事！

「小弟弟長大了啊，」二姐口中含着個鐵蠶豆，想說幾句漂亮的話，叫父親高興起來。「至小也得來個驍騎校，五品頂戴，跟大姐夫一樣！」

「那又怎麼樣呢？」父親並沒高興起來。

「要不，就叫他唸多多的書，去趕考，中個進士！」

「誰供給得起呢？」父親臉上一點笑容也沒有了。

「乾脆，叫他去學手藝！跟福海二哥似的！」二姐自己也納悶，今天晚上為什麼想起這麼多主意，或者是糖豆與鐵蠶豆發生了什麼作用。

「咱們旗人，但分[71]能夠不學手藝，就不學！」

父女一直談到早晨三點，始終沒給小弟弟想出出路來。二姐把糖葫蘆吃罷，一歪，便睡着了。父親把一副缺了一張「虎頭」[72]的骨牌找出來，獨自給老兒子算命。

初一，頭一個來拜年的自然是福海二哥。他剛剛磕完頭，父親就提出給我辦滿月的困難。二哥出了個不輕易出的主意：「您拜年去的時候，就手兒辭一辭吧！」

父親坐在炕沿上，捧着一杯茶，好大半天說不出話來。他知道，二哥出的是好主意。可是，那麼辦實在對不起老兒子！一個增光耀祖的兒子，怎可以沒辦過滿月呢？

「您看，就是挨家挨戶去辭，也總還有攔不住的。咱們旗人喜歡這一套！」二哥笑了笑。「不過，那可就好辦了。反正咱們先說了不辦滿月，那麼，非來不可的就沒話可說了；咱們清茶恭候，他們也挑不了眼！」

「那也不能清茶恭候！」父親皺着眉頭兒說。

「就是說！好歹地弄點東西吃吃，他們不能挑剔，咱們也總算給小弟弟辦了滿月！」

父親連連點頭，臉上有了笑容：「對！對！老二，你說的對！」倒彷彿好歹地弄點東西吃吃，就不用花一個錢似的。「二妞，拿套褲！老二，

走！我也拜年去！」

「您忙什麼呀？」

「早點告訴了親友，心裏踏實！」

二姐找出父親的那條棗紅緞子套褲。套褲比二姐大着兩歲，可並不顯着太舊，因為只在拜年與賀喜時才穿用。

初六，大姐回來了，我們並沒有給她到便宜坊叫個什錦火鍋或蘇式盒子。母親的眼睛總跟着大姐，彷彿既看不夠她，又對不起她。大姐說出心腹話來：「奶奶，別老看着我，我不爭吃什麼！只要能夠好好地睡睡覺，歇歇我的腿，我就唸佛！」說的時候，她的嘴唇有點顫動，可不敢落淚，她不願為傾瀉自己的委屈而在娘家哭哭啼啼，沖散新春的吉祥氣兒。到初九，她便回了婆家。走到一陣風颳來的時候，才落了兩點淚，好歸罪於沙土迷了她的眼睛。

姑母從初六起就到各處去玩牌，並且頗為順利，贏了好幾次。因此，我們的新年在物質上雖然貧乏，可是精神上頗為煥發。在元宵節晚上，她居然主動地帶着二姐去看燈，並且到後門[73]西邊的城隍廟觀賞五官往外冒火的火判兒。她這幾天似乎頗重視二姐，大概是因為二姐在除夕沒有拒絕兩塊古老花糕的賞賜。那可能是一種試探，看看二姐到底是否真老實，真聽話。假若二姐拒絕了，那便是表示不承認姑母在這個院子裏的霸權，一定會受到懲罰。

我們屋裏，連湯圓也沒買一個。我們必須節約，好在我滿月的那天招待攔而攔不住的親友。

到了那天，果然來了幾位賀喜的人。頭一位是多甫大姐夫。他的臉瘦了一些，因為從初一到十九，他忙得幾乎沒法兒形容。他逛遍所有的廟會。在初二，他到財神廟借了元寶，並且確信自己十分虔誠，今年必能發點財。在白雲觀，他用銅錢打了橋洞裏坐着的老道，並且用小棍兒敲了敲

放生的老豬的脊背，看牠會叫喚不會。在廠甸，他買了風箏與大串的山裏紅。在大鐘寺，他喝了豆汁，還參加了沒白沒票的抓彩[74]，得回手指甲大小的一塊芝麻糖。各廟會中的練把式的、說相聲的、唱竹板書的、變戲法兒的……都得到他的賞錢，被藝人們稱為財神爺。只在白雲觀外的跑馬場上，他沒有一顯身手，因為他既沒有駿馬，即使有駿馬他也不會騎。他可是在入城之際，僱了一匹大黑驢，項掛銅鈴，跑的相當快，博得遊人的喝彩。他非常得意，乃至一失神，黑驢落荒而逃，把他留在沙土窩兒裏。在十四、十五、十六，他連着三晚上去看東單西四鼓樓前的紗燈、牛角燈、冰燈、麥芽龍燈；並趕到內務府大臣的門外，去欣賞燃放花盒，把洋縐馬褂上燒了個窟窿。

他來賀喜，主要地是為向一切人等匯報遊玩的心得，傳播知識。他跟我母親、二姐講說，她們都搭不上茬兒。所以，他只好過來啟發我：小弟弟，快快地長大，我帶你玩去！咱們旗人，別的不行，要講吃喝玩樂，你記住吧，天下第一！

父親幾次要問多甫，怎麼闖過了年關，可是話到嘴邊上又嚥回去。一來二去，倒由多甫自己說出來：把房契押了出去，所以過了個肥年。父親聽了，不住地皺眉。在父親和一般的老成持重的旗人們看來，自己必須住着自己的房子，才能根深蒂固，永遠住在北京。因作官而發了點財的人呢，「吃瓦片」[75]是最穩當可靠的。以正翁與多甫的收入來說，若是能夠勤儉持家，早就應該有了幾處小房，月月取租錢。可是，他們把房契押了出去！多甫看父親皺眉，不能不稍加解釋：您放心，沒錯兒，押出去房契，可不就是賣房！俸銀一下來，就把它拿回來！

「那好！好！」父親口中這麼說，心中可十分懷疑他們能否再看到自己的房契。

多甫見話不投機，而且看出並沒吃一頓酒席的希望，就三晃兩晃

不見了。

　　大舅媽又犯喘，福海二哥去上班，只有大舅來坐了一會兒。大家十分懇切地留他吃飯，他堅決不肯。可是，他來賀喜到底發生了點作用。姑母看到這樣清鍋冷灶，早想發脾氣，可是大舅以參領的身份，到她屋中拜訪，她又有了笑容。大舅走後，她質問父親：為什麼不早對我說呢？三兩五兩銀子，我還拿得出來！這麼冷冷清清的，不大像話呀！父親只搭訕着嘻嘻了一陣，心裏說：好傢伙，用你的銀子辦滿月，我的老兒子會叫你給罵化了！

　　這一年，春天來的較早。在我滿月的前幾天，北京已經颳過兩三次大風。是的，北京的春風似乎不是把春天送來，而是狂暴地要把春天吹跑。在那年月，人們只知道砍樹，不曉得栽樹，慢慢的山成了禿山，地成了光地。從前，就連我們的小小的墳地上也有三五株柏樹，可是到我父親這一輩，這已經變為傳說了。北邊的禿山擋不住來自塞外的狂風，北京的城牆，雖然那麼堅厚，也擋不住它。寒風，捲着黃沙，鬼哭神號地吹來，天昏地昏，日月無光。青天變成黃天，降落着黃沙。地上，含有馬尿驢糞的黑土與雞毛蒜皮一齊得意地飛向天空。半空中，黑黃上下，漸漸混合，結成一片深灰的沙霧，遮住陽光。太陽所在的地方，黃中透出紅來，像凝固了的血塊。

　　風來了，舖戶外的衝天牌樓唧唧吱吱地亂響，布幌子吹碎，帶來不知多少里外的馬嘶牛鳴。大樹把梢頭低得不能再低，乾枝子與乾槐豆紛紛降落，樹杈上的鴉巢七零八散。甬路與便道上所有的灰土似乎都飛起來，對面不見人。不能不出門的人們，像魚在驚濤駭浪中掙扎，順着風走的身不自主地向前飛奔；逆着風走的兩腿向前，而身子後退。他們的身上、臉上落滿了黑土，像剛由地下鑽出來；發紅的眼睛不斷流出淚來，給鼻子兩旁沖出兩條小泥溝。

那在屋中的苦人們，覺得山牆在搖動，屋瓦被揭開，不知哪一會兒就連房帶人一齊被颳到什麼地方去。風從四面八方吹進來，把一點點暖氣都排擠出去，水缸裏白天就凍了冰。桌上、炕上，落滿了腥臭的灰土，連正在熬開了的豆汁，也中間翻着白浪，而鍋邊上是黑黑的一圈。

　　一會兒，風從高空呼嘯而去；一會兒，又擦着地皮襲來，擊撞着院牆，呼隆呼隆地亂響，把院中的破紙與乾草葉兒颳得不知上哪裏去才好。一陣風過去，大家一齊吐一口氣，心由高處落回原位。可是，風又來了，使人感到眩暈。天、地，連皇城的紅牆與金鑾寶殿似乎都在顫抖。太陽失去光芒，北京變成任憑飛沙走石橫行無忌的場所。狂風怕日落，大家都盼着那不像樣子的太陽及早落下去。傍晚，果然靜寂下來。大樹的枝條又都直起來，雖然還時時輕擺，可顯着輕鬆高興。院裏比剛剛掃過還更乾淨，破紙什麼的都不知去向，只偶然有那麼一兩片藏在牆角裏。窗楞上堆着些小小的墳頭兒，土極乾極細。窗台上這裏厚些，那裏薄些，堆着一片片的淺黃色細土，像沙灘在水退之後，留下水溜的痕跡。大家心中安定了一些，都盼望明天沒有一點兒風。可是，誰知道準怎麼樣呢！那時候，沒有天氣預報啊。

　　要不怎麼說，我的福氣不小呢！我滿月的那一天，不但沒有風，而且青天上來了北歸較早的大雁。雖然是不多的幾隻，可是清亮的鳴聲使大家都跑到院中，抬着頭指指點點，並且唸道着：「七九河開，八九雁來」，都很興奮。大家也附帶着發現，台階的磚縫裏露出一小叢嫩綠的香蒿葉兒來。二姐馬上要脫去大棉襖，被母親喝止住：「不許脫！春捂秋凍！」

　　正在這時候，來了一輛咯噔咯噔響的轎車，在我們的門外停住。緊跟着，一陣比雁聲更清亮的笑聲，由門外一直進到院中。大家都吃了一驚！

六

隨着笑聲，一段彩虹光芒四射，向前移動。朱紅的帽結子發着光，青緞小帽發着光，帽沿上的一顆大珍珠發着光，二藍團龍緞面的灰鼠袍子發着光，米色緞子坎肩發着光，雪青的褡包在身後放着光，粉底官靴發着光。眾人把彩虹擋住，請安的請安，問候的問候，這才看清一張眉清目秀的圓胖潔白的臉，與漆黑含笑的一雙眼珠，也都發着光。聽不清他説了什麼，雖然他的嗓音很清亮。他的話每每被他的哈哈哈與啊啊啊擾亂；雪白的牙齒一閃一閃地發着光。

光彩進了屋，走到炕前，照到我的臉上。哈哈哈，好！好！他不肯坐下，也不肯喝一口茶，白胖細潤的手從懷中隨便摸出一張二兩的銀票，放在我的身旁。他的大拇指戴着個翡翠扳指〔76〕，發出柔和溫潤的光澤。好！好啊！哈哈哈！隨着笑聲，那一身光彩往外移動。不送，不送，都不送！哈哈哈！笑着，他到了街門口。笑着，他跨上車沿。鞭子輕響，車輪轉動，咯噔咯噔……。笑聲漸遠，車出了胡同，車後留下一些飛塵。

姑母急忙跑回來，立在炕前，呆呆地看着那張銀票，似乎有點不大相信自己的眼睛。大家全回來了，她出了聲：「定大爺，定大爺！他怎麼會來了呢？他由哪兒聽説的呢？」

大家都要説點什麼，可都想不起説什麼才好。我們的胡同裏沒來過那樣體面的轎車。我們從來沒有接過二兩銀子的「喜敬」——那時候，二兩銀子可以吃一桌高級的酒席！

父親很後悔：「你看，我今年怎麼會忘了給他去拜年呢？怎麼呢？」

「你沒拜年去，他聽誰説的呢？」姑母還問那個老問題。

「你放心吧，」母親安慰父親，「他既來了，就一定沒挑了眼！定大爺是肚子裏撐得開船的人！」

「他到底聽誰說的呢？」姑母又追問一次。

沒人能夠回答姑母的問題，她就默默地回到自己屋中，心中既有點佩服我，又有點妒意。無可如何地點起蘭花煙，她不住地罵賊禿子。

我的曾祖母不是跟過一位滿族大員，到雲南等處去過嗎？那位大員不是帶回數不清的元寶嗎？定大爺就是這位到處拾元寶的大員的後代。

他的官印[77]是定祿。他有好幾個號：子豐、裕齋、富臣、少甫，有時候還自稱霜清老人，雖然他剛過二十歲。剛滿六歲，就有三位名儒教導他，一位教滿文，一位講經史，一位教漢文詩賦。先不提宅院有多麼大，光說書房就有帶廊子的六大間。書房外有一座精緻的小假山，霜清老人高了興便到山巔拿個大頂[78]。山前有牡丹池與芍藥池，每到春天便長起香蒿子與兔兒草，頗為茂盛；牡丹與芍藥都早被「老人」揪出來，看看離開土還能開花與否。書房東頭的粉壁前，種着一片翠竹，西頭兒有一株紫荊。竹與紫荊還都活着。好幾位滿族大員的子弟，和兩三位漢族富家子弟，都來此附學。他們有的中了秀才，有的得到差事，只有霜清老人才學出眾，能夠唱整齣的《當鐧賣馬》[79]，文武雙全。他是有才華的。他喜歡寫字，高興便叫書僮研一大海碗墨，供他寫三尺大的福字與壽字，賞給他的同學們；若不高興，他就半年也不動一次筆，所以他的字寫得很有力量，只是偶然地缺少兩筆，或多了一撇。他也很愛吟詩。靈感一來，他便寫出一句，命令同學們補足其餘。他沒學會滿文，也沒學好漢文，可是自信只要一使勁，馬上就都學會，於是暫且不忙着使勁。他也偶然地記住一二古文中的名句，如「落霞與孤鶩齊飛，秋水共長天一色」之類，隨時引用，出口成章。興之所至，他對什麼學術、學說都感興趣，對什麼三教九流的人物都樂意交往。他自居為新式的旗人，既有文化，又寬宏大量。他甚至同情、梁的維新的主張與辦法。他的心地良善，只要有人肯叫「大爺」，他就肯賞銀子。

他不知道他父親比祖父更闊了一些，還是差了一些。他不知道他們給他留下多少財產。每月的收支，他只聽管事的一句話。他不屑於問一切東西的價值，只要他愛，花多少錢也肯買。自幼兒，他就拿金銀錁子與瑪瑙翡翠作玩具，所以不知道它們是貴重物品。因此，不少和尚與道士都說他有仙根，海闊天空，悠然自得。他一看到別人為生活發愁着急，便以為必是心田狹隘，不善解脫。

他似乎記得，又似乎不大記得，他的祖輩有什麼好處，有什麼缺點，和怎麼拾來那些元寶。他只覺得生下來便被綢緞裹着，男女僕伺候着，完全因為他的福大量大造化大。他不能不承認自己是滿人，可並不過度地以此自豪，他有時候編出一些刻薄的笑話，譏誚旗人。他渺茫地感到自己是一種史無前例的特種人物，既記得幾個滿洲字，又會作一兩句漢文詩，而且一使勁便可以成聖成佛。他沒有能夠取得功名，似乎也無意花錢去捐個什麼官銜，他願意無牽無掛，像行雲流水那麼閑適而又忙碌。

他與我們的關係是頗有趣的。雖然我的曾祖母在他家幫過忙，我們可並不是他的家奴[80]。他的祖父、父親，與我的祖父、父親，總是那麼似斷似續地有點關係，又沒有多大關係。一直到他當了家，這種關係還沒有斷絕。我們去看他，他也許接見，也許不接見，那全憑他的高興與否。他若是一時心血來潮呢，也許來看看我們。這次他來賀喜，後來我們才探聽到，原來是因為他自己得了個女娃娃，也是臘月生的，比我早一天。他非常高興，覺得世界上只有他們夫婦才會生個女娃娃，別人不會有此本領與福氣。大概是便宜坊的老王掌櫃，在給定宅送賬單去，走漏了消息：在祭灶那天，那個時辰，一位文曲星或掃帚星降生在一個窮旗兵家裏。

是的，老王掌櫃和定宅的管事的頗有交情。每逢定大爺想吃熏雞或烤鴨，管事的總是照顧王掌櫃，而王掌櫃總是送去兩隻或三隻，便在賬上記下四隻或六隻。到年節要賬的時候，即使按照三隻或四隻還賬，王掌櫃

與管事的也得些好處。老王掌櫃有時候受良心的譴責，認為自己頗欠誠實，可是管事的告訴他：你想想吧，若是一節只欠你一兩銀子，我怎麼向大爺報賬呢？大爺會說：怎麼，憑我的身份就欠他一兩？沒有的事！不還！告訴你，老掌櫃，至少開十兩，才像個樣子！受了這點教育之後，老掌櫃才不再受良心的譴責，而安心地開花賬了。

定大爺看見了我，而且記住了我。是的，當我已經滿了七歲，而還沒有人想起我該入學讀書，就多虧他又心血來潮，忽然來到我家。哈哈了幾聲，啊啊了幾聲，他把我扯到一家改良私塾裏去，叫我給孔夫子與老師磕頭。他替我交了第一次的學費。第二天，他派人送來一管「文章一品」[81]，一塊「君子之風」[82]，三本小書[83]，和一丈藍布 —— 摸不清是作書包用的呢，還是叫我作一身褲褂。

不管姑母和別人怎樣重視定大爺的光臨，我總覺得金四把叔叔來賀喜更有意義。

在北京，或者還有別處，受滿族統治者壓迫最深的是回民。以金四叔叔的身體來說，據我看，他應當起碼作個武狀元。他真有功夫：近距離摔跤，中距離拳打，遠距離腳踢，真的，十個八個壯小伙子甭想靠近他的身子。他又多麼體面，多麼乾淨，多麼利落！他的黃淨子臉上沒有多餘的肉，而處處發着光；每逢陰天，我就愛多看看他的臉。他乾淨，不要說他的衣服，就連他切肉的案子都刷洗得露出木頭的花紋來。到我會去買東西的時候，我總喜歡到他那裏買羊肉或燒餅，他那裏是那麼清爽，以至使我相信假若北京都屬他管，就不至於無風三尺土了。他利落，無論幹什麼都輕巧乾脆；是呀，只要遇上他，我必要求他「舉高高」。他雙手托住我的兩腋，叫聲「起」，我便一步登天，升到半空中。體驗過這種使我狂喜的活動以後，別人即使津貼我幾個鐵蠶豆，我也不同意「舉高高」！

我就不能明白：為什麼皇上們那麼和回民過不去！是呀，在北京的

回民們只能賣賣羊肉，烙燒餅，作小買賣，至多不過是開個小清真飯館。我問過金四叔：「四叔，您幹嘛不去當武狀元呢？」四叔的極黑極亮的眼珠轉了幾下，拍拍我的頭，才說：「也許，也許有那麼一天，我會當上武狀元！禿子，你看，我現在不是吃着一份錢糧嗎？」

這個回答，我不大明白。跟母親仔細研究，也久久不能得到結論。母親說：「是呀，咱們給他請安，他也還個安，不是跟咱一樣嗎？可為什麼……」

我也跟福海二哥研究過，二哥也很佩服金四叔，並且說：「恐怕是因為隔着教[84]吧？可是，清真古教是古教啊，跟儒、釋、道一樣的好啊！」

那時候，我既不懂儒、釋、道都是怎麼一回事，也就不懂二哥的話意。看樣子，二哥反正不反對跟金四叔交朋友。

在我滿月的那天，已經快到下午五點鐘了，大家已經把關於定大爺的歷史與特點說得沒有什麼可補充的了，金四叔來到。大家並沒有大吃一驚，像定大爺來到時那樣。假若大家覺得定大爺是自天而降，對金四把的來到卻感到理當如此，非常親切。是的，他的口中除了有時候用幾個回民特有名詞，幾乎跟我們的話完全一樣。我們特有的名詞，如牛錄、甲喇、格格[85]……他不但全懂，而且運用的極為正確。一些我們已滿、漢兼用的，如「牛錄」也叫作「佐領」，他卻偏說滿語。因此，大家對他的吃上一份錢糧，都不怎麼覺得奇怪。我們當然不便當面提及此事，可是他倒有時候自動地說出來，覺得很可笑，而且也必爽朗地笑那麼一陣。

他送了兩吊錢，並祝我長命百歲。大家讓座的讓座，遞茶的遞茶。可是，他不肯喝我們的茶。他嚴守教規。這就使我們更尊敬他，都覺得：儘管他吃上一份錢糧，他可還是個真正的好回回。是的，當彼此不相往來的時候，不同的規矩與習慣使彼此互相歧視。及至彼此成為朋友，嚴守規

矩反倒受到對方的稱讚。我母親甚至建議:「四叔,我把那個有把兒的茶杯給你留起來,專為你用,不許別人動,你大概就會喝我們的茶了吧?」四叔也回答得好:「不!趕明兒我自己拿個碗來,存在這兒!」

四叔的嗓子很好,會唱幾句《三娘教子》[86]。雖然不能上胡琴,可是大家都替他可惜:「憑這條嗓子,要是請位名師教一教,準成個大名角兒!」可是,他拜不着名師。於是只好在走在城根兒的時候,痛痛快快地喊幾句。

今天,為是熱鬧熱鬧,大家懇請他消遣一段兒。

「嗐!我就會那麼幾句!」金四叔笑着説。可是,還沒等再讓,他已經唱出「小東人」[87]來了。

那時候,我還不會聽戲,更不會評論,無法説出金四把到底唱的怎樣。可是,我至今還覺得怪得意的:我的滿月吉日是受過回族朋友的慶祝的。

七

在滿洲餑餑裏,往往有奶油,我的先人們也許是喜歡吃牛奶、馬奶,以及奶油、奶酪的。可是,到後來,在北京住過幾代了,這個吃奶的習慣漸漸消失。到了我這一代,我只記得大家以杏仁茶、麵茶等作早點,就連喝得起牛奶的,如大舅與大姐的公公也輕易不到牛奶舖裏去。只有姑母還偶爾去喝一次,可也不過是為表示她喝得起而已。至於用牛奶餵娃娃,似乎還沒聽説過。

這可就苦了我。我同皇太子還是嬰兒的時候大概差不多,要吃飽了才能乖乖地睡覺。我睡不安,因為吃不飽。母親沒有多少奶,而牛奶與奶粉,在那年月,又不見經傳。於是,儘管我有些才華,也不能不表現在愛

哭上面。我的肚子一空，就大哭起來，並沒有多少眼淚。姑母管這種哭法叫作「乾嚎」。她討厭這種乾嚎，並且預言我會給大家招來災難。

為減少我的乾嚎與姑母的鬧氣，母親只好去買些楊村糕乾[88]，糊住我的小嘴。因此，大姐夫後來時常嘲弄我：吃漿糊長大的孩子，大概中不了武狀元！而姑母呢，每在用煙鍋子敲我的時節，也嫌我的頭部不夠堅硬。

姑母並沒有超人的智慧，她的預言不過是為討厭我啼哭而發的。可是，稍稍留心大事的人會看出來，小孩們的飢啼是大風暴的先聲。是呀，聽聽吧，在我乾嚎的時候，天南地北有多少孩子，因為餓，因為冷，因為病，因為被賣出去，一齊在悲啼啊！

黃河不斷泛濫，像從天而降，海嘯山崩滾向下游，洗劫了田園，沖倒了房舍，捲走了牛羊，把千千萬萬老幼男女飛快地送到大海中去。在沒有水患的地方，又連年乾旱，農民們成片地倒下去，多少嬰兒餓死在胎中。是呀，我的悲啼似乎正和黃河的狂吼，災民的哀號，互相呼應。

同時，在北京，在天津，在各大都市，作威作福的叱喝聲，脅肩諂笑的獻媚聲，鬻官賣爵的叫賣聲，一擲千金的狂賭聲，熊掌駝峰的烹調聲，淫詞浪語的取樂聲，與監牢中的鎖鐐聲，公堂上的鞭板夾棍聲，都匯合到一處，「天堂」與地獄似乎只隔着一堵牆，狂歡與慘死相距咫尺，想像不到的荒淫和想像不到的苦痛同時並存。這時候，侵略者的炮聲還隱隱在耳，瓜分中國的聲浪蕩漾在空中。這時候，切齒痛恨暴政與國賊的詛咒，與仇視侵略者的呼聲，在農村，在鄉鎮，像狂潮激盪，那最純潔善良的農民已忍無可忍，想用拳，用石頭，用叉耙掃帚，殺出一條活路！

就是在我不住哭嚎的時候，我們聽見了「義和拳」（後來改為義和團）這個名稱。

老王掌櫃的年紀越大，越愛說：得回家去看看嘍！可是，最近三

年，他把回家的假期都讓給了年歲較輕的夥計們。他懶得動。他越想家，也越愛留在北京。北京似乎有一種使他不知如何是好的魔力。他經常說，得把老骨頭埋在家鄉去。可是，若是有人問他：埋在北京不好嗎？他似乎也不堅決反對。

他最愛他的小兒子。在他的口中，十成（他的小兒子的名字）彷彿不是個男孩，而是一種什麼標準。提到年月，他總說：在生十成的那一年，或生十成後的第三年……。講到東西的高度，他也是說：是呀，比十成高點，或比十成矮着一尺……。附帶着說，十成本來排三，但是「三成」有歉收之意，故名十成。我們誰也沒見過十成，可是認識王掌櫃的人，似乎也都認識十成。在大家問他接到家信沒有的時候，總是問，十成來信沒有？

正是夏天農忙時節，王十成忽然來到北京！王掌櫃又驚又喜。喜的是兒子不但來了，而且長得筋是筋、骨是骨，身量比爸爸高出一頭，雖然才二十歲。驚的是兒子既沒帶行李，又滿身泥土，小褂上還破了好幾塊。他急忙帶着兒子去買了一身現成的藍布褲褂，一雙青布雙臉鞋，然後就手去拜訪了兩三家滿漢家庭，巡迴展覽兒子。過了兩天，不知十成說了些什麼，王掌櫃停止了巡迴展覽。可是，街坊四鄰已經知了消息，不斷地來質問：怎麼不帶十成上我們家去？看不起我們呀！這使他受了感動，可也叫他有點為難，只好不作普遍拜訪，而又不完全停止巡迴。

已是下午，母親正在西蔭涼下洗衣裳；我正在屋中半醒半睡、半飢半飽，躺着呻裹自己的手指頭；大黃狗正在棗樹下東彈彈、西啃啃地捉狗蠅，王家父子來到。

「這就是十成！」王掌櫃簡單地介紹。

母親讓他們到屋裏坐，他們不肯，只好在院裏說話兒。在夏天，我們的院裏確比屋裏體面：兩棵棗樹不管結棗與否，反正有些綠葉。順着牆

根的幾棵自生自長的草茉莉，今年特別茂盛。因為給我添購糕乾，父親今年只買了一棵五色梅，可是開花頗賣力氣。天空飛着些小燕，院內還偶爾來一兩隻紅的或黃的蜻蜓。房上有幾叢兔兒草，雖然不利於屋頂，可是葱綠可喜。總起來說，我們院中頗不乏生趣。

雖然天氣已相當的熱，王掌櫃可講規矩，還穿着通天扯地的灰布大衫。十成的新褲褂呢，褲子太長，褂子太短，可是一致地發出熱辣辣的藍靛味兒。母親給了王掌櫃一個小板櫈，他坐下，不錯眼珠地看着十成。十成說「有功夫」，無論怎麼讓，也不肯坐下。

母親是受過娘家與婆家的排練的，儘管不喜多嘴多舌，可是來了親友，她總有適當的一套話語，酬應得自然而得體。是呀，放在平日，她會有用之不竭的言詞，和王掌櫃專討論天氣。今天，也不知怎麼，她找不到話說。她看看王掌櫃，王掌櫃的眼總盯着十成的臉上與身上，似乎這小伙子有什麼使他不放心的地方。十成呢，像棵結實的小松樹似的，立在那裏，生了根，只有兩隻大手似乎沒有地方安置，一會兒抬起來，一會兒落下去。他的五官很正，眼珠與腦門都發着光，可是嚴嚴地閉着嘴，決定能不開口就不開口。母親不知如何是好，連天氣專題也忘了。愣了一會兒，十成忽然蹲下去，用手托住雙腮，彷彿思索着什麼極重大的問題。

正在這時候，福海二哥來了。大黃狗馬上活躍起來，蹦蹦跳跳地跑前跑後，直到母親說了聲：「大黃，安頓點！」大黃才回到原位去繼續捉狗蠅。

二哥坐下，十成立了起來，閉得緊緊的嘴張開，似笑不笑地叫了聲「二哥」。

二哥拿着把黑面、棕竹骨的扇子，搧動了半天才說：「十成我想過了，還是算了吧！」

「算了？」十成看了看父親，看了看二哥。「算了？」他用力嚥了口

唾沫。「那是你説！」

母親不曉得什麼時候十成認識了福海，也聽不懂他們説的是什麼，只好去給他們沏茶。

王掌櫃一邊思索着一邊説，所以説的很慢：「十成，我連洋布大衫都看不上，更甭説洋人、洋教了！可是……」

「爹！」十成在新褲子上擦了擦手心上的汗：「爹！你多年不在鄉下，你不知道我們受的是什麼！大毛子聽二毛子的攛掇，官兒又聽大毛子的旨意，一個老百姓還不如這條狗！」十成指了指大黃。「我頂恨二毛子，他們忘了本！」

王掌櫃和二哥都好一會兒沒説出話來。

「也，也有沒忘本的呀！」二哥笑着説，笑的很欠自然。

「忘了本的才是大毛子的親人！」十成的眼對準了二哥的，二哥趕緊假裝地去看棗樹葉上的一個「花布手巾」[89]。

王掌櫃仍然很慢地説：「你已經……可是沒……！」

二哥趕快補上：「得啦，小伙子！」

十成的眼又對準了二哥的：「別叫我小伙子，我一點也不小！我練了拳，練了刀，還要練善避刀槍！什麼我也不怕！不怕！」

「可是，你沒打勝！」二哥冷笑了一下。「不管你怎麼理直氣壯，官兵總幫助毛子們打你！你已經吃了虧！」

王掌櫃接過話去：「對！就是這麼一筆賬！」

「我就不服這筆賬，不認這筆賬！敗了，敗了再打！」十成説完，把嘴閉得特別嚴，腮上輕動，大概是咬牙呢。

「十成！」王掌櫃耐心地説：「十成，聽我説！先在這兒住下吧！先看一看，看明白了再走下一步棋，不好嗎？我年紀這麼大啦，有你在跟前……」

「對！十成！你父親説的對！」二哥心裏佩服十成，而口中不便説造反的話；他是旗兵啊。

十成又蹲下了，一聲不再出。

二哥把扇子打開，又併上，併上又打開，發出輕脆的響聲。他心裏很亂。有意無意地他又問了句：「十成，你們有多少人哪？」

「多了！多了！有骨頭的⋯⋯」他狠狠地看了二哥一眼。「在山東不行啊，我們到直隸〔90〕來，一直地進北京！」

王掌櫃猛地立起來，幾乎是喊着：「不許這麼説！」

母親拿來茶。可是十成沒説什麼，立起來，往外就走。母親端着茶壺，愣在那裏。

「您忙去吧，我來倒茶！」二哥接過茶具，把母親支開，同時又讓王掌櫃坐下。剛才，他被十成的正氣給壓得幾乎找不出話説；現在，只剩下了王掌櫃，他的話又多起來：「王掌櫃，先喝碗！別着急！我會幫助您留下十成！」

「他，他在這兒，行嗎？」王掌櫃問。

「他既不是強盜，又不是殺人兇犯！山東鬧義和團，我早就聽説了！我也聽説，上邊決不許老百姓亂動！十成既跑到這兒來，就別叫他再回去。在這兒，有咱們開導他，他老老實實，別人也不會刨根問底！」二哥一氣説完，又恢復了平日的諸葛亮氣度。

「叫他老老實實？」王掌櫃慘笑了一下。「他説的有理，咱們勸不住他！」

二哥又低下頭去。的確，十成説的有理！「嗐！老王掌櫃，我要光是個油漆匠，不也是旗兵啊，我也⋯⋯」

王掌櫃也嘆了口氣，慢慢地走出去。

母親過來問二哥：「老二，都是怎麼一回事啊？十成惹了什麼禍？」

「沒有！沒有！」二哥的臉上紅了些，他有時候很調皮，可是不愛扯謊。「沒事！您放心吧！」

「我看是有點事！你可得多幫幫王掌櫃呀！」

「一定！」

這時候，姑母帶着「小力笨」從西廟回來。姑母心疼錢，又不好意思白跑一趟，所以只買了一包刷牙用的胡鹽。

「怎麼樣啊？老二！」姑母笑着問。

按照規律，二哥總會回答：「聽您的吧，老太太！」可是，今天他打不起精神湊湊十胡什麼的。十成的樣子、話語還在他的心中，使他不安、慚愧，不知如何是好。「老太太，我還有點事！」他笑着回答。然後又敷衍了幾句，用扇子打了大腿一下：「我還真該走啦！」便走了出去。

出了街門，他放慢了腳步。他須好好地思索思索。對世界形勢，他和當日的王爺們一樣，不大知道。他只知道外國很厲害。可是，不管外國怎麼厲害，他卻有點不服氣。因此，他佩服十成。不過，他也猜得到，朝廷決不許十成得罪外國人，十成若是傻幹，必定吃虧。他是旗兵，應當向着朝廷呢？還是向着十成呢？他的心好像幾股麻繩繞在一塊兒，撕拉不開了。他的身上出了汗，小褂貼在背上，襪子也黏住腳心，十分不好過。

糊裏糊塗地，他就來到便宜坊門外。他決定不了，進去還是不進去。

恰好，十成出來了。看見二哥，十成立定，嘴又閉得緊緊的。他的神氣似乎是説：你要捉拿我嗎？好，動手吧！

二哥笑了笑，低聲地説：「別疑心我！走！談談去！」

十成的嘴唇動了動，而沒説出什麼來。

「別疑心我！」二哥又説了一遍。

「走！我敢作敢當！」十成跟着二哥往北走。

他們走得飛快，不大會兒就到了積水灘。這裏很清靜，葦塘邊上只

有兩三個釣魚的，都一聲不出。兩個小兒跑來，又追着一隻蜻蜓跑去。二哥找了塊石頭坐下，擦着頭上的汗，十成在一旁蹲下，呆視着微動的葦葉。

二哥要先交代明白自己，好引出十成的真心話來。「十成，我也恨欺侮咱們的洋人！可是，我是旗兵，上邊怎麼交派，我怎麼作，我不能自主！不過，萬一有那麼一天，兩軍陣前，你我走對了面，我決不會開槍打你！我呀，十成，把差事丟了，還能掙飯吃，我是油漆匠！」

「油漆匠？」十成看了二哥一眼。「你問吧！」

「我不問教裏的事。」

「什麼教？」

「你們不是八卦教？教裏的事不是不告訴外人嗎？」二哥得意地笑了笑。「你看，我是白蓮教。按說，咱們是師兄弟！」

「你是不敢打洋人的白蓮教！別亂扯師兄弟！」

二哥以為這樣扯關係，可以彼此更親熱一點；哪知道竟自碰了回來。他的臉紅起來。「我，我在理兒！」

「在理兒就說在理兒，幹嘛扯上白蓮教？」十成一句不讓。

「算了，算了！」二哥沉住了氣。「說說，你到底要怎樣！」

「我走！在老家，我們全村受盡了大毛子、二毛子的欺負，我們造了反！我們叫官兵打散了，死了不少人！我得回去，找到朋友們，再幹！洋人，官兵，一齊打！我們的心齊，我們有理，誰也擋不住我們！」十成立了起來，往遠處看，好像一眼就要看到山東去。

「我能幫幫你嗎？」二哥越看越愛這個天不怕地不怕的小伙子。他生在北京，長在北京，沒見過像十成這樣淳樸，這樣乾淨，這樣豪爽的人。

「我馬上就走，你去告訴我爹，叫他老人家看明白，不打不殺，誰也沒有活路兒！叫他看明白，我不是為非作歹，我是要幹點好事兒！你肯

嗎？」十成的眼直視着二哥的眼。

「行！行！十成，你知道，我的祖先也不怕打仗！可是，現在……算了，不必說了！問你，你有盤纏錢沒有？」

「沒有！用不着！」

「怎麼用不着？誰會白給你一個燒餅？」二哥的俏皮話又來了，可是趕緊控制住。「我是說，行路總得有點錢。」

「看！」十成解開小褂，露出一條已經被汗漚得深一塊淺一塊的紅布腰帶來。「有這個，我就餓不着！」說完，他趕緊把小褂又扣好。

「可是，叫二毛子看見，叫官兵看見，不就……」

「是呀！」十成爽朗地笑了一聲。「我這不是趕快繫好了扣子嗎？二哥，你是好人！官兵要都像你，我們就順利多了！哼，有朝一日，我們會叫皇上也得低頭！」

「十成，」二哥掏出所有的幾吊錢來，「拿着吧，不准不要！」

「好！」十成接過錢去。「我數數！記上這筆賬！等把洋人全趕走，我回家種地，打了糧食還給你！」他一邊說，一邊數錢。「四吊八！」他把錢塞在懷裏。「再見啦！」他往東走去。二哥趕上去，「你認識路嗎？」

十成指了指德勝門的城樓：「那不是城門？出了城再說！」

十成不見了，二哥還在那裏立着。這裏是比較涼爽的地方，有水，有樹，有蘆葦，還有座不很高的小土山。二哥可是覺得越來越熱。他又坐在石頭上。越想，越不對，越怕；頭上又出了汗。不管怎樣，一個旗兵不該支持造反的人！他覺得自己一點也不精明，作了極大的錯事！假若十成被捉住，供出他來，他怎麼辦？不殺頭，也得削除旗籍，發到新疆或雲南去！

「也不至於！不至於！」他安慰自己。「出了事，花錢運動運動就能逢凶化吉！」這麼一想，他又覺得他不是同情造反，而是理之當然了——

什麼事都可以營私舞弊，有銀子就能買到官，贖出命來。這成何體統呢？他沒讀過經史，可是聽過不少京戲和評書，哪一朝不是因為不成體統而垮了台呢？

再說，十成是要打洋人。一個有良心的人，沒法不佩服他，大家夥兒受了洋人多少欺侮啊！別的他不知道，他可忘不了甲午之戰，和英法聯軍焚燒圓明園啊。他鎮定下來。十成有理，他也有理，有理的人心裏就舒服。他慢慢地立起來，想找王掌櫃去。已走了幾步，他又站住了。不好！不能去！他答應下王掌櫃，幫他留下十成啊！再說，王掌櫃的嘴快，會到處去說：兒子跑了，福海知道底細！這不行！

可是，不去安慰王掌櫃，叫老頭子到處去找兒子，也不對！怎麼辦呢？

他急忙回了家，用左手寫了封信：「父親大人金安：兒回家種地，怕大人不准回去，故不辭而別也。路上之事，到家再稟。兒十成頓首。」寫完，封好，二哥說了聲「不好！」趕緊又把信拆開。「十成會寫字不會呢？不知道！」

想了好大半天，打不定主意，最後：「算了，就是它！」他又把信黏好，決定在天黑之後，便宜坊上了門，從門縫塞進去。

八

王掌櫃本來不喜歡洋人、洋東西，自從十成不辭而別，他也厭惡洋教與二毛子了。他在北京住了幾十年，又是個買賣地的人，一向對誰都是一團和氣，就是遇見永遠不會照顧他的和尚，他也恭敬地叫聲大師傅。現在，他越不放心十成，就越注意打聽四面八方怎麼鬧教案，也就決定不便對信洋教的客客氣氣。每逢他路過教堂，他便站住，多看一會兒；越看，

心裏越彆扭。那些教堂既不像佛廟，又不像道觀？而且跟兩旁的建築是那麼不諧調，叫他覺得它們裏邊必有洋槍洋炮，和什麼洋秘密，洋怪物。趕上禮拜天，他更要多站一會兒，看看都是誰去作禮拜。他認識不少去作禮拜的人，其中有的是很好的好人，也有他平素不大看得起的人。這叫他心裏更弄不清楚了：為什麼那些好人要信洋教呢？為什麼教堂收容那些不三不四的人呢？他想不明白。更叫他想不通的是：教徒裏有不少旗人！他知道旗人有自己的宗教（他可是說不上來那是什麼教），而且又信佛教、道教，和孔教。據他想，這也就很夠了，為什麼還得去信洋教呢？越想，他心裏越繞得慌！

他決定問問多二爺。多二爺常到便宜坊來買東西，非常守規矩，是王掌櫃所敬重的一個人。他的服裝還是二三十年前的料子與式樣，寬衣博帶，古色古香。王掌櫃因為討厭那嘩嘩亂響的竹布，就特別喜愛多二爺的衣服鞋帽，每逢遇上他，二人就以此為題，談論好大半天。多二爺在旗下衙門裏當個小差事，收入不多。這也就是他的衣冠古樸的原因，他作不起新的。他沒想到，這會得到王掌櫃的誇讚，於是遇到有人說他的衣帽過了時，管他叫「老古董」，他便笑着說：「哼！老王掌櫃還誇我的這份兒老行頭呢！」因此，他和王掌櫃的關係就越來越親密。但是，他並不因此而賒賬。每逢王掌櫃說：「先拿去吃吧，記上賬！」多二爺總是笑着搖搖頭：「不，老掌櫃！我一輩子不拉虧空！」是，他的確是個安分守己的人。他的衣服雖然陳舊，可是老刷洗得乾乾淨淨，容易磨破的地方都事先打好補釘。

他的臉很長，眉很重，不苟言苟笑。可是，遇到他所信任的人，他也愛拉不斷扯不斷地閒談，並且怪有風趣。

他和哥哥分居另過。多大爺不大要強，雖然沒作過、也不敢作什麼很大的傷天害理的事，可是又饞又懶，好貪小便宜。無論去作什麼事，他

的劈面三刀總是非常漂亮，叫人相信他是最勤懇，沒事兒會找事作的人。吃過了幾天飽飯之後，他一點也不再勤懇，睡覺的時候連燈都懶得吹滅，並且聲明：「沒有燈亮兒，我睡不着！」

他入了基督教。全家人都反對他入教，他可是非常堅決。他的理由是：「你看，財神爺，灶王爺，都不保佑我，我幹嘛不試試洋神仙呢？這年頭兒，什麼都是洋的好，睜開眼睛看看吧！」

反對他入教最力的是多二爺。多老二也並摸不清基督教的信仰是什麼，信它有什麼好處或什麼壞處。他的最重要的理由是：「哥哥，難道你就不要祖先了嗎？入了教不准上墳燒紙！」

「那，」多大爺的臉不像弟弟的那麼長，而且一急或一笑，總把眉眼口鼻都擠到一塊兒去，像個多褶兒的燒賣。此時，他的臉又皺得像個燒賣。「那，我不去上墳，你去，不是兩面都不得罪嗎？告訴你，老二，是天使給我託了夢！前些日子，我一點轍也沒有 [91]。可是，我夢見了天使，告訴我：『城外有生機』。我就出了城，順着護城河慢慢地走。忽然，我聽見了蛙叫，咕呱，咕呱！我一想，莫非那個夢就應驗在田雞身上嗎？連釣帶捉，我就捉到二十多隻田雞。你猜，我遇見了誰？」他停住口，等弟弟猜測。

多老二把臉拉得長長的，沒出聲。

多老大接着說：「在法國府……」

多老二反倒在這裏插了話：「什麼法國府？」

「法國使館嘛！」

「使館不就結了，幹嘛說法國府？」

「老二，你呀發不了財！你不懂洋務！」

「洋務？李鴻章懂洋務，可是大夥兒管他叫漢奸！」

「老二！」多老大的眉眼口鼻全擠到一塊兒，半天沒有放鬆。「老二！

你敢説李中堂〔92〕是……！算了，算了，我不跟你扳死槓！還説田雞那回事兒吧！」

「大哥，説點正經的！」

「我説的正是最正經的！我呀，拿着二十多隻肥胖的田雞，進了城。心裏想：看看那個夢靈不靈！正這麼想呢，迎頭來了法國府的大師傅，春山，也是咱們旗人，鑲黃旗的。你應該認識他！他哥哥春海，在天津也當洋廚子。」

「不認識！」

「哼，洋面上的人你都不認識！春山一見那些田雞，就一把抓住了我，説：『多老大，把田雞賣給我吧！』我一看他的神氣，知道其中有事，就沉住了氣。我説：『我找這些田雞，是為配藥用的，不賣！』我這麼一説，他更要買了。敢情啊，老二，法國人哪，吃田雞！你看，老二，那個夢靈不靈！我越不賣，他越非買不可，一直到我看他拿出兩吊錢來，我才把田雞讓給他！城外有生機，應驗了！從那個好日子以後，我隔不了幾天，就給他送些田雞去。可是，到了冬天，田雞都藏起來，我又沒了辦法。我還沒忘了天使，天使也沒忘了我，又給我託了個夢：『老牛有生機』。這可不大好辦！你看，田雞可以白捉，牛可不能隨便拉走啊！有一天，下着小雪，我在街上走來走去，一點轍也沒有。走着走着，一看，前面有個洋人。反正我也沒事兒作，就加快了腳步，跟着他吧。你知道，洋人腿長，走得快。一邊走，我一邊唸道：『老牛有生機』。那個洋人忽然回過頭來，嚇了我一跳。他用咱們的話問我：『你叫我，不叫我？』唉，他的聲音，他的説法，可真別致，別有個味兒！我還沒想起怎麼回答，他可又説啦：『我叫牛又生。』你就説，天使有多麼靈！牛有生，牛又生，差不多嘛！他敢情是牛又生，牛大牧師，真正的美國人！一聽説他是牧師，我趕緊説：『牛大牧師，我有罪呀！』這是點真學問！你記住，牧師

專收有罪的人，正好像買破爛的專收碎銅爛鐵。牛牧師高興極了，親親熱熱地把我拉進教堂去，管我叫迷失了的羊。我想：他是牛，我是羊，可以算差不多。他為我禱告，我也學着禱告。他叫我入查經班，白送給我一本《聖經》，還給了我兩吊錢！」

「大哥！你忘了咱們是大清國的人嗎？餓死，我不能去巴結洋鬼子！」多老二斬釘截鐵地說。

「大清國？哈哈！」多老大冷笑着：「連咱們的皇上也怕洋人！」

「說的好！」多老二真急了。「你要是真敢信洋教，大哥，別怪我不准你再進我的門！」

「你敢！我是你哥哥，親哥哥！我高興幾時來就幾時來！」多老大氣哼哼地走出去。

一個比別的民族都高着一等的旗人若是失去自信，像多老大這樣，他便對一切都失去信心。他覺得自己是天底下最可憐的人，因而他幹什麼都應當邀得原諒。他入洋教根本不是為信仰什麼，而是對社會的一種挑戰。他彷彿是說：誰都不管我呀，我去信洋教，給你們個蒼蠅吃[93]。他也沒有把信洋教看成長遠之計；多咱洋教不靈了，他會退出來，改信白蓮教，假若白蓮教能夠給他兩頓飯吃。思索了兩天，他去告訴牛牧師，決定領洗入教，改邪歸正。

教堂裏還有位中國牧師，很不高興收多大爺這樣的人作教徒。可是，他不便說什麼，因為他怕被牛牧師問倒：教會不救有罪的人，可救誰呢？況且，教會是洋人辦的，經費是由外國來的，他何必主張什麼呢？自從他當上牧師那天起，他就決定毫無保留地把真話都稟明上帝，而把假話告訴牛牧師。不管牛牧師說什麼，他總點頭，心裏可是說：「你犯錯誤，你入地獄！上帝看得清楚！」

牛牧師在國內就傳過道，因為幹別的都不行。他聽說地球上有個中

國，可是與他毫無關聯，因而也就不在話下。自從他的舅舅從中國回來，他開始對中國發生了興趣。他的舅舅在年輕的時候偷過人家的牲口，被人家削去了一隻耳朵，所以逃到中國去，賣賣鴉片什麼的，發了不小的財。發財還鄉之後，親友們，就是原來管他叫流氓的親友們，不約而同地稱他為中國通。在他的面前，他們一致地避免說「耳朵」這個詞兒，並且都得到了啟發 —— 混到山窮水盡，便上中國去發財，不必考慮有一隻、還是兩隻耳朵。牛牧師也非例外。他的生活相當困難，到聖誕節都不一定能夠吃上一頓烤火雞。舅舅指給他一條明路：「該到中國去！在這兒，你連在聖誕節都吃不上烤火雞；到那兒，你天天可以吃肥母雞，大雞蛋！在這兒，你永遠僱不起僕人；到那兒，你可以起碼用一男一女，兩個僕人！去吧！」

於是，牛牧師就決定到中國來。作了應有的準備，一來二去，他就來到了北京。舅舅果然說對了：他有了自己獨住的小房子，用上一男一女兩個僕人；雞和雞蛋是那麼便宜，他差不多每三天就過一次聖誕節。他開始發胖。

對於工作，他不大熱心，可又不敢太不熱心。他想發財，而傳教畢竟與販賣鴉片有所不同。他沒法兒全心全意地去工作。可是，他又準知道，若是一點成績作不出來，他就會失去剛剛長出來的那一身肉。因此，在工作上，他總是忽冷忽熱，有冬有夏。在多老大遇見他的那一天，他的心情恰好是夏天的，想把北京所有的罪人都領到上帝面前來，作出成績。在這種時候，他羨慕天主教的神甫們。天主教的條件好，勢力厚，神甫們可以用錢收買教徒，用勢力庇護教徒，甚至修建堡壘，藏有槍炮。神甫們幾乎全像些小皇帝。他，一個基督教的牧師，沒有那麼大的威風。想到這裏，他不由地也想起舅舅的話來：「對中國人，別給他一點好顏色！你越厲害，他們越聽話！」好，他雖然不是天主教的神甫，可到底是牧師，代

表着上帝！於是，在他講道的時候，他就用他的一口似是而非的北京話，在講壇上大喊大叫：地獄，魔鬼，世界末日……震得小教堂的頂棚上往下掉塵土。這樣發洩一陣，他覺得痛快了一些，沒有發了財，可是發了威，也是一種勝利。

對那些藉着教會的力量，混上洋事，家業逐漸興旺起來的教友，他有些反感。他們一得到好處，就不大熱心作禮拜來了。可是，他也不便得罪他們，因為在聖誕節給他送來值錢的禮物的正是他們。有些教友呢，家道不怎麼強，而人品很好。他們到時候就來禮拜，而不巴結牧師。牛牧師以為這種人，按照他舅舅對中國人的看法，不大合乎標準，所以在喊地獄的時候，他總看着他們 —— 你們這些自高自大的人，下地獄！下地獄！他最喜愛的是多老大這類的人。他們合乎標準：窮，沒有一點架子，見了他便牧師長，牧師短，叫得震心。跟他們在一道，他覺得自己多少像個小皇帝了。

他的身量本來不算很矮，可是因為近來吃得好，睡得香，全身越發展越圓，也就顯着矮了一些。他的黃頭髮不多，黃眼珠很小；因此，他很高興：生活在中國，黃顏色多了，對他不利。他的笑法很突出：咔、咔地往外擠，好像嗓子上扎着一根魚刺。每逢遇到教友們，他必先咔咔幾下，像大人見着個小孩，本不想笑，又不好不逗一逗那樣。

不論是在講壇上，還是在日常生活中，他都說不出什麼大道理來。他沒有什麼學問，也不需要學問。他覺得只憑自己來自美國，就理當受到尊敬。他是天生的應受尊敬的人，連上帝都得怕他三分。因此，他最討厭那些正派的教友。當他們告訴他，或在神氣上表示出：中國是有古老文化的國家，在古代就把最好的瓷器、絲綢，和紙、茶等等送給全人類，他便趕緊提出輪船、火車，把瓷器什麼的都打碎，而後勝利地咔咔幾聲。及至他們表示中國也有過岳飛和文天祥等英雄人物，他最初只眨眨眼，因為

根本不曉得他們是誰。後來，他打聽明白了他們是誰，他便自動地，嚴肅地，提起他們來：你們的岳飛和文天祥有什麼用呢？你們都是罪人，只是上帝能拯救你們！說這些話的時候，他的臉便紅起來，手心裏出了汗。他不曉得自己為什麼那樣激動，只覺得這樣臉紅脖子粗的才舒服，才對得起真理。

　　人家多老大就永遠不提岳飛和文天祥。人家多老大冬夏長青地用一塊破藍布包着《聖經》，夾在腋下，而且巧妙地叫牛牧師看見。而後，他進一步，退兩步地在牧師前面擺動，直到牧師咔咔了兩聲，他才畢恭畢敬地打開《聖經》，雙手捧着，前去請教。這樣一來，明知自己沒有學問的牛牧師，忽然變成有學問的人了。

　　「牧師！」多老大恭敬而親熱地叫：「牧師！牛牧師，咱們敢情都是土作的呀？」

　　「對！對！『創世記』[94]上說得明明白白：上帝用土造人，將生氣吹在他鼻內，人就成了生靈。」牛牧師指着《聖經》說。

　　「牧師！牛牧師！那麼，土怎麼變成了肉呢？」多大爺裝傻充愣地問。

　　「不是上帝將生氣吹在鼻子裏了嗎？」

　　「對！牧師！對！我也是這麼想，可是又怕想錯了！」多大爺把《舊約》的「歷代」翻開，交給牧師，而後背誦：「亞當生塞特，塞特生以挪士，以挪士生該南，該南生瑪勒列……」[95]

　　「行啦！行啦！」牧師高興地勸阻。「你是真用了功！一個中國人記這些名字，不容易呀！」

　　「真不容易！第一得記性好，第二還得舌頭靈！牧師，我還有個弄不清楚的事兒，可以問嗎？」

　　「當然可以！我是牧師！」

　　多老大翻開「啟示錄」[96]。「牧師，我不懂，為什麼『寶座中，和寶

座四圍有四個活物，前後遍體都長滿了眼睛』？這是什麼活物呢？」

「下面不是說：第一個活物像獅子，第二個活物像牛犢，第三個活物有臉像人，第四個活物像飛鷹嗎？」

「是呀！是呀！可為什麼遍體長滿了眼睛呢？」

「那，」牛牧師抓了抓稀疏的黃頭髮。「那，『啟示錄』是最難懂的。在我們國內，光說解釋『啟示錄』的書就有幾大車，不，幾十大車！你呀，先唸『四福音書』[97]吧，等到功夫深了再看『啟示錄』！」牛牧師虛晃了一刀，可是晃得非常得體。

「對！對！」多老大連連點頭。在點頭之際，他又福至心靈地想出警句：「牧師，我可識字不多，您得幫助我！」他的確沒有讀過多少書，可是無論怎麼說，他也比牛牧師多認識幾個漢字。他佩服了自己：一到諂媚人的時候，他的腦子就會那麼快，嘴會那麼甜！他覺得自己是一朵剛吐蕊的鮮花，沒法兒不越開越大、越香！

「一定！一定！」牛牧師沒法子不拿出四吊錢來了。他馬上看出來：即使自己發不了大財，可也不必愁吃愁穿了 —— 是呀，將來回國，他可以去作教授！好嘛，連多老大都求他幫助唸《聖經》，漢語的《聖經》，他不是個漢學家，還是什麼呢？舅舅，曾經是偷牲口的流氓，現在不是被稱為中國通麼？

接過四吊錢來，多老大拐彎抹角地說出：他不僅是個旗人，而且祖輩作過大官，戴過紅頂子。

「嘔！有沒有王爺呢？」牛牧師極嚴肅地問。王爺、皇帝，甚至於一個子爵，對牛牧師來說，總有那麼不小的吸引力。他切盼教友中有那麼一兩位王爺或子爵的後裔，以便向國內打報告的時候，可以大書特書：兩位小王爺或子爵在我的手裏受了洗禮！

「不記得有王爺。我可是的確記得，有兩位侯爺！」多老大運用想

像，創造了新的家譜。是的，就連他也不肯因伸手接那四吊錢而降低了身份。他若是侯爺的後代呢，那點錢便差不多是洋人向他獻禮的了。

「侯爺就夠大的了，不是嗎？」牛牧師更看重了多老大，而且咔咔地笑着，又給他添了五百錢。

多老大包好《聖經》，揣好四吊多錢，到離教堂至少有十里地的地方，找了個大酒缸[98]。一進去，多老大把天堂完全忘掉了。多麼香的酒味呀！假若人真是土作的，多老大希望，和泥的不是水，而是二鍋頭！坐在一個酒缸的旁邊，他幾乎要暈過去，屋中的酒味使他全身的血管都在喊叫：拿二鍋頭來！鎮定了一下，他要了一小碟炒麻豆腐，幾個醃小螃蟹，半斤白乾。

喝到他的血管全舒暢了一些，他笑了出來：遍身都是眼睛，嘻嘻嘻！他飄飄然走出來，在門外精選了一塊豬頭肉，一對熏雞蛋，幾個白麵火燒，自由自在地，連吃帶喝地，享受了一頓。用那塊破藍布擦了擦嘴，他向酒缸主人告別。

吃出點甜頭來以後，多老大的野心更大了些。首先他想到：要是像旗人關錢糧似的，每月由教會發給他幾兩銀子，夠多麼好呢！他打聽了一下，這在基督教教會不易作到。這使他有點傷心，幾乎要責備自己，為什麼那樣冒失，不打聽明白了行市就受洗入了教。

他可是並不灰心。不！既來之則安之，他必須多動腦子，給自己打出一條活路來。是呀，能不能借着牛牧師的力量，到「美國府」去找點差事呢？剛剛想到這裏，他自己趕緊打了退堂鼓：不行，規規矩矩地去當差，他受不了！他願意在閒散之中，得到好吃好喝，像一位告老還鄉的宰相似的。是的，在他的身上，歷史彷彿也不是怎麼走錯了路。在他的血液裏，似乎已經沒有一點什麼可以燃燒起來的東西。他的最高的理想是天上掉下餡餅來，而且恰好掉在他的嘴裏。

他知道，教會裏有好幾家子，借着洋氣兒開了大舖子，販賣洋貨，發了不小的財。他去拜訪他們，希望憑教友的情誼，得點好處。可是，他們的愛心並不像他所想像的那麼深厚，都對他非常冷淡。他們之中，有好幾位會說洋話。他本來以為「亞當生塞特……」就是洋話；敢情並不是。他摹仿着牛牧師的官話腔調把「亞當生塞特」說成「牙當生鰓特」，人家還是搖頭。他問人家那些活物為什麼滿身是眼睛，以便引起學術研究的興趣，人家乾脆說「不知道」！人家連一杯茶都沒給他喝！多麼奇怪！

多老大苦悶。他去問那些純正的教友，他們說信教是為追求真理，不為發財。可是，真理值多少錢一斤呢？

他只好去聯合吃教的苦哥兒們，想造成一種勢力。他們各有各的手法與作風，不願跟他合作。他們之中，有的借着點洋氣兒，給親友們調停官司，或介紹買房子賣地，從中取得好處；也有的買點別人不敢摸的贓貨，如小古玩之類，送到外國府去；或者奉洋人之命，去到古廟裏偷個小銅佛什麼的，得些報酬。他們各有門道，都不傳授給別人，特別是多老大。他們都看不上他的背誦「亞當生塞特」和討論「遍身是眼睛」，並且對他得到幾吊錢的賞賜也有那麼點忌妒。他是新入教的，不該後來居上，壓下他們去。一來二去，他們管他叫作「眼睛多」，並且有機會便在牛牧師的耳旁說他的壞話。牛牧師有「分而治之」的策略在胸，對他並沒有表示冷淡，不過趕到再討論「啟示錄」的時候，他只能得到一吊錢了，儘管他暗示：他的小褂也像那些活物，遍身都是眼睛！

怎麼辦呢？

唉，不論怎麼說，非得點好處不可！不能白入教！

先從小事兒作起吧。在他入教以前，他便常到老便宜坊賒點東西吃，可是也跟別的旗人一樣，一月倒一月，錢糧下來就還上賬。現在，他決定只賒不還，看便宜坊怎麼辦。以前，他每回不過是賒二百錢的生肉，

或一百六一包的盒子菜什麼的；現在，他敢賒整隻的醬雞了。

王掌櫃從多二爺那裏得到了底細。他不再懷疑十成所説的了。他想：眼睛多是在北京，假若是在鄉下，該怎樣橫行霸道呢？怪不得十成那麼恨他們。

「王掌櫃！」多二爺含羞帶愧地叫：「王掌櫃！他欠下幾個月的了？」

「三個多月了，沒還一個小錢！」

「王掌櫃！我，我慢慢地替他還吧！不管怎麼説，他總是我的哥哥！」多二爺含着淚説。

「怎能那麼辦呢？你們分居另過，你手裏又不寬綽！」

「分居另過⋯⋯他的祖宗也是我的祖宗！」多二爺狠狠地嚥了口唾沫。

「你，你甭管！我跟他好好地講講理！」

「王掌櫃！老大敢作那麼不體面的事，是因為有洋人給他撐腰；咱們鬥不過洋人！王掌櫃，那點債，我還！我還！不管我怎麼為難，我還！」

王掌櫃考慮了半天，決定暫且不催多老大還賬，省得多老大真把洋人搬出來。他也想到：洋人也許不會管這樣的小事吧？可是，誰準知道呢？「還是穩當點好！」他這麼告訴自己。

這時候，多老大也告訴自己：「行！行！這一手兒不壞，吃得開！看，我既不知道鬧出事兒來，牛牧師到底幫不幫我的忙，也還沒搬出他來嚇唬王掌櫃，王掌櫃可是已經不言不語地把醬雞送到我手裏，彷彿兒子孝順爸爸似的，行，行，有點意思兒！」

他要求自己更進一步：「是呀，趕上了風，還不拉起帆來嗎？」可是，到底牛牧師支持他不呢？他心裏沒底。好吧，喝兩盅兒壯壯膽子吧。喝了四兩，燒賣臉上紅撲撲的，他進了便宜坊。這回，他不但要賒一對肘子，而且向王掌櫃借四吊錢。

王掌櫃冒了火。已經忍了好久，他不能再忍。雖然作了一輩子買賣，他可究竟是個山東人，心直氣壯。他對準了多老大的眼睛，看了兩分鐘。他以為多老大應當明白這是什麼意思，希望他知難而退。可是，多老大沒有動，而且冷笑了兩聲。這逼得王掌櫃出了聲：「多大爺！肘子不賒！四吊錢不借！舊賬未還，免開尊口！你先還賬！」

　　多老大沒法兒不搬出牛牧師來了。要不然，他找不着台階兒走出去。「好！王掌櫃！我可有洋朋友，你咂摸咂摸〔99〕這個滋味兒吧！你要是懂得好歹的話，頂好把肘子、錢都給我送上門去，我恭候大駕！」他走了出去。

　　為索債而和窮旗人們吵鬧，應當算是王掌櫃的工作。他會喊叫、爭論，可是不便真動氣。是呀，他和人家在除夕鬧得天翻地覆，趕到大年初一見面，彼此就都趕上前去，深施一禮，連祝發財，倒好像從來都沒紅過臉似的。這回，他可動了真氣。多老大要用洋人的勢力敲詐他，他不能受！他又想起十成，並且覺得有這麼個兒子實在值得自豪！

　　可是，萬一多老大真搬來洋人，怎麼辦呢？他和別人一樣，不大知道到底洋人有多大力量，而越摸不着底就越可怕。他趕緊去找多老二。

　　多老二好大半天沒說出話來，恐怕是因為既很生氣，又要控制住怒氣，以便想出好主意來。「王掌櫃，你回去吧。我找他去！」多老二想出主意來，並且決定馬上行動。

　　「你⋯⋯」

　　「走吧！我找他去！請在舖子裏等我吧！」多老二是老實人，可是一旦動了氣，也有個硬勁。

　　他找到了老大。

　　「喲！老二！什麼風兒把你吹來了？」老大故意耍俏，心裏說：你不高興我入教，睜眼看看吧，我混得比從前強了好多：炒麻豆腐、醃小螃

蟹、豬頭肉、二鍋頭、乃至於醬雞，對不起，全先偏過了〔100〕！看看我，是不是長了點肉？

「大哥！聽着！」老二是那麼急切、嚴肅，把老大的笑容都一下子趕跑。「聽着！你該便宜坊的錢，我還！我去給便宜坊寫個字據，一個小錢不差，慢慢地都還清！你，從此不許再到那兒賒東西去！」

眼睛多心裏癢了一下。他沒想到王掌櫃會這麼快就告訴了老二，可見王掌櫃是發了慌，害了怕。他不知道牛牧師願意幫助他不願意，可是王掌櫃既這麼發慌，那就非請出牛牧師來不可了！怎麼知道牛牧師不願幫助他呢？假若牛牧師肯出頭，哎呀，多老大呀，多老大，前途光明的沒法兒說呀！

「老二，謝謝你的好意，我謝謝你！可是，你頂好別管我的事，你不懂洋務啊！」

「老大！」完全出於憤怒，老二跪下了，給哥哥磕了個響頭。「老大！給咱們的祖宗留點臉吧，哪怕是一丁點兒呢！別再拿洋人嚇唬人，那無恥！無恥！」老二的臉上一點血色也沒有了，雙手不住地發顫，想走出去，可又邁不開步。

老大愣了一會兒，噗哧一笑：「老二！老二！」

「怎樣？」老二希望哥哥回心轉意。「怎樣？」

「怎樣？」老大又笑了一下，而後冷不防地：「你滾出去！滾！」

老二極鎮定地、狠狠地看了哥哥一眼，慢慢地走出來。出了門，他已不知道東西南北。他一向是走路不願踩死個螞蟻，說話不得罪一條野狗的人。對於兄長，他總是能原諒就原諒，不敢招他生氣。可是，誰想到哥哥竟自作出那麼沒骨頭的事來 —— 狗着〔101〕洋人，欺負自己人！他越想越氣，出着聲兒叨嘮：怎麼呢？怎麼這種事叫我碰上了呢？怎麼呢？堂堂的旗人會，會變成這麼下賤呢？難道是二百多年前南征北戰的祖宗們造

下的孽，叫後代都變成豬狗去贖罪嗎？不知道怎樣走的，他走回了家。一頭扎在炕上，他哭起來。

多老大也為了難。到底該為這件事去找牛牧師不該呢？去吧，萬一碰了釘子呢？不去吧，又怎麼露出自己的鋒芒呢？嗯 —— 去！去！萬一碰了釘子，他就退教，叫牛牧師沒臉再見上帝！對！就這麼辦！

「牛牧師！」他叫得親切、纏綿，使他的嗓子、舌頭都那麼舒服，以至沒法兒不再叫一聲：「牛牧師！」

「有事快說，我正忙着呢！」牛牧師一忙就忘了撫摸迷失了的羊羔，而想打地兩棍子。

「那，您就先忙着吧，我改天再來！」口中這麼說，多老大的臉上和身上可都露出進退兩難的樣子，叫牧師看出他有些要緊的事兒急待報告。

「說說吧！說說吧！」牧師賞了臉。

大起大落，多老大首先提出他聽到的一些有關教會的消息 —— 有好多地方鬧了教案。「我呀，可真不放心那些位神甫、牧師！真不放心！」

「到底是教友啊，你有良心！」牛牧師點頭誇讚。

「是呀，我不敢說我比別人好，也不敢說比別人壞，我可是多少有點良心！」多老大非常滿意自己這句話，不卑不亢，恰到好處。然後，他由全國性的問題，扯到北京：「北京怎麼樣呢？」

牛牧師當然早已聽說，並且非常注意，各地方怎麼鬧亂子。雖然各處教會都得到勝利，他心裏可還不大安靜。教會勝利固然可喜，可是把自己的腦袋耍掉了，恐怕也不大上算。他給舅舅寫了信，請求指示。舅舅是中國通，比上帝都更了解中國人。在信裏，他暗示：雖然母雞的確肥美，可是丟掉性命也怪彆扭。舅舅的回信簡而明：

「很奇怪，居然有怕老鼠的貓 —— 我說的是你！亂子鬧大了，我們會出兵，你怕什麼呢？在一個野蠻國家裏，越鬧亂子，對我們越有利！問問

你的上帝，是這樣不是？告訴你句最有用的話：沒有亂子，你也該製造一個兩個的！你要躲開那兒嗎？你算把牧師的氣洩透了！祝你不平安！祝天下不太平！」

接到舅舅的信，牛牧師看到了真理。不管怎麼說，舅舅發了財是真的。那麼，舅舅的意見也必是真理！他堅強起來。一方面，他推測中國人一定不敢造反；另一方面，他向使館建議，早些調兵，有備無患。

「北京怎樣？告訴你，連人帶地方，都又髒又臭！咔，咔，咔！」

聽了這樣隨便、親切，叫他完全能明白的話，多老大從心靈的最深處掏出點最地道的笑意，擺在臉上。牛牧師成為他的知己，肯對他說這麼爽直，毫不客氣的話。乘熱打鐵，他點到了題：便宜坊的王掌櫃是奸商，欺詐教友，誹謗教會。

「好，告他去！告他！」牛牧師不能再叫舅舅罵他是怕老鼠的貓！再說，各處的教案多數是天主教製造的，他自己該為基督教爭口氣。再說，教案差不多都發生在鄉間，他要是能叫北京震動那麼一下，豈不名揚天下，名利雙收！再說，使館在北京，在使館的眼皮子下面鬧點事，調兵大概就不成問題了。再說……。越想越對，不管怎麼說，王掌櫃必須是個奸商！

多老大反倒有點發慌。他拿什麼憑據去控告王掌櫃呢？自己的弟弟會去作證人，可是證明自己理虧！怎麼辦？他請求牛牧師叫王掌櫃擺一桌酒席，公開道歉；要是王掌櫃不肯，再去打官司。

牛牧師也一時決定不了怎麼作才好，愣了一會兒，想起主意：「咱們禱告吧！」他低下頭、閉上了眼。

多老大也趕緊低頭閉眼，盤算着：是叫王掌櫃在前門外的山東館子擺酒呢，還是到大茶館去吃白肉呢？各有所長，很難馬上作出決定，他始終沒想起對上帝說什麼。

牛牧師説了聲「阿們」，睜開了眼。

多老大把眼閉得更嚴了些，心裏空空的，可挺虔誠。

「好吧，先叫他道歉吧！」牛牧師也覺得先去吃一頓更實惠一些。

九

眼睛多沒有學問，所以看不起學問。他也沒有骨頭，所以也看不起骨頭 —— 他重視，極其重視，醬肉。

他記得幾個零七八碎的，可信可不信的，小掌故。其中的一個是他最愛説道的，因為它與醬肉頗有關係。

他説呀：便宜坊裏切熟肉的木墩子是半棵大樹。為什麼要這麼高呢？在古時候，切肉的墩子本來很矮。後來呀，在旗的哥兒們往往喜愛伸手指指點點，挑肥揀瘦，並且有時候撿起肉絲或肉塊兒往嘴裏送。這樣，手指和飛快的刀碰到一起，就難免流點血什麼的，造成嚴重的糾紛，甚至於去打官司。所以，墩子一來二去就長了身量，高高在上，以免手指和快刀發生關係。

在他講説這個小掌故的時候，他並沒有提出自己的看法，到底應否把肉墩子加高，使手指與快刀隔離。

可是，由他所愛講的第二件小事情來推測，我們或者也可以找到點那弦外之音。

他説呀：許多許多旗籍哥兒們愛聞鼻煙。客人進了煙舖，把煙壺兒遞出去，店夥必先把一小撮鼻煙倒在櫃台上，以便客人一邊聞着，一邊等着往壺裏裝煙。這叫作規矩。是呀，在北京作買賣都得有規矩，不准野調無腔。在古時候，店中的夥計並不懂先「敬」煙，後裝煙這個規矩，叫客人沒事可作，等得不大耐煩。於是，旗人就想出了辦法：一見櫃台上沒

有個小小的墳頭兒，便把手掌找了夥計的臉去。這樣，一來二去，就創造了，並且鞏固下來，那條「敬」煙的規矩。

假若我們把這二者——肉墩子與「敬」煙，放在一塊兒去咂摸，我們頗可以肯定地說，眼睛多對那高不可及的半棵大樹是有意見的。我們可以替他說出來，假若便宜坊也懂得先「敬」點醬肉，夠多麼好呢？

多老大對自己是不是在旗，和是否應當保持旗人的尊嚴，似乎已不大在意。可是，每逢他想起那個「敬」煙的規矩，便又不能不承認旗人的優越。是呀，這一條，和類似的多少條規矩，無論怎麼說，也不能不算旗人們的創造。在他信教以後，他甚至這麼想過：上帝創造了北京人，北京的旗人創造了一切規矩。

對！對！還得繼續創造！王掌櫃不肯賒給他一對肘子，不肯借給他四吊錢，好！哈哈，叫他擺一桌酒席，公開道歉！這只是個開端，新規矩還多着哩！多老大的臉日夜不息地笑得像個燒賣，而且是三鮮餡兒的。

可是，王掌櫃拒絕了道歉！

眼睛多幾乎暈了過去！

王掌櫃心裏也很不安。他不肯再找多老二去。多老二是老實人，不應再去叫他為難。他明知毛病都在洋人身上；可是，怎樣對付洋人，他沒有一點經驗。他需要幫助。一想，他就想到福海二哥。不是想起一個旗人，而是想起一個肯幫忙的朋友。

自從十成走後，二哥故意地躲着王掌櫃。今天，王掌櫃忽然來找他，他嚇了一跳，莫非十成又回來了，還是出了什麼岔子？直到王掌櫃說明了來意，他才放下心去。

可是，王掌櫃現在所談的更不好辦。他看明白：這件事和十成所說的那些事的根子是一樣的。他管不了！在外省，連知府知州知縣都最怕遇上這種事，他自己不過是個旗兵，而且是在北京。

他可是不肯搖頭。事在人為，得辦辦看，先搖頭是最沒出息的辦法。他始終覺得自己在十成面前丟了人；現在，他不能不管王掌櫃的事，王掌櫃是一條好漢子的父親。再說，眼睛多是旗人，給旗人丟人的旗人，特別可恨！是，從各方面來看，他都得管這件事。

「老掌櫃，您看，咱們找找定大爺去，怎樣？」

「那行嗎？」王掌櫃並非懷疑定大爺的勢力，而是有點不好意思──每到年、節，他總給定府開點花賬。

「這麼辦：我的身份低，又嘴上無毛，辦事不牢，不如請上我父親和正翁，一位參領，一位佐領，一同去見定大爺，或者能有門兒！對！試試看！您老人家先回吧，別急，聽我的回話兒！」

雲亭大舅對於一個忘了本，去信洋教的旗人，表示厭惡。「旗人信洋教，那麼漢人該怎麼樣呢？」在日常生活裏，他不願把滿、漢的界限劃得太清了；是呀，誰能夠因為天泰軒的掌櫃的與跑堂的都是漢人，就不到那裏去喝茶吃飯呢？可是，遇到大事，像滿漢應否通婚，大清國的人應否信洋教，他就覺得旗人應該比漢人高明，心中有個準數兒，不會先犯錯誤。他看不起多老大，不管他是眼睛多，還是鼻子多。

及至聽到這件事裏牽涉着洋人，他趕緊搖了搖頭。他告訴二哥：「少管閑事！」對了，大舅很喜歡說「少管閑事」。每逢這麼一說，他就覺得自己為官多年，經驗富，閱歷深。

二哥沒再說什麼。他們爺兒倆表面上是父慈子孝，可心裏並不十分對勁兒。二哥去找正翁。

八月未完，九月將到，論天氣，這是北京最好的時候。風不多，也不大，而且暖中透涼，使人覺得爽快。論色彩，二八月，亂穿衣，大家開始穿出顏色濃艷的衣裳，不再像夏天的那麼淺淡。果子全熟了，街上的大小攤子上都展覽着由各地運來的各色的果品，五光十色，打扮着北京的初

秋。皇宮上面的琉璃瓦，白塔的金頂，在晴美的陽光下閃閃發光。風少，灰土少，正好油飾門面，發了財的舖戶的匾額與門臉兒都添上新的色彩。好玩鳥兒的人們，一夏天都用活螞蚱什麼的加意飼養，把鳥兒餵得羽毛豐滿，紅是紅，黃是黃，全身閃動着明潤的光澤，比綢緞更美一些。

二哥的院裏有不少棵棗樹，樹梢上還掛着些熟透了的紅棗兒。他打下來一些，用包袱兜好，拿去送給正翁夫婦。那年月，旗人們較比閑在，探望親友便成為生活中的要事一端。常來常往，大家都觀察的詳細，記得清楚：誰家院裏有一棵歪脖的大白杏，誰家的二門外有兩株愛開花而不大愛結果的「虎拉車」〔102〕。記得清楚，自然到時候就期望有些果子送上門來，親切而實惠。大姐婆婆向來不贈送別人任何果子，因為她從前種的白棗和蜜桃什麼的都叫她給瞪死了，後來就起誓不再種果樹。這可就叫她有時間關心別人家的桃李和蘋果，到時候若不給她送來一些，差不多便是大逆不道！因此，二哥若不拿着些棗子，便根本不敢前去訪問。

多甫大姐夫正在院裏放鴿子。他仰着頭，隨着鴿子的盤旋而輕扭脖頸，眼睛緊盯着飛動的「元寶」。他的脖子有點發酸，可是「不苦不樂」，心中的喜悅難以形容。看久了，鴿子越飛越高，明朗的青天也越來越高，在鴿翅的上下左右彷彿還飛動着一些小小的金星。天是那麼深遠，明潔，鴿子是那麼黑白分明，使他不能不微張着嘴，嘴角上掛着笑意。人、鴿子、天，似乎通了氣，都爽快、高興、快活。

今天，他只放起二十來隻鴿子，半數以上是白身子，黑鳳頭，黑尾巴的「黑點子」，其餘的是幾隻「紫點子」和兩隻黑頭黑尾黑翅邊的「鐵翅烏」。陣式不大，可是配合得很有考究。是呀，已到初秋，天高，小風兒涼爽，若是放起全白的或白尾的鴿兒，豈不顯着輕飄，壓不住秋景與涼風兒麼？看，看那短短的黑尾，多麼厚深有力啊。看，那幾條紫尾確是稍淡了一些，可是鴿子一轉身或一側身啊，尾上就發出紫羽特有的閃光呀！

由全局看來，白色似乎還是過多了一些，可是那一對鐵翅烏大有作用啊：中間白，四邊黑，像兩朵奇麗的大花！這不就使鴿陣於素淨之中又不算不花哨麼？有考究！真有考究！看着自己的這一盤兒鴿子，大姐夫不能不暗笑那些闊人們——他們一放就放起一百多隻，什麼顏色的都有，雜亂無章，叫人看着心裏鬧得慌！「貴精不貴多呀」！他想起古人的這句名言來。雖然想不起到底是哪一位古人說的，他可是覺得「有詩為證」，更佩服自己了。

在愉快之中，他並沒忘了警惕。玩嘛，就得全心全意，一絲不苟。雖然西風還沒有吹黃了多少樹葉，他已不給鴿子戴上鴿鈴，怕聲聞九天，招來「鴉虎子」——一種秋天來到北京的鶩子，鴿子的敵人。一點不能大意，萬一鴉虎子提前幾天進了京呢，可怎麼辦？他不錯眼珠地看着鴿陣，只要鴿子露出點驚慌，不從從容容地飛旋，那必是看見了敵人。他便趕緊把牠們招下來，決不冒險。今天，鴿子們並沒有一點不安的神氣，可是他還不敢叫牠們飛得過高了。鴉虎子專會在高空襲擊。他打開鴿柵，放出幾隻老弱殘兵，飛到房上。空中的鴿子很快地都抿翅降落。他的心由天上回到胸膛裏。

二哥已在院中立了一會兒。他知道，多甫一玩起來便心無二用，聽不見也看不見旁的，而且討厭有人闖進來。見鴿子都安全地落在房上，他才敢開口：「多甫，不錯呀！」

「喲！二哥！」多甫這才看見客人。他本想說兩句道歉的話，可是一心都在鴿子上，爽興就接着二哥的話茬兒說下去：「什麼？不錯？光是不錯嗎？看您說的！這是點真學問！我叫下牠們來，您細瞧瞧！每一隻都值得瞧半天的！」他往柵子裏撒了一把高粱，鴿子全飛了下來。「您看！您要是找紫點子和黑點子的樣本兒，都在這兒呢！您看看，全是鳳頭的，而且是多麼大，多麼俊的鳳頭啊！美呀！飛起來，美；落下來，美；這才

算地道玩藝兒！」沒等二哥細細欣賞那些美麗的鳳頭，多甫又指着一對「紫老虎帽兒」說：「二哥！看看這一對寶貝吧！帽兒一直披過了肩，多麼好的尺寸，還一根雜毛兒也沒有啊！告訴您，沒地方找去！」他放低了聲音，好像怕隔牆有耳：「慶王府的！府裏的秀泉，秀把式偷出來的一對蛋！到底是王府裏的玩藝兒，孵出來的哪是鴿子，是鳳凰喲！」

「嗯！是真體面！得送給秀把式一兩八錢的吧？」

「二哥，您是怎麼啦？一兩八錢的，連看也不叫看一眼啊！靠着面子，我給了他三兩。可是，這一對小活寶貝得值多少銀子啊？二哥，不信您馬上拍出十兩銀子來，看我肯讓給您不肯！」

「那，我還留着銀子娶媳婦呢！」

「那，也不盡然！」多甫把聲音放得更低了些：「您記得博勝之博二爺，不是用老婆換了一對藍鳥頭嗎？」這時候，他才看見二哥手裏的包袱。「二哥，您家裏的樹熟兒[103]吧？嘿！我頂愛吃您那兒的那種『蓮蓬子兒』，甜酸，核兒小，皮嫩！太好啦！我道謝啦！」他請了個安，把包袱接過去。

進了堂屋，二哥給二位長親請了安，問了好，而後獻禮：「沒什麼孝敬您的，自家園的一點紅棗兒！」

大姐進來獻茶，然後似乎說了點什麼，又似乎沒說什麼，就那麼有規有矩地找到最合適的地方，垂手侍立。

多甫一心要吃棗子，手老想往包袱裏伸。大姐婆婆的眼睛把他的手瞪了回去，而後下命令：「媳婦，放在我的盒子裏去！」大姐把包袱拿走，大姐夫心裏涼了一陣。

有大姐婆婆在座，二哥不便提起王掌櫃的事，怕她以子爵的女兒的資格，攔頭給他一槓子。她對什麼事，不管懂不懂，都有她自己的見解與辦法。一旦她說出「不管」，正翁就絕對不便違抗。這並不是說正翁有點

怕老婆，而是他擁護一條真理——「不管」比「管」更省事。二哥有耐性兒，即使大姐婆婆在那兒坐一整天，他也會始終不動，滔滔不絕地瞎扯。

大姐不知在哪兒那麼輕嗽了一下。只有大姐會這麼輕嗽，叫有心聽的能聽出點什麼意思來，叫沒心聽的也覺得挺悅耳，叫似有心聽又沒心聽的既覺得挺悅耳，還可能聽出點什麼意思來。這是她的絕技。大姐婆婆聽見了，瞪了瞪眼，欠了欠身。二哥聽到了那聲輕嗽，也看見了這個欠身，趕緊笑着說：「您有事，就請吧！」大姐婆婆十分莊嚴地走出去。二哥這才對二位男主人說明了來意。

多甫還沒把事情完全聽明白，就怒從心中起，惡向膽邊生。「什麼？洋人？洋人算老幾呢？我鬥鬥他們！大清國是天朝上邦，所有的外國都該進貢稱臣！」他馬上想出來具體的辦法：「二哥，您甭管，全交給我吧！善撲營[104]的、當庫兵的哥兒們，多了沒有，約個三十口子，四十口子，還不算不現成！他眼睛多呀，就是千眼佛，我也把他揍瞎了！」

「打群架嗎？」二哥笑着問。

「對！拉躺下，打！打得他叫了親爹，拉倒！不叫，往死裏打！」多甫立起來，撓着兩肩，掄掄拳頭，還狠狠地啐了兩口。

「多甫，」旗人的文化已經提到這麼高，正翁當着客人面前，稱兒子的號而不呼名了。「多甫，你坐下！」看兒子坐下了，正翁本不想咳嗽，可是又似乎有咳嗽的必要，於是就有腔有調地咳嗽了一會兒，而後問二哥：「定大爺肯管這個事嗎？」

「我不知道，所以才來請您幫幫忙！」

「我看，我看，拿不準的事兒，頂好不作！」正翁作出很有思想的樣子，慢慢地說。

「先打了再說嘛，有什麼拿不準的？」多甫依然十分堅決。「是呀，我可以去請兩位黃帶子[105]來，打完準保沒事！」

「多甫，」正翁掏出四吊錢的票子來，「給你，出去蹓蹓！看有好的小白梨，買幾個來，這兩天我心裏老有點火。」

多甫接過錢來，扭頭就走，大有子路負米的孝心與勇氣。「二哥，您坐着，我給老爺子找小白梨去！什麼時候打，我聽您一句話，決不含糊！」他搖搖着肩膀走了出去。

「正翁，您……」二哥問。

「老二，」正翁親切地叫：「老二！咱們頂好別去蹚渾水！」這種地方，正翁與雲翁有些不同：雲翁在拒絕幫忙的時候，設法叫人家看出來他的身份，理當不輕舉妄動。正翁呢，到底是玩鳥兒、玩票慣了，雖然拒絕幫忙，説的可怪親切，照顧到雙方的利益。「咱們爺兒倆聽聽書去吧！雙厚坪、恆永通，雙説『西遊』，可真有個聽頭！」

「我改天，改天陪您去！今兒個……」二哥心裏很不高興，雖然臉上不露出來──也許笑容反倒更明顯了些，稍欠自然一些。他看不上多甫那個虛假勁兒：明知自己不行，卻還愛説大話，只圖嘴皮子舒服。即使他真想打群架，那也只是證明他糊塗；他難道看不出來，旗人的威風已不像從前那麼大了嗎？對正翁，二哥就更看不上了。他對於這件事完全漠不關心，他一心想去聽《西遊記》！

大姐婆婆在前，大姐在後，一同進來。大姐把包袱退還給二哥，裏邊包着點東西。不能叫客人拿着空包袱走，這是規矩，這也就是婆媳二人躲開了半天的原因。大姐婆婆好吃，存不下東西。婆媳二人到處搜尋，才偶然地碰到了一小盒杏仁粉，光緒十六年的出品。「就行啦！」大姐安慰着婆婆：「反正有點東西壓着包袱，就説得過去啦！」

二哥拿着遠年的杏仁粉，請安道謝，告退。出了大門，打開包袱，看了看，順手兒把小盒扔在垃圾堆上──那年月，什麼地方都有垃圾堆，很「方便」。

十

福海二哥是有這股子勁頭的：假若聽說天德堂的萬應錠[106]這幾天缺貨，他就必須親自去問問；眼見為實，耳聽是虛。他一點不曉得定大爺肯接見他不肯。他不過是個普通的旗兵。可是，他決定去碰碰；碰巧了呢，好；碰一鼻子灰呢，再想別的辦法。

他知道，他必須買通了定宅的管家，才會有見到定大爺的希望。他到便宜坊拿了一對燒雞，並沒跟王掌櫃說什麼。幫忙就幫到家，他不願意叫王老頭兒多操心。

提着那對雞 —— 打了個很體面的蒲包，上面蓋着紅紙黑字的門票，也鮮艷可喜 —— 他不由地笑了笑，心裏說：這算幹什麼玩呢！他有點討厭這種送禮行賄的無聊，可又覺得有點好玩兒。他是旗人，有什麼辦法能夠從蒲包兒、燒雞的圈圈裏衝出去呢？沒辦法！

見了管家，他獻上了禮物，說是王掌櫃求他來的。是的，王掌櫃有點小小的、比針尖大不了多少的困難，希望定大爺幫幫忙。王掌櫃是買賣地兒的人，不敢來見定大爺，所以才託他登門拜見。是呀，二哥轉彎抹角地叫管家聽明白，他的父親是三品頂子的參領 —— 他知道，定大爺雖然有錢有勢，可是還沒作過官。二哥也叫管家看清楚，他在定大爺面前，一定不會冒冒失失地說出現在一兩銀子能換多少銅錢，或燒雞賣多少錢一隻。他猜得出，定宅的銀盤兒和物價都與眾不同，完全由管家規定。假若定大爺萬一問到燒雞，二哥會說：這一程子，燒雞貴得出奇！二哥這些話當然不是直入公堂說出來的。他也不是怎麼說着說着，話就那麼一拐彎兒，叫管家聽出點什麼意思來，而後再拐彎兒，再繞回來。這樣拐彎抹角，他說了一個鐘頭。連這樣，管家可是還沒有替他通稟一聲的表示。至此，二哥也就露出，即使等三天三夜，他也不嫌煩 —— 好在有那對燒雞

在那兒擺着，管家還不至把他轟了出去。

管家倒不耐煩了，只好懶懶地立起來。「好吧，我給你回一聲兒吧！」

恰好定大爺這會兒很高興，馬上傳見。

定大爺是以開明的旗人自居的。他的祖父、父親都作過外任官，到處拾來金銀元寶，珍珠瑪瑙。定大爺自己不急於作官，因為那些元寶還沒有花完，他滿可以從從容容地享些清福。在戊戌變法的時候，他甚至於相當同情維新派。他不像雲翁與正翁那麼顧慮到一變法就丟失了鐵桿兒莊稼。他用不着顧慮，在他的宅院附近，半條街的房子都是他的，專靠房租，他也能舒舒服服地吃一輩子。他覺得自己非常清高，有時候他甚至想到，將來他會當和尚去，像賈寶玉似的。因此，他也輕看作生意。朋友們屢屢勸他拿點資本，幫助他們開個買賣，他總是搖頭。對於李鴻章那夥興辦實業的人，他不願表示意見，因為他既不明白實業是什麼，又覺得「實業」二字頗為時髦，不便輕易否定。對了，定大爺就是這麼樣的一個闊少爺，時代潮浪動盪得那麼厲害，連他也沒法子聽而不聞，沒法子不改變點老旗人的頑固看法。可是，他的元寶與房產又遮住他的眼睛，使他沒法子真能明白點什麼。所以，他一陣兒明白，一陣兒糊塗，像個十歲左右、聰明而淘氣的孩子。

他只有一個較比具體的主張：想叫大清國強盛起來，必須辦教育。為什麼要辦教育呢？因為識文斷字的人多起來，社會上就會變得文雅風流了。到端午、中秋、重陽，大家若是都作些詩，喝點黃酒，有多好呢！哼，那麼一來，天下準保太平無事了！從實際上想，假若他捐出一所不大不小的房子作校址，再賣出一所房子購置桌椅板櫈，就有了一所學堂啊！這容易作到，只要他肯犧牲那兩所房子，便馬上會得到毀家興學的榮譽。

定大爺極細心地聽取二哥的陳述，只在必要的地方「啊」一下或

「哈」一下。二哥原來有些緊張，看到定大爺這麼注意聽，他臉上露出真的笑意。他心裏說：哼，不親自到藥舖問問，就不會真知道有沒有萬應錠！心中雖然歡喜，二哥可也沒敢加枝添葉，故意刺激定大爺。他心裏沒底——那個旗人是天之驕子，所向無敵的老底。

二哥說完，定大爺閉上眼，深思。而後，睜開眼，他用細潤白胖，大指上戴着個碧綠明潤的翡翠扳指的手，輕脆地拍了胖腿一下：「啊！啊？我看你不錯，你來給我辦學堂吧！」

「啊？」二哥嚇了一跳。

「你先別出聲，聽我說！」定大爺微微有點急切地說：「大清國為什麼……啊？」凡是他不願明說的地方，他便問一聲「啊」，叫客人去揣摩。「旗人，像你說的那個什麼多，啊？去巴結外國人？還不都因為幼而失學，不明白大道理嗎？非辦學堂不可！非辦不可！你就辦去吧！我看你很好，你行！哈哈哈！」

「我，我去辦學堂？我連學堂是什麼樣兒都不知道！」二哥是不怕困難的人，可是聽見叫他去辦學堂，真有點慌了。

定大爺又哈哈地笑了一陣。平日他所接觸到的人，沒有像二哥這麼說話的。不管他說什麼，即使是叫他們去挖祖墳，他們也嘸嘸是是地答應着。他們知道，過一會兒他就忘了說過什麼，他們也就無須去挖墳了。二哥雖然很精明，可到底和定大爺這樣的人不大來往，所以沒能沉住了氣。定大爺覺得二哥的說話法兒頗為新穎，就彷彿偶然吃一口窩窩頭也怪有個意思兒似的。「我看你可靠！可靠的人辦什麼也行！啊？我找了不是一天啦，什麼樣的人都有，就是沒有可靠的！你就看我那個管家吧，啊？我叫他去買一隻小兔兒，他會賺一匹駱駝的錢！哈哈哈！」

「那，為什麼不辭掉他呢？」這句話已到唇邊，二哥可沒敢說出來，省得定大爺又笑一陣。

「啊！我知道你要說甚麼！我五年前就想辭了他！可是，他走了，我怎麼辦呢？怎見得找個新人來，買隻小兔，不賺三匹駱駝的錢呢？」

二哥要笑，可是沒笑出來；他也不怎麼覺得一陣難過。他趕緊把話拉回來：「那，那甚麼，定大爺，您看王掌櫃的事兒怎麼辦呢？」

「那，他不過是個老山東兒！」

這句話傷了二哥的心。他低下頭去，半天沒說出話來。

「怎麼啦？怎麼啦？」定大爺相當急切地問。在他家裏，他是個小皇帝。可也正因如此，他有時候覺得寂寞、孤獨。他很願意關心國計民生，以備將來時機一到，大展經綸，像出了茅廬的諸葛亮似的。可是，自幼兒嬌生慣養，沒離開過庭院與花園，他總以為老米白麵，雞鴨魚肉，都來自廚房；鮮白藕與酸梅湯甚麼的都是冰箱裏產出來的。他接觸不到普通人所遇到的困難與問題。他有點苦悶，覺得孤獨。是呀，在家裏，一呼百諾；出去探望親友，還是眾星捧月；看見的老是那一些人，聽到的老是那一套奉承的話。他渴望見到一些新面孔，交幾個真朋友。因此，他很容易把初次見面的人當作寶貝，希望由此而找到些人與人之間的新關係，增加一些人生的新知識。是的，新來上工的花把式或金魚把式，總是他的新寶貝。有那麼三四天，他從早到晚跟着他們學種花或養魚。可是，他們也和那個管家一樣，對他總是那麼有禮貌，使他感到難過，感到冷淡。新鮮勁兒一過去，他就不再親自參加種花和養魚，而花把式與魚把式也就默默地操作着，對他連看也不多看一眼，好像不同種的兩隻鳥兒相遇，誰也不理誰。

這一會兒，二哥成為定大爺的新寶貝。是呀，二哥長得體面，能說會道，既是旗人，又不完全像個旗人 —— 至少是不像管家那樣的旗人。哼，那個管家，無論冬夏，老穿着護着腳面的長袍，走路沒有一點聲音，像個兩條腿的大貓似的！

二哥這會兒很為難，怎麼辦呢？想來想去，嗯，反正定大爺不是他

的佐領，得罪了也沒太大的關係。實話實說吧：「定大爺！不管他是老山東兒，還是老山西兒，他是咱們的人，不該受洋人的欺侮！您，您不恨欺壓我們的洋人嗎？」說罷，二哥心裏痛快了一些，可也知道恐怕這是沙鍋砸蒜，一錘子的買賣，不把他轟出去就是好事。

定大爺愣了一會兒：這小伙子，教訓我呢，不能受！可是，他忍住了氣；這小伙子是新寶貝呀，不該隨便就扔掉。「光恨可有什麼用呢？啊？咱們得自己先要強啊！」說到這裏，定大爺覺得自己就是最要強的人：他不吸鴉片，曉得有個林則徐；他還沒作官，所以很清廉；他雖愛花錢，但花的是祖輩留下來的，大爺高興把錢都打了水飄兒玩，誰也管不着……

「定大爺，您也聽說了吧，四外鬧義和團哪！」

二哥這麼一提，使定大爺有點驚異。他用翡翠扳指蹭了蹭上嘴唇上的黑而軟的細毛 —— 他每隔三天刮一次臉。關於較比重大的國事、天下事，他以為只有他自己才配去議論。是呀，事實是這樣：他親友之中有不少貴人，即使他不去打聽，一些緊要消息也會送到他的耳邊來。對這些消息，他高興呢，就想一想；不高興呢，就由左耳進來，右耳出去。他想一想呢，是關心國家大事；不去想呢，是沉得住氣，不見神見鬼。不管怎麼說吧，二哥，一個小小的旗兵，不該隨便談論國事。對於各處鬧教案，他久有所聞，但沒有特別注意，因為鬧事的地方離北京相當的遠。當親友中作大官的和他討論這些事件的時候，在感情上，他和那些滿族大員們一樣，都很討厭那些洋人；在理智上，他雖不明說，可是暗中同意那些富貴雙全的老爺們的意見：忍口氣，可以不傷財。是的，洋人不過是要點便宜，給他們就是了，很簡單。至於義和團，誰知道他們會鬧出什麼饑荒來呢？他必須把二哥頂回去：「聽說了，不該鬧！你想想，憑些個拿着棍子棒子的鄉下佬兒，能打得過洋人嗎？啊？啊？」他走到二哥的身前，嘴對

着二哥的腦門子，又問了兩聲：「啊？啊？」

二哥趕緊立起來。定大爺得意地哈哈了一陣。二哥不知道外國到底有多麼大的力量，也不曉得大清國到底有多麼大的力量。最使他難以把定大爺頂回去的是，他自己也不知道自己有多大力量。他只好改變了口風：「定大爺，咱們這一帶可就數您德高望重，也只有您肯幫助我們！您要是揣起手兒不管，我們這些小民可找誰去呢？」

定大爺這回是真笑了，所以沒出聲。「麻煩哪！麻煩！」他輕輕地搖着頭。二哥看出這種搖頭不過是作派，趕緊再央求：「管管吧！管管吧！」

「可怎麼管呢？」

二哥又愣住了。他原想定大爺一出頭，就能把教會壓下去。看樣子，定大爺並不準備那麼辦。他不由地又想起十成來。是，十成作的對！官兒們不管老百姓的事，老百姓只好自己動手！就是這麼一筆賬！

「我看哪，」定大爺想起來了，「我看哪，把那個什麼牧師約來，我給他一頓飯吃，大概事情也就可以過去了。啊？」

二哥不十分喜歡這個辦法。可是，好容易得到這麼個結果，他不便再説什麼。「那，您就分心吧！」他給定大爺請了個安。他急於告辭。雖然這裏的桌椅都是紅木的，牆上掛着精裱的名人字畫，而且小書僮隔不會兒就進來，添水或換茶葉，用的是景德鎮細瓷蓋碗，沏的是頂好的雙熏茉莉花茶，他可是覺得身上和心裏都很不舒服。首先是，他摸不清定大爺到底是怎麼一個人，不知對他説什麼才好。他願意馬上走出去，儘管街上是那麼亂七八糟，飛起的塵土帶着馬尿味兒，他會感到舒服，親切。

可是，定大爺不讓他走。他剛要走，定大爺就問出來：「你閑着的時候，幹點什麼？養花？養魚？玩蛐蛐？」不等二哥回答，他先説下去，也許説養花，也許説養魚，説着説着，就又岔開，説起他的一對藍眼睛的白獅子貓來。二哥聽得出來，定大爺什麼都知道一點，什麼可也不真在行。

二哥決定只聽，不挑錯兒，好找機會走出去。

　　二哥對定大爺所用的語言，也覺得有點奇怪。他自己的話，大致可以分作兩種：一種是日常生活中用的，裏邊有不少土話，歇後語，油漆匠的行話，和旗人慣用的而漢人也懂得的滿文詞兒。他最喜歡這種話，信口說來，活潑親切。另一種是交際語言，在見長官或招待貴賓的時候才用。他沒有上過朝，只能想像：皇上若是召見他，跟他商議點國家大事，他大概就須用這種話回奏。這種話大致是以雲亭大舅的語言為標準，第一要多用些文雅的詞兒，如「台甫」，「府上」之類，第二要多用些滿文，如「貴牛錄」，「几柵欄」等等。在說這種話的時候，吐字要十分清楚，所以頂好有個腔調，並且隨時要加入「嗻嗻是是」，畢恭畢敬。二哥不大喜愛這種拿腔作勢的語言，每一運用，他就覺得自己是在裝蒜。它不親切。可是，正因為不親切，才聽起來像官腔，像那麼回事兒。

　　定大爺不耍官腔，這叫二哥高興；定大爺沒有三、四品官員的酸味兒。使二哥不大高興的是：第一，定大爺的口裏還有不少好幾年前流行而現在已經不大用的土語。這叫他感到不是和一位青年談話呢。聽到那樣的土語，他就趕緊看一看對方，似乎懷疑定大爺的年紀。第二，定大爺的話裏有不少雖然不算村野，可也不算十分乾淨的字眼兒。二哥想得出來：定大爺還用着日久年深的土語，是因為不大和中、下層社會接觸，或是接觸的不及時。他可是想不出，為什麼一個官宦之家的，受過教育的子弟，嘴裏會不乾不淨。是不是中等旗人的語言越來越文雅，而高等旗人的嘴裏反倒越來越簡單，俗俚呢？二哥想不清楚。

　　更叫他不痛快的是：定大爺的話沒頭沒腦，說着說着金魚，忽然轉到：「你看，趕明兒個我約那個洋人吃飯，是讓他進大門呢？還是走後門？」這使二哥很難馬上作出妥當的回答。他正在思索，定大爺自己卻提出答案：「對，叫他進後門！那，頭一招，他就算輸給咱們了！告訴你，

要講鬥心路兒，紅毛兒鬼子可差多了！啊？」

有這麼幾次大轉彎，二哥看清楚：定大爺是把正經事兒攙在閑話兒說，表示自己會於談笑之中，指揮若定。二哥也看清楚：表面上定大爺很隨便，很天真，可是心裏並非沒有自己的一套辦法。這套辦法必是從日常接觸到的達官貴人那裏學來的，似乎有點道理，又似乎很荒唐。二哥很不喜歡這種急轉彎，對鬼子進大門還是走後門這類的問題，也不大感覺興趣。他急於告別，一來是他心裏不大舒服，二來是很怕定大爺再提起叫他去辦學堂。

<h1 style="text-align:center">十一</h1>

牛牧師接到了請帖。打聽明白了定大爺是何等人，他非常興奮。來自美國，他崇拜闊人。他只尊敬財主，向來不分析財是怎麼發的。因此，在他的舅舅發了財之後，若是有人暗示：那個老東西本是個流氓。他便馬上反駁：你為什麼沒有發了財呢？可見你還不如流氓！因此，他拿着那張請帖，老大半天捨不得放下，幾乎忘了定祿是個中國人，他所看不起的中國人。這時候，他心中忽然來了一陣民主的熱氣：黃臉的財主是可以作白臉人的朋友的！同時，他也想起：他須抓住定祿，從而多認識些達官貴人，刺探些重要消息，報告給國內或使館，提高他的地位。他趕緊叫僕人給他擦鞋、燙衣服，並找出一本精裝的《新舊約全書》，預備送給定大爺。

他不知道定大爺為什麼請他吃飯，也不願多想。眼睛多倒猜出一點來，可是顧不得和牧師討論。他比牛牧師還更高興：「牛牧師！牛牧師！準是翅席喲！準是！嘿！」他咂摸着滋味，大口地嚥口水。

眼睛多福至心靈地建議：牛牧師去赴宴，他自己願當跟班的，頭戴

紅纓官帽，身騎高大而老實的白馬，給牧師拿着禮物什麼的。他既騎馬，牧師當然須坐轎車。「對！牛牧師！我去僱一輛車，準保體面！到了定宅，我去喊：『回事』！您聽，我的嗓音兒還像那麼一回事吧？」平日，他不敢跟牧師這麼隨便說話。今天，他看出牧師十分高興，而自己充當跟隨，有可能吃點殘湯臘水，或得到兩吊錢的賞賜，所以就大膽一些。

「轎車？」牛牧師轉了轉眼珠。

「轎車！對！」眼睛多不知吉凶如何，趕緊補充：「定大爺出門兒就坐轎車，別叫他小看了牧師！」

「他坐轎車，我就坐大轎！我比他高一等！」

眼睛多沒有想到這一招，一時想不出怎麼辦才好。「那，那，轎子，不，不能隨便坐呀！」

「那，你等着瞧！我會叫你們的皇上送給我一乘大轎，八個人抬着！」

「對！牧師！牧師應當是頭品官！您可別忘了，您戴上紅頂子，可也得給我弄個官銜！我這兒先謝謝牧師啦！」眼睛多規規矩矩地請了個安。

牧師咔咔咔地笑了一陣。

商議了許久，他們最後決定：牧師不堅持坐大轎，眼睛多也不必騎馬，只僱一輛體面的騾車就行了。眼睛多見台階就下，一來是他並沒有不從馬上掉下來的把握，儘管是一匹很老實的馬，二來是若全不讓步，惹得牧師推翻全盤計劃，乾脆連跟班的也不帶，他便失去到定宅吃一頓或得點賞錢的機會。

宴會時間是上午十一點。牛牧師本想遲起一些，表示自己並不重視一頓好飯食。可是，他仍然起來得很早，而且加細地刮了臉。他不會去想，到定宅能夠看見什麼珍貴的字畫，或藝術價值很高的陳設。他能夠想像得到的是去看看大堆的金錠子、銀錁子，和什麼價值連城的夜光珠。他

非常興奮，以至把下巴刮破了兩塊兒。

眼睛多從看街的德二爺那裏借來一頂破官帽。帽子太大，戴上以後，一個勁兒在頭上打轉兒。他很早就來在教堂門外，先把在那兒歇腿的幾個鄉下人，和幾個撿煤核的孩子，都轟了走：「這兒是教堂，站不住腳兒！散散！待會兒洋大人就出來，等着吃洋火腿嗎？」看他們散去，他覺得自己的確有些威嚴，非常高興。然後，他把牧師的男僕叫了出來：「我說，門口是不是得動動條帚呢？待會兒，牧師出來一看……是吧？」平日，他對男僕非常客氣，以便隨時要口茶喝什麼的，怪方便。現在，他戴上了官帽，要隨牧師去赴宴，他覺得男僕理當歸他指揮了。男僕一聲沒出，只對那頂風車似的帽子翻了翻白眼。

十點半，牛牧師已打扮停妥。他有點急躁。在他的小小生活圈子裏，窮教友們是他天天必須接觸的。他討厭他們，鄙視他們，可又非跟他們打交道不可。沒有他們，他的飯鍋也就砸了。他覺得這是上帝對他的一種懲罰！他羨慕各使館的那些文武官員，個個揚眉吐氣，的確像西洋人的樣子。他自己算哪道西洋人呢？他幾乎要禱告：叫定大爺成為他的朋友，叫他打入貴人、財主的圈子裏去！那，可就有個混頭兒了！這時候，他想起許多自幼兒讀過的廉價的「文學作品」來。那些作品中所講的冒險的故事，或一對男女僕人的羅曼司，不能都是假的。是呀，那對僕人結了婚之後才發現男的是東歐的一位公爵，而女的得到一筆極大極大的遺產！是，這不能都是假的！

這時候，眼睛多進來請示，轎車已到，可否前去赴宴？平時，牧師極看不起眼睛多，可是又不能不仗着他表現自己的大慈大悲，與上帝的無所不知，無所不能。現在，他心中正想着那些廉價的羅曼司，忽然覺得眼睛多確有可愛之處，像一條醜陋而頗通人性的狗那麼可笑又可愛。他愛那頂破官帽。他不由地想到：他若有朝一日發了財，就必用許多中國僕人，

都穿一種由他設計的服裝，都戴紅纓帽。他看着那頂破帽子咔咔了好幾聲。眼睛多受寵若驚，樂得連腿都有點發軟，幾乎立不住了。

這是秋高氣爽的時候，北京的天空特別晴朗可喜。正是十一點來鐘，霜氣散盡，日光很暖，可小西北風又那麼爽利，使人覺得既暖和又舒服。

可惜，那時代的道路很壞：甬路很高，有的地方比便道高着三四尺。甬路下面往往就是臭泥塘。若是在甬路上翻了車，坐車的說不定是摔個半死，還是掉在臭泥裏面。甬路較比平坦，可也黑土飛揚，只在過皇上的時候才清水潑街，黃土墊道，乾淨那麼三五個鐘頭。

眼睛多僱來的轎車相當體面。這是他頭一天到車口〔107〕上預定的，怕臨時抓不着好車。

他恭恭敬敬地拿着那本精裝《聖經》，請牧師上車。牛牧師不肯進車廂，願跨車沿兒。

「牧師！牛牧師！請吧！沒有跟班的坐裏面，主人反倒跨車沿兒的，那不成體統！」眼睛多誠懇地勸說。

牧師無可如何，只好往車廂裏爬。眼睛多擰身跨上車沿，輕巧飄灑，十分得意。給洋人當跟隨，滿足了他的崇高願望。

車剛一動，牧師的頭與口一齊出了聲，頭上碰了個大包。原來昨天去定車的時候，幾輛車靜靜地排在一處，眼睛多無從看出來騾子瘸了一條腿。腿不大方便的騾子須費很大的事，才能夠邁步前進，而牧師左搖右擺，手足失措，便把頭碰在堅硬的地方。

「不要緊！不要緊！」趕車的急忙笑着說：「您坐穩點！上了甬路就好啦！別看它有點瘸，走幾十里路可不算一回事！還是越走越快，越穩！」

牧師手捂着頭，眼睛多趕緊往裏邊移動，都沒說什麼。車上了甬路。牧師的腿沒法兒安置：開始，他拳着雙腿，一手用力拄着車墊子，一

手捂着頭上；這樣支持了一會兒，他試探着伸開一條腿。正在此時，瘸騾子也不怎麼忽然往路邊上一扭，牧師的腿不由地伸直。眼睛多正得意地用手往上推一推官帽，以便叫路上行人賞識他的面貌，忽然覺得腰眼上捱了一炮彈，或一鐵錘。說時遲，那時快，他還沒來得及「哎呀」一聲，身子已飄然而起，直奔甬路下的泥塘。他想一擰腰，改變飛行的方向，可是恰好落在泥塘的最深處。別無辦法，他只好極誠懇地高喊：救命啊！

　　幾個過路的七手八腳地把他拉了上來。牛牧師見車沿已空，趕緊往前補缺。大家仰頭一看，不約而同地又把眼睛多扔了回去。他們不高興搭救洋奴。牛牧師催車夫快走。眼睛多獨力掙扎了許久，慢慢地爬了上來，帶着滿身污泥，手捧官帽，罵罵咧咧地回了家。

　　定宅門外已經有好幾輛很講究的轎車，騾子也都很體面。定大爺原想叫牧師進後門，提高自己的身份，削減洋人的威風。可是，女眷們一致要求在暗中看看「洋老道」是什麼樣子。她們不大熟悉牧師這個稱呼，而渺茫地知道它與宗教有關，所以創造了「洋老道」這一名詞。定大爺覺得這很好玩，所以允許牛牧師進前門。這雖然給了洋人一點面子，可是暗中有人拿他當作大馬猴似的看着玩，也就得失平衡，安排得當。

　　一個十三四歲的小童兒領着牧師往院裏走。小童兒年紀雖小，卻穿着件撲着腳面的長衫，顯出極其老成，在老成之中又有點頑皮。牛牧師的黃眼珠東溜溜，西看看，不由地長吸了一口氣。看，迎面是一座很高很長的雕磚的影壁，中間懸着個大木框，框心是朱紙黑字，好大的兩個黑字。他不會欣賞那磚雕，也不認識那兩大黑字，只覺得氣勢非凡，的確是財主住的地方。影壁左右都有門，分明都有院落。

　　「請！」小童兒的聲音不高也不低，毫無感情。說罷，他向左手的門走去。門坎很高，牧師只顧看門上面的雕花，忘了下面。鞋頭碰到門坎上，磕去一塊皮，頗為不快。

進了二門，有很長的一段甬路，墁[108]着方磚，邊緣上鑲着五色的石子，石子兒四圍長着些青苔。往左右看，各有月亮門兒。左邊的牆頭上露着些青青的竹葉。右門裏面有座小假山，遮住院內的一切，牛牧師可是聽到一陣婦女的笑聲。他看了看小童兒，小童兒很老練而頑皮地似乎擠了擠眼，又似乎沒有擠了擠眼。

又來到一座門，不很大，而雕刻與漆飾比二門更講究。進了這道門，左右都是長廊，包着一個寬敞的院子。聽不見一點人聲，只有正房的廊下懸着一個長方的鳥籠，一隻畫眉獨自在歌唱。靠近北房，有兩大株海棠樹，掛滿了半紅的大海棠果。一隻長毛的小白貓在樹下玩着一根雞毛，聽見腳步聲，忽然地不見了。

順着正房的西北角，小童兒把牧師領到後院。又是一片竹子，竹林旁有個小門。牧師聞到桂花的香味。進了小門，豁然開朗，是一座不小的花園。牛牧師估計，從大門到這裏，至少有一里地。迎門，一個漢白玉的座子，上邊擺着一塊細長而玲瓏的太湖石。遠處是一座小土山，這裏那裏安排着一些奇形怪狀的石頭，給土山添出些棱角。小山上長滿了小樹與雜花，最高的地方有個茅亭，大概登亭遠望，可以看到青青的西山與北山。山前，有個荷花池，大的荷葉都已殘破，可是還有幾葉剛剛出水，半捲半開。順着池邊的一條很窄，長滿青苔的小路走，走到山盡頭，在一棵高大的白皮松下，有三間花廳。門外，擺着四大盆桂花，二金二銀，正在盛開。

「回事！」小童兒喊了一聲。聽到裏面的一聲輕嗽，他高打簾櫳，請客人進去。然後，他立在大松下，摳弄樹上的白皮兒，等候命令。

花廳裏的木器一致是楠木色的，藍與綠是副色。木製的對聯，楠木地綠字；匾額，楠木地藍字。所有的瓷器都是青花的。只有一個小瓶裏插着兩朵紅的秋玫瑰花。牛牧師掃了一眼，覺得很失望——沒有金盤子

銀碗！

定大爺正和兩位翰林公欣賞一塊古硯。見牛牧師進來，他才轉身拱手，很響亮地說：「牛牧師！我是定祿！請坐！」牧師還沒坐下，主人又說了話：「啊，引見引見，這是林小秋翰林，這是納雨聲翰林，都坐！坐！」

兩位翰林，一高一矮，一胖一瘦，一滿一漢，都留着稀疏的鬍子。漢翰林有點拘束。在拘束之中露出他既不敢拒絕定大爺的約請，又實在不高興與洋牧師同席。滿翰林是個矮胖子，他的祖先曾征服了全中國，而他自己又吸收了那麼多的漢族文化，以至當上翰林，所以不像漢翰林那麼拘束。他覺得自己是天之驕子，他的才華足以應付一切人，一切事。一切人，包括着白臉藍眼珠的，都天生來的比他低着一等或好幾等。他不知道世界列強的真情實況，可的確知道外國的槍炮很厲害，所以有點怕洋鬼子。不過，洋鬼子畢竟是洋鬼子，無論怎麼厲害也是野人，只要讓着他們一點，客氣一點，也就可以相安無事了。不幸，非短兵相接，打交手仗不可，他也能在畏懼之中想出對策。他直看牛牧師的腿，要證實鬼子腿，像有些人說的那樣，確是直的。假若他們都是直腿，一倒下就再也起不來，那便好辦了 —— 只須用長竹竿捅他們的磕膝，弄倒他們，就可以像捉仰臥的甲蟲那樣，從從容容地捉活的就是了。牛牧師的腿並不像兩根小柱子。翰林有點失望，只好再欣賞那塊古硯。

「貴國的硯台，以哪種石頭為最好呢？」納雨聲翰林為表示自己不怕外國人，這樣發問。

牛牧師想了想，沒法兒回答，只好咔咔了兩聲。笑完，居然想起一句：「這塊值多少錢？」

「珍秀齋剛送來，要八十兩，還沒給價兒。雨翁說，值多少？」定大爺一邊回答牧師，一邊問納翰林。

「給五十兩吧，值！」納雨翁怕冷淡了林小秋，補上一句，「秋翁說呢？」

秋翁知道，他自己若去買，十兩銀子包管買到手，可是不便給旗官兒省錢，於是只點了點頭。

牛牧師的鼻子上出了些細汗珠兒。他覺得自己完全走錯了路。看，這裏的人竟自肯花五十兩買一塊破石頭！他為什麼不早找個門路，到這裏來，而跟眼睛多那些窮光蛋們瞎混呢？他須下決心，和這群人拉攏拉攏，即使是卑躬屈膝也好！等把錢拿到手，再跟他們瞪眼，也還不遲！他決定現在就開始討他們的喜歡！正在這麼盤算，他聽見一聲不很大而輕脆的響聲。他偷眼往裏間看，一僧一道正在窗前下圍棋呢。他們聚精會神地看着棋盤，似乎絲毫沒理會他的光臨。

那和尚有五十多歲，雖然只穿件灰布大領僧衣，可是氣度不凡：頭剃得極光，腦門兒極亮，臉上沒有一絲五十多歲人所應有的皺紋。那位道士的道袍道冠都很講究，臉色黃黃的，靜中透亮，好像不過五十來歲，可是一部鬍鬚很美很長，完全白了。

牛牧師不由地生了氣。他，和他的親友一樣，知道除了自己所信奉的，沒有，也不應當有，任何配稱為宗教的宗教。這包括着猶太教、天主教。至於佛教、道教……更根本全是邪魔外道，理當消滅！現在，定大爺竟敢約來僧道陪他吃飯，分明是戲弄他，否定他的上帝！他想犧牲那頓好飯食，馬上告辭，叫他們下不來台。

一個小丫環托着個福建漆的藍色小盤進來，盤上放着個青花瓷蓋碗。她低着頭，輕輕把蓋碗放在他身旁的小几上，輕悄地走出去。

他掀開了蓋碗的蓋兒，碗裏邊浮動着幾片很綠很長的茶葉。他喝慣了加糖加奶的稠嘟嘟的紅茶，不曉得這種清茶有什麼好處。他覺得彆扭，更想告辭了。

「回事！」小童在外邊喊了一聲。

兩位喇嘛緊跟着走進來。他們滿面紅光，滿身綢緞，還戴着繡花的荷包與褡褳，通體光彩照人。

牛牧師更坐不住了。他不止生氣，而且有點害怕 —— 是不是這些邪魔外道要跟他辯論教義呢？假若是那樣，他怎麼辦呢？他的那點學問只能嚇唬眼睛多，他自己知道！

一位喇嘛胖胖的，說話聲音很低，嘴角上老掛着笑意，看起來頗有些修養。另一位，說話聲音很高，非常活潑，進門就嚷：「定大爺！我待會兒唱幾句《轅門斬子》[109]，您聽聽！」

「那好哇！」定大爺眉飛色舞地說：「我來焦贊，怎樣？啊，好！先吃飯吧！」他向門外喊：「來呀！開飯！」

小童兒在園內回答：「嘛！全齊啦！」

「請！請！」定大爺對客人們說。

牛牧師聽到開飯，也不怎麼怒氣全消，絕對不想告辭了。他決定搶先走，把僧、道、喇嘛，和翰林，都擱在後邊。可是，定大爺說了話：「不讓啊，李方丈歲數最大，請！」

那位白鬍子道士，只略露出一點點謙讓的神氣，便慢慢往外走，小童兒忙進來攙扶。定大爺笑着說：「老方丈已經九十八了，還這麼硬朗！」

這叫牛牧師吃了一驚，可也更相信道士必定有什麼妖術邪法，可以長生不老。

和尚沒等讓，就隨着道士走。定大爺也介紹了一下：「月朗大師，學問好，修持好，琴棋書畫無一不佳！」

牛牧師心裏想：這頓飯大概不容易吃！他正這麼想，兩位翰林和兩位喇嘛都走了出去。牛牧師皺了皺眉，定大爺面有得色。牛牧師剛要走，定大爺往前趕了一步：「我領路！」牛牧師真想踢他一腳，可是又捨不得

那頓飯，只好作了殿軍。

酒席設在離花廳不遠的一個圓亭裏。它原來是亭子，後來才安上玻璃窗，改成暖閣。定大爺在每次大發脾氣之後，就到這裏來陶真養性。假若尚有餘怒，他可以順手摔幾件小東西。這裏的陳設都是洋式的，洋鐘、洋燈、洋瓷人兒……地上鋪着洋地毯。

【 注 釋 】

本篇由彌松頤先生注釋，注釋條後有＊者係本書編者注釋。

〔1〕　落草兒：降生。

〔2〕　臘月二十三日酉時：臘月是農曆十二月，酉時是下午五時至七時。＊

〔3〕　糖瓜與關東糖：又叫「灶糖」，祭灶時的供品，用麥芽做成。

〔4〕　定更：即初更，晚上七時至九時。

〔5〕　問心：拜一拜。心字輕讀。

〔6〕　碗：供品的單位量詞。舊俗，過年時，獻給神佛供品的底座，常墊以飯碗，內盛小米，與碗口齊平，並覆蓋紅綿紙，然後上面再擺月餅、蜜供等食品，謂之一碗。

〔7〕　張仙：送子之神。傳說是五代時遊青城山而得道的張遠霄。宋代蘇洵曾夢見他挾着兩個彈子，以為是「誕子」之兆，便日夜供奉起來，以後果然生了蘇軾和蘇轍兩個兒子，都成為有名的文學家。

〔8〕　梭兒胡：一種紙牌。「玩梭兒胡」又叫「逗梭兒胡」，後文「湊十胡」也是這個意思。

〔9〕　二黃：戲曲腔調，清代初年形成，大多數人認為起源於湖北黃岡、黃陂，故名。＊

〔10〕　戊戌年：一八九八年。後句戊戌政變，指這年六月光緒皇帝推行的資產階級維新變法，又叫「百日維新」。

〔11〕　行頭：戲曲術語，指演員扮戲時所穿戴的衣服、頭盔等。行，此處讀作航。

〔12〕　拿份兒：即「戲份兒」，戲曲演員的工資。最早的工資按月計算，

叫「包銀」，後來改按場次計算，即是「戲份兒」。

〔13〕 票友兒：指不是「科班」出身的、偶一扮演的業餘戲曲演員。與下文「玩票」同義。

〔14〕 錢糧：旗人按月領取錢銀，按春秋兩季領取糧食，合稱錢糧，相當於工薪。＊

〔15〕 子爵：古代五等爵公、侯、伯、子、男的第四等。清代子爵又分一二三等，是比較小的世襲爵位。

〔16〕 佐領：八旗兵制，以三百人為一「牛錄」（後增至四百人），統領「牛錄」的軍官，滿語叫做「牛錄額真」，漢譯「佐領」，是地位比較低的武官。

〔17〕 驍騎校：「佐領」下面的小軍官。

〔18〕 暖洞子：溫室。

〔19〕 傳遍九城：九城，即九門，指明代永樂十八年重修的北京內城九門，包括正陽、崇文、宣武、安定、德勝、東直、朝陽、西直、阜城。後來人們常以「九門」、「四九城」來代指北京城內外。傳遍九城，即傳遍了整個兒北京城。後文「譽滿九城」也是這個意思。

〔20〕 怎麼蹓，怎麼押：養鳥者每天必須提着鳥籠蹓躂，邊走邊搖動鳥籠，以期讓鳥運動；「押」是教鳥模仿學習各種鳴叫，從事鳴叫表演與比賽。＊

〔21〕 貝勒：滿語王或侯的意思，是清代的世襲爵位，地位僅次於親王和郡王。

〔22〕 《金錢豹》：傳統戲劇，演孫悟空降伏金錢豹的故事。

〔23〕 男不拜月，女不祭灶：迷信的人認為灶王是一家之主，祭灶之禮，必須由男子祭拜，婦女不得參與；月為太陰星君，中秋拜月，也只能由婦女行之，男子不得參與，故俗諺謂之「男不拜（圓）月，女不祭灶」。

〔24〕 兩把頭、旗髻：均係婦女的髮式，前者有織物做的大型頭飾，做工複雜，用於正式場合；後者是將頭髮挽盤成髻，梳在頭頂上。＊

〔25〕 馬甲：蒙馬之甲，代稱騎兵。

〔26〕 出將入相：「出將」和「入相」是傳統戲劇舞台上的「上場門」和「下場門」，這裏借用「將」「相」，有盼成大器的意思。

〔27〕 雜拌兒：各種果子做的果脯。

〔28〕 老米：特意長年儲存的米，別有一種香味，色黃。＊

〔29〕 胡伯喇：一種小而兇的鳥，喙長，利爪，飼養者多以其擒食麻雀為戲。北京土話，稱無所事事者為「玩鷂鷹子」，作者以這個細節寓刺遊手好閑。

〔30〕 小年：農曆臘月二十三日為小年，是新年節日的起始，新年初一為大年。＊

〔31〕 鞭、麻雷子、二踢腳：花炮的不同品種，鞭是把小爆竹編成辮狀，以便有序的燃放，麻雷子是單響的，二踢腳是雙響的，均比鞭的個頭大，聲音響。＊

〔32〕 胯骨上的親戚：比喻關係極遠、極不沾邊的親戚。

〔33〕 全口人：指丈夫子女俱全、「有福氣」的婦女。

〔34〕 扁方：婦女梳兩把頭用的頭飾構件，棒狀，截面呈長方形。＊

〔35〕 大八件：中式點心，八種為一套，有不同的餡。＊

〔36〕 便宜坊：北京的一家賣熟肉和生豬肉的舖子，後成為著名的烤鴨店。便，此處讀作辯。

〔37〕 羊肉床子：羊肉舖。

〔38〕 把：即「爺」，在回民中，這樣稱呼有年紀的人，顯着親切尊敬（與稱「爺爺」為「把把」不同）。如常七把即常七爺，金四把即金四爺。

〔39〕 蘇式盒子：蘇指蘇州，盒是食盒，多格，內裝多種醬肉和熏肉。＊

〔40〕 過陰天：指陰天下雨，出不了門，在家尋事消遣。

〔41〕 蒲包兒：舊時送禮用的點心或水果包，以香蒲編成。

〔42〕 缸爐：北京的一種混糖糕點，高高的正六邊形，數個連在一起，掰而食之。因為掰得不整齊，所以說是「破邊」。

〔43〕 打橫兒：足跟並攏，腳尖左右分開，大於九十度，幾成一條橫線。＊

〔44〕 汪派的《文昭關》：汪派，即汪桂芬，清光緒間與譚鑫培、孫菊仙齊名的著名京劇老生。《文昭關》，傳統戲劇，演《列國演義》中伍子胥的故事。

〔45〕 三品亮藍頂子的參領：參領，八旗兵制，五「牛錄」設一「甲喇」，統領「甲喇」的軍官，滿語叫做「甲喇額真」，漢譯「參領」，其位在「佐領」之上。亮藍頂子，即三品官的藍寶石或藍色明玻璃頂戴。

〔46〕 槍手：代人應試者。

〔47〕 白蓮教：原為明末農民起義組織，清末的義和團運動，繼承了白蓮教的戰鬥傳統，老百姓仍有時也把義和團叫做白蓮教。

〔48〕 理門：即「在理會」，又稱「在家理」，舊時流行在我國北方的一種會道門。入會者禁煙酒，供奉觀音像。

〔49〕 《五虎平西》：演義小說，寫宋代狄青平西故事。

〔50〕 《六言雜字》：一種極普通的六言韻文識字讀本。

〔51〕 台甫：問人家表字時的敬辭。

〔52〕 小燒（燒子蓋與炸鹿尾之類）：肉菜名稱，炸製。子蓋亦稱脂蓋，用特殊部位帶脂肪的豬肉炸製而成。＊

〔53〕 俏買賣：銷路很好的生意。

〔54〕 庫兵：看管內府銀錢、緞匹、顏料等庫的兵丁。

〔55〕 洗三：嬰兒出生第三天，給他洗澡的一種儀式。

〔56〕 老媽媽論：陳規陋語。

〔57〕 五供：佛桌上的五件供器，即香爐、香筒、油燈和一對燭台。

〔58〕 連三：一種三屜兩門的長桌。

〔59〕 銅活：家具上的銅飾，如銅環、銅鎖等。

〔60〕 小力笨：小夥計。

〔61〕 供花：供品上所插的紙製成或絨製的花籤，如福壽字、八仙人等等。

〔62〕 喚頭：沿街理髮者所持的吆喝工具，鐵製，形如巨鑷。

〔63〕 漚子：一種搽臉用的水粉化妝品。

〔64〕 取燈兒：火柴。

〔65〕 教案：指十九世紀末，在外國資本主義勢力侵入我國內地的情勢下，我國人民掀起的反對外國教會侵略的鬥爭。此處是指一八九九年山東人民反對教會、教民的鬥爭。

〔66〕 二洋人：又叫「二毛子」，是對入了「洋教」而又仗勢欺人的民族敗類的蔑稱。

〔67〕 三節：五月初五的端陽節、八月十五的中秋節和大年三十的除夕，當此三節，債主子們多來討賬。

〔68〕 正月十九就摘下來：北京舊俗，正月十八日「開市」，工人上工，商店開業，學生唸書，官兵執差如常。新年期間的一應節日陳設，

都應在十九日以前撤去。又，正月十九為「燕九節」，燈節通常要
到這個時候才收燈。所以，掛了近二十天的畫《王羲之愛鵝》也要
摘下來。

〔69〕 破五：正月初五。舊俗，破五之內不得以生米為炊，婦女不得出
門。至初六，方可互相道賀。

〔70〕 重陽花糕：農曆九月九日重陽節的時令點心。＊

〔71〕 但分：只要。極甚之辭。

〔72〕 虎頭：骨牌中的一張，十一點，排列狀如虎頭。

〔73〕 後門：地安門。元宵節張燈，舊時以東四牌樓和地安門為最盛。

〔74〕 沒白沒票的抓彩：一種廉價的抓彩遊戲，每抓必中，但實物獎品
微薄。＊

〔75〕 吃瓦片：以收取房租為生的人。

〔76〕 扳指：套在右手拇指上的象牙或晶玉的裝飾品，原為射箭鈎弓時的
用具。

〔77〕 官印：原指官府所用之印，後以敬稱人的大名。

〔78〕 拿個大頂：倒立。＊

〔79〕 《當鐧賣馬》：一齣極為流行的京劇，演唱《隋唐演義》中秦叔寶的
故事。

〔80〕 家奴：包衣，指在藩邸勳門永世為奴的人。

〔81〕 文章一品：毛筆。

〔82〕 君子之風：墨。

〔83〕 三本小書：《三字經》、《百家姓》、《千字文》，均為兒童啟蒙讀物。

〔84〕 隔着教：又叫「截着教」，俗稱與「漢教」不同之「回教」。

〔85〕 格格：清代皇族女兒的稱呼。如親王女兒稱「和碩格格」，貝勒女
兒稱「多羅格格」。

〔86〕 《三娘教子》：傳統戲劇，演王春娥教子的故事。

〔87〕 小東人：《三娘教子》裏一句唱詞兒的頭三字，即小主人之意。

〔88〕 楊村糕乾：產於河北楊村的澱粉類代乳品。＊

〔89〕 花布手巾：又叫「花大姐兒」，即天牛，一種色黑、長鬚、背有星
點的鞘翅目昆蟲。

〔90〕 直隸：河北。＊

〔91〕 一點轍也沒有：一點辦法也沒有。轍，車轍，借指辦法，此處指

生計。

〔92〕李中堂：李鴻章。李曾官至文華殿大學士，在公私禮節上，對「大學士」敬稱「中堂」。

〔93〕給你們個蒼蠅吃：故意招人噁心的意思。此指「旗人」信「洋教」的事。

〔94〕創世記：《舊約》的第一章，講「上帝創造天地」。

〔95〕「亞當生塞特」一句：「創世記」第五章的內容。

〔96〕啟示錄：《新約》的最後一章。多老大以《聖經》的一頭一尾向牧師發問，表示自己已經通讀。「寶座中……遍體長滿了眼睛」是「啟示錄」第四章的原文。

〔97〕四福音書：基督教把凡是耶穌所說的話或其門徒傳佈的教義，都稱為「福音」。《新約全書》中有馬太、馬可、路加、約翰四福音。均為最基本的教義。

〔98〕酒缸：酒館。從前的酒館，多置有合圍的大酒缸，蓋以木板或石板，當作酒桌。酒缸，即作酒館的代稱。

〔99〕咂摸：尋思，反覆研究。

〔100〕偏過了：吃過了。＊

〔101〕狗着：溜鬚拍馬，曲意逢迎。

〔102〕虎拉車：即花紅，俗稱沙果。

〔103〕樹熟兒：樹上熟透了的果實。

〔104〕善撲營：善撲，摔跤。清代設置的善撲營，是專門訓練為演習用的摔跤、射箭、馺馬等技藝的軍營。

〔105〕黃帶子：清代的宗室，都繫着金黃色帶子，俗稱宗室為「黃帶子」。此處是指能在宗室中請出朋友。

〔106〕萬應錠：中藥名，係成藥，一種常用的固體小藥，有清熱化食功效。＊

〔107〕車口：停放車輛以等待僱主的地方。

〔108〕墭：鋪。

〔109〕《轅門斬子》：傳統戲劇，演楊六郎嚴正軍法，欲斬其子楊宗保的故事。焦贊為該劇中的人物。

【 賞析 】

老舍是寫人的能手。

《正紅旗下》是寫人的傑作。

有人曾問過老舍，向他討教寫作的竅門。老舍說寫作沒有速成之路，不要相信什麼竅門。

但是，老舍不止一次說過，寫作重要的是要有人物。

只要有幾個人物，作品就能站住。

事實也是這樣，唸一部好作品，最後能在記憶中長久地留下來的總是人物，像《紅樓夢》中的鳳姐、《水滸傳》中的魯智深、《三國演義》中的曹操、《阿Q正傳》中阿Q、《駱駝祥子》中的祥子和虎妞……

一個作家醞釀一部作品，心中總是形象地浮動着幾個人物。有的是先有故事後有人物；有的是先有人物，後有故事。

《正紅旗下》就是先有人物後有故事的那種，甚至，《正紅旗下》是只有人物，而沒有完整的故事。

《正紅旗下》不是情節小說，它不是以情節發展為主線，它以人物為主，它立意要塑造幾個有聲有色活靈活現的人。

《正紅旗下》以「我」為核心，圍繞「我」周圍的人物，分批分章節地展現出來，一共描寫了十八位主要人物。「我」是個小嬰兒，剛出生，不會說話，不懂事，沒有主動行為。只是一個「引子」，或者說，是個「核兒」，包在外面的才是鮮美的果肉，又香又甜又多彩，耐聞耐看耐吃。十八位人物便是這耐聞耐看耐吃的果肉，是他們演出了一場大戲。

《正紅旗下》的前十一章可以分為兩部分：前八章是一類，後三章是另一類。

前八章是介紹出場人物的。

後三章才開始有戲，有衝突。

可惜，衝突才剛剛展出，老舍就被迫停筆了，成為千古恨！

只留下了人物。

人物的出場是按「我」的「落草兒」到「滿月」為線索。第一、二章寫第一天，第三章寫第二天，第四章寫第三天，第五章寫第七天，第六章寫滿月。第七、八章寫夏天，第九、十、十一章寫秋天。

應該說，到夏天為止，也就是說在前八章裏，幾乎沒有完整的故事，只有些片斷的小單元，像糖葫蘆的山楂果似的，一個一個的。每一個山楂果裏，都蹦出來幾個人。

第一章描寫了我的姑母，大姐婆婆，大姐公公，大姐夫和大姐（「落草兒」時）。

第二章描寫了我的母親（「落草兒」時）。

第三章描寫了福海二哥和他的父母 —— 大舅和大舅媽（第二天）。

第四章描寫了王掌櫃（洗三）。

第五章描寫了我的爸爸，二姐（第七天）。

第六章描寫了定大爺，金四把（滿月）。

第七章描寫了十成（夏天）。

第八章描寫了多老大，多二爺，牛牧師。

正是這些人物，圍繞着一個剛剛誕生的小孩出現的十八個人物，在幾乎沒有完整的故事的情況下，因為老舍出神入化般的描寫使《正紅旗下》成了不朽之作。

這是一部因寫人而不朽的典型作品。十八個人裏，有十四位是滿族人，剩下的四位，有兩位是漢人，一位是回族，一位是美國人。這個搭配是空前的，在此之前，沒有一個作品裏滿族人佔這麼大的比例。

滿族人是主角，而且是正面的寫，這是第一次。

十四位滿族人裏，稱得上是十足的混蛋的只有一個，多老大，外號「眼睛多」。其餘十三位都不壞，有的充其量是糊塗。這一點非常重要。

　　老舍通過這十四位滿族人，絕大多數並不壞，解釋了清朝滅亡的真正原因。這是作家的一種神來之筆，也是《正紅旗下》的另一個了不起的貢獻。

　　是社會制度，是「八旗制度」本身害了旗人，使他們養尊處優，使得他們不務生產，使得他們造就了在枝梢末節上高度發達的文化藝術，卻不懂得發展經濟，不知道國家大事，不曉世上同期已換了人間，而他們自身卻大大落後了，導致處處捱打，最後被革了命。

　　通過這十八個旗人的生活，老舍解釋明白了這個道理，很形象，很深刻，令人心悅誠服。

　　誰能說這不是一種貢獻？

　　從某種意義上說，這是一部替數百萬普通滿族人平反的作品。滿族人可愛，很可愛，多才多藝。他們過日子同樣是艱難的，像我的母親，同樣值得同情和佩服。他們受的苦難和身上揹的包袱，和漢族人，和回族人，同樣的沉重。

　　許多人，包括冰心先生，都說：《正紅旗下》讓他們明白了許多道理，像換了腦筋似的。

　　《正紅旗下》的語言也了不起，這是它的第三個可貴之處。寫《正紅旗下》時，老舍已年過花甲，他的文筆變得爐火純青。他的心態是老年人的久經風霜的平靜心態，有洞察事務的高度穿透力，既居高臨下，把握全局，又非常老練、精細。這種心態能出幽默。老舍是幽默大師。《正紅旗下》是他的幽默風格的最後一次展現。

《正紅旗下》發表之後，我們找到了老舍的誕生地。在一個頂小頂小的胡同裏，有那麼一個很不體面的小院，在那裏，老舍度過了他的童年和他的少年。對這所小房，論建築，不論從哪個角度上講，實在沒有什麼值得一提的，因為其貌不揚。可是，我們還是挺高興。大凡有些紀念意義的東西，只要真實，不管醜賴，都會使人感到親切。

老舍活着的時候，他從來沒有說過，他生在哪個房子裏，對那所房子解放後還存在不存在他也從來不感興趣，就像他不愛給自己的作品寫序和寫後記一樣。他老把自己的作品叫「習作」，他不愛提自己，老覺得一提自己就有「老王賣瓜」的味道。老舍晚年好不容易以第一人稱的口吻寫了一部描寫童年的小說，沾了一點自傳體的邊，可是，它畢竟是小說，並不把注意力放在寫自己上面。而且沒寫完。

就是這個作品，引起了我們看一看他的故居的興趣。也許是好奇心來把我們驅使，也許是要尋找一些理解他的作品的線索，也許是為了寄託我們的思念⋯⋯說不大清楚究竟是為什麼，反正，動手找了起來。

沒費多大勁，我們就找到了，我們真幸運。

但是，更使我們驚訝的是，找到的那個小胡同和小院子，我們早就

「見過」了！

　　在老舍的作品裏，在跟老舍本人身世毫無關係的小說裏，這個小胡同和小院子早就當過道具和佈景了，而且，是那麼逼真，那麼詳盡，反映得幾乎和相片一樣真實。

　　小胡同現在叫小楊家胡同，小院現在是八號。

　　在老舍的長篇小說《四世同堂》裏，小胡同叫「小羊圈」。唸過這部小說的讀者都會記得：《四世同堂》描寫的小羊圈胡同是個葫蘆狀的小胡同，葫蘆胸裏有七個門。在路東的盡南頭住着祁老人一家四代十口人。祁老人的小院是個細長條，門牌五號。這個細長的小院就是老舍故居的翻版。

　　據這一帶的老居民說：「小楊家胡同」以前確實叫「小羊圈」。

　　依照《四世同堂》的文字描寫，把小羊圈按着土木工程平面圖的辦法畫出來，然後再把現在小楊家胡同也畫成平面圖，放在一齊加以比較，讀者不難看出：它們是何等的近似。《四世同堂》作者筆下的小羊圈就是作者本人童年的故里。（見下頁圖一及圖二）

　　這個胡同位於北京西城護國寺附近。由平安里沿着新街口大街往北走，過了護國寺大街馬路東側頭一個胡同就是它。

　　說來有趣，小胡同附近有好幾個商店和門市部都和老舍的作品有關係。小胡同口上的新泉浴池（女部）以前是個茶館。據見過這個茶館的老人說：北京人民藝術劇院舞台上的《茶館》很像當年小胡同口上這個茶館，這話可能不無道理。也許，這裏就有舞台上《茶館》的生活基礎。再往南，在護國寺大街的把角上，有個門面挺大的護國寺副食店。這個商店一九五八年是個有名的婦女商店。老舍在寫多幕喜劇《女店員》的時候，就曾經多次在這裏收集素材和體驗生活。再往南，路東有個人民銀行分行，它以前是《正紅旗下》裏提到過的「柳泉居」的所在地。「柳泉居」

圖一：小說《四世同堂》小羊圈胡同示意圖

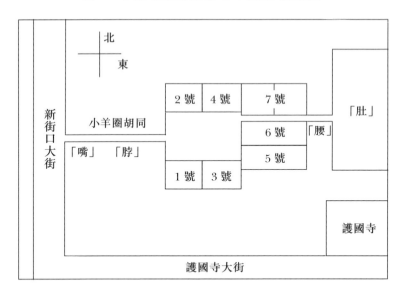

圖二：老舍故居 —— 小楊家胡同八號方位圖

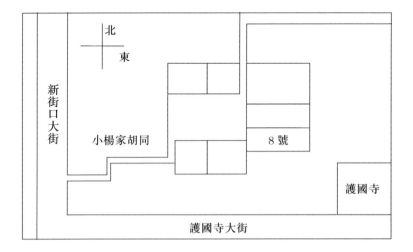

的自製黃酒是很有名的。「柳泉居」的對面是《正紅旗下》中描寫過的茶館「天泰軒」。書中的大姐公公嘴上經常掛着「天泰軒」，不是上它那吃幾個小燒（燒子蓋與炸鹿尾之類），就是對親家太太說：「千萬別麻煩，我還真有點餓，到『天泰軒』叫一個乾炸丸子，一賣木樨肉，一中碗酸辣湯，多加胡椒麵和香菜，就行啦！就這麼辦吧！」這一辦，親家太太的眼圈就分外濕潤那麼一兩天！「天泰軒」現在變成了藥店，叫「峰原藥店」。它的北面，幾乎對着小楊家胡同，有個現在叫「桂香村」的商店，它的前身是《正紅旗下》中的那個「英蘭齋」滿漢餑餑舖。書中姑母專門在這裏買真正的關東糖。「所謂真正的關東糖就是塊兒小而比石頭還硬，放在口中若不把門牙崩碎，就把它黏掉的那一種。」由這裏一直往北，走不了一會，就是積水潭。《正紅旗下》裏的福海二哥和便宜坊王掌櫃的兒子十成談話的地方就在這兒。這兒很清靜，有蘆葦，有樹，有石頭，有一座不太高的土山，有小魚，有蜻蜓。老舍本人青年的時候很喜歡這個地方。他在卅年代的一篇叫《想北平》的散文中，曾經這樣寫過：「面向着積水潭，背後是城牆，坐在石上看水中的小蝌蚪或葦葉上的嫩蜻蜓，我可以快樂的坐一天，心中完全安適，無所求也無可怕，像小兒安睡在搖籃裏。」

　　小胡同口上的許多地方都入了故事。故事是作者編造的，可是發生故事的地點卻相當的真實。地理關係靠編造恐怕編不了這麼準確。寫《四世同堂》的時候，老舍四十幾歲，而且遠離北京；寫《正紅旗下》的時候，老舍六十幾歲。如果不是童年和少年的時候在這附近住過，絕不會把方位和細節記得那麼清楚。

　　小楊家胡同是北京最窄小的胡同之一。我們量了量它的寬度，最窄處不過一米，最寬處不過一米半左右。老舍在《四世同堂》裏也特意描寫了這一點：它是「那麼窄小，人們若不留心細找，或向郵差打聽，便很容易忽略過去」。真是這麼回事兒。

老舍在自己的散文中有好幾處提到過這條小胡同，親切地叫它做「我們的小胡同」。「我們住的小胡同，連轎車也進不來，一向不見經傳。」（《吐了一口氣》）「那裏的住戶都是赤貧的勞動人民，最貴重的東西不過是張大媽的結婚戒指（也許是白銅的），或李二嫂的一根銀頭簪。」「在我還是個孩子的時候，我們的小胡同裏，……夏天佐飯的『菜』往往是鹽拌小葱，冬天是醃白菜幫子，放點辣椒油。還有比我們更苦的，他們經常以酸豆汁度日。它是最便宜的東西，一兩個銅板可以買很多。把所能找到的一點糧或菜葉子摻在裏面，熬成稀粥，全家分而食之。從舊社會過來的賣苦力的朋友們都能證明，我說的一點不假！」（《勤儉持家》）

進到小楊家（小羊圈）胡同裏面，在葫蘆胸的東南角便是老舍的故居。在《四世同堂》裏，老舍是這樣介紹這個院子的：

「祁家的房便是在葫蘆胸裏，街門朝西，斜對着一棵槐樹。」

順帶說一句，槐樹現在已經找不到了。

「房子的本身可不很高明。第一，它沒有格局。院子是東西長而南北短的一個長條，所以南北房不能相對；假若相對起來，院子便被擠成一條縫，而頗像輪船上房艙中間的走道了。南房兩間，因此，是緊靠街門，而北房五間面對着南院牆。兩間東房是院子的東盡頭；東房北邊有塊小空地，是廁所。」

「第二，房子蓋得不甚結實。」

「在南房前面，他還種了兩株棗樹，一株結的是大白棗，一株結的是甜酸的『蓮蓬子兒』。」

「院中是一塌土地，沒有甬路；每逢雨季，院中的存水就能存一尺多深，出入都須打赤腳。」

「五間北房呢，中間作客廳；客廳裏東西各有一個小門，盡東頭和盡西頭的一間，都另開屋門。」

我們走進這個小院子，看到的一切，和上面引述的一切，幾乎一模一樣。我們按着實際情況繪製了一幅小院子的平面示意圖，它和小說中的描寫是多麼的吻合啊！（見圖三）

　　據曾經住過這所房子的老親戚回憶：老舍就誕生在北面三間正房中靠東面的那一間裏。可惜，現在，這一間的窗戶外面砌了一間簡易平房，恰好擋上了它的全部外貌。

　　使我們感到慶幸的是：這個院子，這所房子，雖然少說已有百年的歷史，但還存在。也許是由於這個地點太不引人注意，並沒有被什麼單位看中，拆了舊的蓋上新的。在這附近興建的新建築確實不多。

　　至於那兩株棗樹，除了《四世同堂》之外，在《正紅旗下》裏也有描寫：「我們的院裏只有兩株歪歪擰擰的棗樹，一株在影壁後，一株在南牆根。」

圖三：老舍的出生地 —— 小楊家胡同八號平面圖

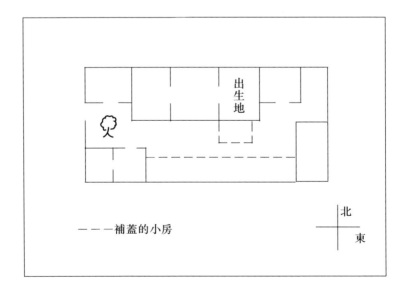

出生地

—－－補蓋的小房

北
東

現在這兩株棗樹還剩下一株，據現在的住戶說：南牆根確曾還有過一株，已被砍掉。留下的一株，長得相當高大，活得還挺硬朗，可是已不大結棗。這株究竟是大白棗，還是「蓮蓬子兒」我們可忘了調查。

　　和作家有關的地點文物往往會引起人們極大的興趣，古今中外大概都是如此。不要說莎士比亞的故鄉，安徒生的小鎮，歌德的誕生地，托爾斯泰的墓地每年不知吸引了多少崇拜者和旅遊家，就是和作品中虛擬的主人公有關係的活動場所也躲不開人們的尋找。人們為海的女兒──美人魚修了紀念碑，為唐吉訶德雕了塑像，為安娜‧卡列尼娜拍了許多次電影，而且，不管有些評論家們如何反對，還是一個勁兒地為賈寶玉尋找大觀園……成功的藝術形象往往比作者本人的壽命長得多，他們跨越歷史，不分國界，被一代又一代人愛着，使人們的生活增添了許多樂趣和光輝。

　　文化就有這麼大的魅力！

　　林彪、「四人幫」偏偏以他們的權勢和殘暴侮辱人們的這種喜好，他們妄想在中國這塊古老的大地上剝奪和消滅人們的這種美好享受。結果，自己被人民拋棄了。不要文明的人還會有好結果嗎？

　　這次，我們找到的這個小胡同和小院子，也許能為讀者增添一些有趣的讀書資料或者聊天的資料。這倒不是因為它是老舍的誕生地，作為一所又破又老又小的房子，實屬不登大雅之堂，就是拆了它，也不會有人感到惋惜。它的有趣之處在於：由「一向不見經傳」而入了書卷，而且是入了好幾部。有了它，讓我們知道了《四世同堂》裏的祁老人住在那個葫蘆胸裏，知道了《正紅旗下》裏的「我」──那個馬甲的兒子出生在哪個房子裏，和由此而展開的一系列故事，這不是也挺有意思嗎？

胡絜青、舒乙

一九七九年十月四日於北京

戰事中的節日
——《四世同堂》
第十四、十五章

【題解】

　　《四世同堂》是一部長篇小說，是中國抗戰文學的一部力作，也是老舍的代表作，作者自己曾說《四世同堂》「或許是他最好的一部著作」。

　　《四世同堂》以淪陷的北平為背景，描寫了一個叫「小羊圈」的小胡同裏的十幾家北平居民在戰爭中的生活，這其中有詩人、有教員、有唱戲的、有拉車的、有布店掌櫃、有剃頭的、有流氓無賴、有小職員、有撿破爛的、有糊棚匠、有搬運工、有信基督教替洋人當僕人的、有教授、有家庭主婦。他們從事各行各業，人物多達百人。老的有七十五歲，小的才一歲多。故事由「七七事變」開始，一直至抗戰結束，整整八年，包容了抗戰的整個過程，幾乎每一個抗戰中的大事件在《四世同堂》中都有所反映；雖然它並沒有直接描寫戰事，既沒有正面戰場，也沒有游擊戰。《四世同堂》是塑造人物的傑作，形形色色的人物在淪陷的北平裏有各自的表演，有的當了漢奸，有的當了抗戰鬥士，更多的是不情願而無奈地當了亡國奴。《四世同堂》描寫了人物的分化，他們中大多數是愛國的，但由於文化包袱揹得太沉，而陷於不自覺的狀態，他們忍耐着，他們沒有作出

積極的有效的反抗，他們太善良，太軟弱，太分散，太逆來順受，他們吃了大虧，受了大罪，他們付出了血和生命的代價。他們在戰爭中大批的死去，活下來的人也都到了垂死的邊緣，滿身戰爭瘡痕，奄奄一息。戰爭教訓了他們，打痛了他們，使他們覺醒，使他們獲得了思想進步，心靈上得到了新生，由麻木中，由事不關己高高掛起中，由寧可吃虧而不動氣中漸漸醒悟過來，正如全書最後一句所描寫的，「起風了」，預示着，一個新的歷史時期由慘勝中終於誕生了。

《四世同堂》的主角是住在「小羊圈」胡同裏的一家姓祁的人家，他們一家四代人，共十口，住在同一個屋檐下。老爺爺祁老人，七十五歲，以前是個體力勞動者，作過小買賣。他是這家人的靈魂，是老一代中國人的代表。他的兒子，五十多歲，叫祁天佑，是個誠實而有禮貌的商人，開一座小布店。天佑太太，病病歪歪，非常老實而本分。祁老人有三個孫子，長孫瑞宣，是個新型知識分子，是這家人的頂樑柱，在中學教書，很愛國，也很愛家，在「忠」、「孝」之間徘徊。瑞宣的妻子韻梅，沒有太高的文化，是個賢妻良母，能幹，祁家的家務全由她操持。他們有兩個孩子，是祁老人的曾孫，男孩叫小順子，女兒叫小妞子。祁老人的二孫子瑞豐遊手好閑，好吃懶做，愛佔便宜，性格軟弱，怕太太，眼高手低，是全家人的一塊心病。瑞豐的妻子胖菊子和瑞豐是天生的一對，品質卑劣，善於鑽營而不顧廉恥。三孫子瑞全是個大學生，氣血方剛，有志氣，思想激進，一片赤誠。《四世同堂》以這十口四代同堂人為中心編織了一連串感人的故事，一環套一環，漸漸深入，派生出一些非常深刻的思考問題來。

《四世同堂》開始寫於抗戰後期的一九四四年，計劃寫一百章，每章一萬字，全書計劃為一百萬字，這在當時是篇幅最大的長篇小說，分為三部，第一部取名《惶惑》，容納三十四章，第二部取名《偷生》，第三部取名《饑荒》，二部三部各三十三章。一九四四年老舍在病中完成了《惶

惑》，一九四五年完成了《偷生》，第三部是在抗戰勝利之後在美國紐約完成的，至一九四八年初才最後殺青。老舍在抗戰中擔任中華全國文藝界抗敵協會的總負責人，他說：《四世同堂》「是對抗戰文學的一部較大的紀念品」。《四世同堂》四十年代末在老舍自己的主持下在美國被翻成英文，以後又傳入歐洲和亞洲，成為一部有世界聲譽的小說，在日本被推崇為「對戰後進行反思的教科書」。

《四世同堂》近年來在讀者中又有長足的影響，一九八五年成為一部家喻戶曉的作品，那一年，女導演林汝為將它拍成二十八集電視連續劇，在全國播放後，轟動一時，受到交口稱讚，收視率很高，而且經久不衰。《四世同堂》遂在作者身後受到高度評價，被公認為老舍最重要的作品之一，以為它的思想、語言和寫作技巧都達到了作者前所未有的高度，也是中國現代文學文壇上的一部有代表性的巨著。

《戰事中的節日》取自《惶惑》中的第十四和第十五章，篇名為本書編者所加，它們在思想寓意和藝術風格上頗能代表《四世同堂》，而且故事和寫景、寫人都非常有吸引力。這兩章文字圍繞着同一個主題展開，形成一個小單元，恰好自成體系。

【文本】

十四

中秋前後是北平最美麗的時候。天氣正好不冷不熱，晝夜的長短也劃分得平勻。沒有冬季從蒙古吹來的黃風，也沒有伏天裏挾着冰雹的暴雨。天是那麼高，那麼藍，那麼亮，好像是含着笑告訴北平的人們：在這

些天裏，大自然是不會給你們什麼威脅與損害的。西山北山的藍色都加深了一些，每天傍晚還披上各色的霞帔。

在太平年月，街上的高攤與地攤，和果店裏，都陳列出只有北平人才能一一叫出名字來的水果。各種各樣的葡萄，各種各樣的梨，各種各樣的蘋果，已經叫人夠看夠聞夠吃的了，偏偏又加上那些好看好聞好吃的北平特有的葫蘆形的大棗，清香甜脆的小白梨，像花紅〔1〕那樣大的白海棠，還有只供聞香兒的海棠木瓜，與通體有金星的香檳子〔2〕，再配上為拜月用的，貼着金紙條的枕形西瓜，與黃的紅的雞冠花，可就使人顧不得只去享口福，而是已經辨不清哪一種香味更好聞，哪一種顏色更好看，微微的有些醉意了！

那些水果，無論是在店裏或攤子上，又都擺列的那麼好看，果皮上的白霜一點也沒蹭掉，而都被擺成放着香氣的立體的圖案畫，使人感到那些果販都是些藝術家，他們會使美的東西更美一些。況且，他們還會唱呢！他們精心的把攤子擺好，而後用清脆的嗓音唱出有腔調的「果讚」：「唉──一毛錢兒來耶，你就挑一堆我的小白梨兒，皮兒又嫩，水兒又甜，沒有一個蟲眼兒，我的小嫩白梨兒耶！」歌聲在香氣中顫動，給蘋果葡萄的靜麗配上音樂，使人們的腳步放慢，聽着看着嗅着北平之秋的美麗。

同時，良鄉的肥大的栗子，裹着細沙與糖蜜在路旁唰啦唰啦的炒着，連鍋下的柴煙也是香的。「大酒缸」〔3〕門外，雪白的葱白正拌炒着肥嫩的羊肉；一碗酒，四兩肉，有兩三毛錢就可以混個醉飽。高粱紅的河蟹〔4〕，用葦簍裝着，沿街叫賣，而會享受的人們會到正陽樓去用小小的木錘，輕輕敲裂那毛茸茸的蟹腳。

同時，在街上的「香艷的」果攤中間，還有多少個兔兒爺〔5〕攤子，一層層的擺起粉面彩身，身後插着旗傘的兔兒爺──有大有小，都一樣

的漂亮工細，有的騎着老虎，有的坐着蓮花，有的肩着剃頭挑兒，有的揹着鮮紅的小木櫃；這雕塑的小品給千千萬萬的兒童心中種下美的種子。

同時，以花為糧的豐台[6]開始一挑一挑的往城裏運送葉齊苞大的秋菊，而公園中的花匠，與愛美的藝菊家也準備給他們費了半年多的苦心與勞力所養成的奇葩異種開「菊展」。北平的菊種之多，式樣之奇，足以甲天下。

同時，像春花一般驕傲與俊美的青年學生，從清華園，從出產蓮花白酒的海甸，從東南西北城，到北海去划船；荷花久已殘敗，可是荷葉還給小船上的男女身上染上一些清香。

同時，那文化過熟的北平人，從一入八月就準備給親友們送節禮了。街上的舖店用各式的酒瓶，各種餡子的月餅，把自己打扮得像鮮艷的新娘子；就是那不賣禮品的舖戶也要湊個熱鬧，掛起秋節大減價的綢條，迎接北平之秋。

北平之秋就是人間的天堂，也許比天堂更繁榮一點呢！

祁老太爺的生日是八月十三。口中不説，老人的心裏卻盼望着這一天將與往年的這一天同樣的熱鬧。每年，過了生日便緊跟着過節，即使他正有點小小的不舒服，他也必定掙扎着表示出歡喜與興奮。在六十歲以後，生日與秋節的聯合祝賀幾乎成為他的宗教儀式 —— 在這天，他須穿出最心愛的衣服；他須在事前預備好許多小紅紙包，包好最近鑄出的銀角子，分給向他祝壽的小兒；他須極和善的詢問親友們的生活近況，而後按照着他的生活經驗逐一的給予鼓勵或規勸；他須留神觀察，教每一位客人都吃飽，並且檢出他所不大喜歡的瓜果或點心給兒童們拿了走。他是老壽星，所以必須作到老壽星所應有的一切慈善，客氣，寬大，好免得教客人們因有所不滿而暗中抱怨，以致損了他的壽數。生日一過，他感到疲乏；雖然還表示出他很關心大家怎樣過中秋節，而心中卻只把它作為生日的尾

聲，過不過並不太緊要，因為生日是他自己的，過節是大家的事；這一家子，連人口帶產業，都是他創造出來的，他理應有點自私。

今年，他由生日的前十天，已經在夜間睡得不甚安貼了。他心中很明白，有日本人佔據着北平，他實在不應該盼望過生日與過節能和往年一樣的熱鬧。雖然如此，他可是不願意就輕易的放棄了希望。錢默吟不是被日本憲兵捉去，至今還沒有消息麼？誰知道能再活幾天呢！那麼，能夠活着，還不是一件喜事嗎？為什麼不快快活活的過一次生日呢？這麼一想，他不但希望過生日，而且切盼這一次要比過去的任何一次 ── 不管可能與否 ── 更加倍的熱鬧！說不定，這也許就是末一次了哇！況且，他準知道自己沒有得罪過日本人，難道日本人 ── 不管怎樣不講理 ── 還不准一個老實人慶一慶七十五的壽日嗎？

他決定到街上去看看。北平街市上，在秋節，應該是什麼樣子，他一閉眼就能看得清清楚楚；他實在沒有上街去的必要。但是，他要出去，不是為看他所知道的秋節街市，而是為看看今年的街市上是否有過節的氣象。假若街上照常的熱鬧，他便無疑的還可以快樂的過一次生日。而日本人的武力佔領北平也就沒什麼大了不得的地方了。

到了街上，他沒有聞到果子的香味，沒有遇到幾個手中提着或肩上擔着禮物的人，沒有看見多少中秋月餅。他本來走的很慢，現在完全走不上來了。他想得到，城裏沒有果品，是因為，城外不平安，東西都進不了城。他也知道，月餅的稀少是大家不敢過節的表示。他忽然覺得渾身有些發冷。在他心中，只要日本人不妨礙他自己的生活，他就想不起恨惡他們。對國事，正如對日本人，他總以為都離他很遠，無須乎過問。他只求能平安的過日子，快樂的過生日；他覺得他既沒有辜負過任何人，他就應當享有這點平安與快樂的權利！現在，他看明白，日本已經不許他過節過生日！

以祁老人的飽經患難，他的小眼睛裏是不肯輕易落出淚來的。但是，現在他的眼有點看不清前面的東西了。他已經活了七十五歲。假若小兒們會因為一點不順心而啼哭，老人們就會由於一點不順心而想到年歲與死亡的密切關係，而不大容易控制住眼淚，等到老人與小兒們都不會淚流，世界便不是到了最和平的時候，就是到了最恐怖的時候。

　　找了個豆汁兒攤子[7]，他借坐了一會，心中才舒服了一些。

　　他開始往家中走。路上，他看見兩個兔兒爺攤子，都擺着許多大小不同的，五光十色的兔兒爺。在往年，他曾拉着兒子，或孫子，或重孫子，在這樣的攤子前一站，就站個把鐘頭，去欣賞，批評，和選購一兩個價錢小而手工細的泥兔兒。今天，他獨自由攤子前面過，他感到孤寂。同時，往年的兔兒爺攤子是與許多果攤兒立在一處的，使人看到兩種不同的東西，而極快的把二者聯結到一起 —— 用鮮果供養兔子王。由於這觀念的聯合，人們的心中就又立刻勾出一幅美麗的，和平的，歡喜的，拜月圖來。今天，兩個兔兒爺的攤子是孤立的，兩旁並沒有那色香俱美的果子，使祁老人心中覺得異樣，甚至於有些害怕。

　　他想給小順兒和妞子買兩個兔兒爺。很快他又轉了念頭 —— 在這樣的年月還給孩子們買玩藝兒？可是，當他還沒十分打定主意的時候，擺攤子的人，一個三十多歲的瘦子，滿臉含笑的叫住了他：「老人家照顧照顧吧！」由他臉上的笑容，和他聲音的溫柔，祁老人看出來，即使不買他的貨物，而只和他閑扯一會兒，他也必定很高興。祁老人可是沒停住腳步，他沒有心思買玩具或閑扯。瘦子趕過來一步：「照顧照顧吧！便宜！」聽到「便宜」，幾乎是本能的，老人停住了腳。瘦子的笑容更擴大了，假若剛才還帶有不放心的意思，現在彷彿是已把心放下去。他笑着嘆了口氣，似乎是說：「我可抓到了一位財神爺！」

　　「老人家，您坐一會兒，歇歇腿兒！」瘦子把板櫈拉過來，而且用袖

子拂拭了一番。「我告訴您，擺出來三天了，還沒開過張，您看這年月怎麼辦？貨物都是一個夏天作好的，能夠不拿出來賣嗎？可是……」看老人已經坐下，他趕緊入了正題：「得啦，你老人家拿我兩個大的吧，準保賠着本兒賣！您要什麼樣子的？這一對，一個騎黑虎的，一個騎黃虎的，就很不錯！玩藝作的真地道！」

「給兩個小孩兒買，總得買一模一樣的，省得爭吵！」祁老人覺得自己是被瘦子圈弄住了，不得不先用話搪塞一下。

「有的是一樣的呀，您挑吧！」瘦子決定不放跑了這個老人。「您看，是要兩個黑虎的呢，還是來一對蓮花座兒的？價錢都一樣，我賤賤的賣！」

「我不要那麼大的！孩子小，玩藝兒大，容易摔了！」老人又把瘦子支回去，心中痛快了一點。

「那麼您就挑兩個小的，得啦！」瘦子決定要把這號生意作成。「大的小的，價錢並差不多，因為小的工細，省了料可省不了工！」他輕輕的拿起一個不到三寸高的小兔兒爺，放在手心上細細的端詳：「您看，活兒作得有多麼細緻！」

小兔兒的確作得細緻：粉臉是那麼光潤，眉眼是那麼清秀，就是一個七十五歲的老人也沒法不像小孩子那樣的喜愛它。臉蛋上沒有胭脂，而只在小三瓣嘴上畫了一條細線，紅的，上了油；兩個細長白耳朵上淡淡的描着點淺紅；這樣，小兔兒的臉上就帶出一種英俊的樣子，倒好像是兔兒中的黃天霸似的。它的上身穿着朱紅的袍，從腰以下是翠綠的葉與粉紅的花，每一個葉褶與花瓣都精心的染上鮮明而勻調的彩色，使綠葉紅花都閃閃欲動。

祁老人的小眼睛發了光。但是，他曉得怎樣控制自己。他不能被這個小泥東西誘惑住，而隨便花錢。他會像懸崖勒馬似的勒住他的錢 ——

這是他成家立業的首要的原因。

「我想，我還是挑兩個不大不小的吧！」他看出來，那些中溜兒的玩具，既不像大號的那麼威武，也不像小號的那麼玲瓏，當然價錢也必合適一點。

瘦子有點失望。可是，憑着他的北平小販應有的修養，他把失望都嚴嚴的封在心裏，不准走漏出半點味兒來。「您愛哪樣的就挑哪樣的，反正都是小玩藝兒，沒有好大的意思！」

老人費了二十五分鐘的功夫，挑了一對。又費了不到二十五分也差不多的時間，講定了價錢。講好了價錢，他又坐下了 —— 非到無可如何的時候，他不願意往外掏錢；錢在自己的口袋裏是和把狗拴在屋裏一樣保險的。

瘦子並不着急。他願意有這麼位老人坐在這裏，給他作義務的廣告牌。同時，交易成了，彼此便變成朋友，他對老人說出心中的話：

「要照這麼下去，我這點手藝非絕了根兒不可！」

「怎麼？」老人把要去摸錢袋的手又拿了出來。

「您看哪，今年我的貨要是都賣不出去，明年我還傻瓜似的預備嗎？不會！要是幾年下去，這行手藝還不斷了根？您想是不是？」

「幾年？」老人的心中涼了一下。

「東三省……不是已經丟了好幾年了嗎？」

「哼！」老人的手有點發顫，相當快的掏出錢來，遞給瘦子。「哼！幾年！我就入了土嘍！」說完，他幾乎忘了拿那一對泥兔兒，就要走開，假若不是瘦子很小心的把它們遞過來。

「幾年！」他一邊走一邊自己嘟囔着。口中嘟囔着這兩個字，他心中的眼睛已經看到，他的棺材恐怕是要從有日本兵把守着的城門中抬出去，而他的子孫將要住在一個沒有兔兒爺的北平；隨着兔兒爺的消滅，許多許

多可愛的，北平特有的東西，也必定絕了根！他想不起像「亡國慘」一類的名詞，去給他心中的抑鬱與關切一個簡單而有力的結論，他只覺得「絕了根」，無論是什麼人和什麼東西，是「十分」不對的！在他的活動了七十五年的心中，對任何不對的事情，向來很少有用「十分」來形容的時候。即使有時候他感到有用「十分」作形容的必要，他也總設法把它減到九分，八分，免得激起自己的怒氣，以致發生什麼激烈的行動；他寧可吃虧，而決不去帶着怒氣應付任何的事。他沒讀過什麼書，但是他老以為這種吃虧而不動氣的辦法是孔夫子或孟夫子直接教給他的。

一邊走，他一邊減低「十分」的成數。他已經七十五歲了，「老不以筋骨為能」，他必須往下壓制自己的憤怒。不知不覺的，他已走到了小羊圈，像一匹老馬那樣半閉着眼而能找到了家。走到錢家門外，他不由的想起錢默吟先生，而立刻覺得那個「十分」是減不得的。同時，他覺得手中拿着兩個兔兒爺是非常不合適的；錢先生怎樣了，是已經被日本人打死，還是熬着苦刑在獄裏受罪？好友生死不明，而他自己還有心程給重孫子買兔兒爺！想到這裏，他幾乎要承認錢少爺的摔死一車日本兵，和孫子瑞全的逃走，都是合理的舉動了。

一號的門開開了。老人受了一驚。幾乎是本能的，他往前趕了幾步；他不願意教錢家的人看見他 —— 手中拿着兔兒爺！

緊走了幾步以後，他後了悔。憑他與錢老者的友誼，他就是這樣的躲避着朋友的家屬嗎？他馬上放緩了腳步，很慚愧的回頭看了看。錢太太 —— 一個比蝴蝶還溫柔，比羊羔還可憐的年近五十的矮婦人 —— 在門外立着呢。她的左腋下夾着一個不很大的藍布包兒，兩隻凹進很深的眼看看大槐樹，又看看藍布包兒，好像在自家門前迷失了路的樣子。祁老人向後轉。錢太太的右手拉起來一點長袍 —— 一件極舊極長的袍子，長得遮住腳面 —— 似乎也要向後轉。老人趕了過去，叫了聲錢太太。錢太太不

動了，呆呆的看着他。她臉上的肌肉像是已經忘了怎樣表情，只有眼皮慢慢的開閉。

「錢太太！」老人又叫了一聲，而想不起別的話來。

她也說不出話來；極度的悲苦使她心中成了一塊空白。

老人嚥了好幾口氣，才問出來：「錢先生怎樣了？」

她微微的一低頭，可是並沒有哭出來；她的淚彷彿已經早已用完了。她很快的轉了身，邁進了門坎。老人也跟了進去。在門洞中，她找到了自己的聲音，一種失掉了言語的音樂的啞澀的聲音：

「什麼地方都問過了，打聽不到他在哪裏！祁伯伯！我是個終年不邁出這個門坎的人，可是現在我找遍了九城！」

「大少爺呢？」

「快，快，快不行啦！父親被捕，弟弟殉難，他正害病；病上加氣，他已經三天沒吃一口東西，沒說一句話了！祁伯伯，日本人要是用炮把城轟平了，倒比這麼坑害人強啊！」說到這裏，她的頭揚起來。眼中，代替眼淚的，是一團兒怒的火；她不住的眨眼，好像是被煙火燒炙着似的。

老人愣了一會兒。他很想幫她的忙，但是事情都太大，他無從盡力。假若這些苦難落在別人的身上，他會很簡單的判斷：「這都是命當如此！」可是，他不能拿這句話來判斷眼前的這一回事，因為他的確知道錢家的人都是一百一十成的好人，絕對不應該受這樣的折磨。

「現在，你要上哪兒去呢？」

她看了看腋下的藍布包兒，臉上抽動了一下，而後又揚起頭來，決心把害羞壓服住：「我去當當！」緊跟着，她的臉上露出極微的，可是由極度用力而來的，一點笑意，像在濃雲後努力透出的一點陽光。「哼！平日，我連拿錢買東西都有點害怕，現在我會也上當舖了！」

祁老人得到可以幫忙的機會：「我，我還能借給你幾塊錢！」

「不，祁伯伯！」她説得那麼堅決，啞澀的嗓子中居然出來一點尖鋭的聲音。

「咱們過得多^[8]呀！錢太太！」

「不！我的丈夫一輩子不求人，我不能在他不在家的時候……」她沒有能説完這句話，她要剛強，可是她也知道剛強的代價是多麼大。她忽然的改了話：「祁伯伯！你看，默吟怎樣呢？能夠還活着嗎？能夠還回來嗎？」

祁老人的手顫起來。他沒法回答她。想了半天，他聲音很低的説：「錢太太！咱們好不好去求求冠曉荷呢？」他不會説：「解鈴還是繫鈴人」，可是他的口氣與神情幫忙他，教錢太太明白了他的意思。

「他？求他？」她的眉有點立起來了。

「我去！我去！」祁老人緊趕着説。「你知道，我也很討厭那個人！」

「你也不用去！他不是人！」錢太太一輩子不會説一個髒字，「不是人」已經把她所有的憤恨與詛咒都説盡了。「啊，我還得趕緊上當舖去呢！」説着，她很快的往外走。

祁老人完全不明白她了。她，那麼老實，規矩，好害羞的一個婦人，居然會變成這麼堅決，烈性，與勇敢！愣住一會，看她已出了大門，他才想起跟出來。出了門，他想攔住她，可是她已拐了彎 —— 她居然不再注意關上門，那永遠關得嚴嚴的門！老人嘆了口氣，不知道怎的很想把手中的一對泥東西摔在大槐樹的粗幹子上。可是，他並沒肯那麼辦。他也想進去看看錢大少，可是也打不起精神來，他覺得心裏堵得慌！

走到三號門口，他想進去看看冠先生，給錢默吟説説情。可是，他還須再想一想。他的願意搭救錢先生是出於真心，但是他絕不願因救別人而連累了自己。在一個並不十分好對付的社會中活了七十多歲，他知道什麼叫作謹慎。

到了家中，他彷彿疲倦得已不能支持。把兩個玩藝兒交給小順兒的媽，他一語未發的走進自己的屋中。小順兒的媽只顧着接和看兩個泥東西，並沒注意老人的神色。她說了聲：「喲！還有賣兔兒爺的哪！」說完，她後了悔；她的語氣分明是有點看不起老太爺，差不多等於說：「你還有心思買玩藝兒哪，在這個年月！」她覺得不大得勁兒。為掩飾自己的不知如何是好，她喊了聲小順兒：「快來，太爺爺給你們買兔兒爺來啦！」

小順兒與妞子像兩個箭頭似的跑來。小順兒劈手拿過一個泥兔兒去，小妞子把一個食指放在嘴唇上，看着兔兒爺直吸氣，興奮得臉上通通的紅了。

「還不進去給老太爺道謝哪？」他們的媽高聲的說。

妞子也把兔兒爺接過來，雙手捧着，同哥哥走進老人的屋內。

「太爺爺！」小順兒笑得連眉毛都挪了地方。「你給買來的？」

「太爺爺！」妞子也要表示感謝，而找不到話說。

「玩去吧！」老人半閉着眼說：「今年玩了，明年可……」他把後半句話嚥回去了。

「明年怎樣？明年買更大，更大，更大的吧？」小順兒問。「大，大，大的吧？」妞子跟着哥哥說。

老人把眼閉嚴，沒回出話來。

十五

北平雖然作了幾百年的「帝王之都」，它的四郊卻並沒有受過多少好處。一出城，都市立刻變成了田野。城外幾乎沒有什麼好的道路，更沒有什麼工廠，而只有些菜園與不十分肥美的田；田畝中夾着許多沒有樹木的墳地。在平日，這裏的農家，和其他的北方的農家一樣，時常受着狂風，

乾旱，蝗蟲的欺侮，而一年倒有半年忍受着飢寒。一到打仗，北平的城門緊閉起來，城外的治安便差不多完全交給農民們自行維持，而農民們便把生死存亡都交給命運。他們，雖然有一輩子也不一定能進幾次城的，可是在心理上都自居為北平人。他們都很老實，講禮貌，即使餓着肚子也不敢去為非作歹。他們只受別人的欺侮，而不敢去損害別人。在他們實在沒有法子維持生活的時候，才把子弟們送往城裏去拉洋車，當巡警或作小生意，得些工資，補充地畝生產的不足。到了改朝換代的時候，他們無可逃避的要受到最大的苦難：屠殺，搶掠，姦污，都首先落在他們的身上。趕到大局已定，皇帝便會把他們的田墓用御筆一圈，圈給那開國的元勛；於是，他們丟失了自家的墳墓與產業，而給別人作看守墳陵的奴隸。

祁老人的父母是葬在德勝門外土城〔9〕西邊的一塊相當乾燥的地裏。據風水先生說，這塊地背枕土城 —— 北平城的前身 —— 前面西山，主家業興旺。這塊地將將的〔10〕夠三畝，祁老人由典租而後又找補了點錢，慢慢的把它買過來。他並沒有種幾株樹去紀念父母，而把地仍舊交給原來的地主耕種，每年多少可以收納一些雜糧。他覺得父母的墳頭前後左右都有些青青的麥苗或白薯秧子也就和樹木的綠色相差無幾，而死鬼們大概也可以滿意了。

在老人的生日的前一天，種着他的三畝地的常二爺 —— 一個又乾又倔，而心地極好的，將近六十歲的，橫粗的小老頭兒 —— 進城來看他。德勝門已經被敵人封閉，他是由西直門進來的。揹着一口袋新小米，他由家裏一口氣走到祁家。除了臉上和身上落了一層細黃土，簡直看不出來他是剛剛負着幾十斤糧走了好幾里路的。一進街門，他把米袋放下，先聲勢浩大的垛了一陣腳，而後用粗硬的手使勁地搓了搓臉，又在身上拍打了一回；這樣把黃土大概的除掉，他才提起米袋往裏走，一邊走一邊老聲老氣的叫：「祁大哥！祁大哥！」雖然他比祁老人小着十好幾歲，可是，當初

不知怎麼論的，他們彼此兄弟相稱。

常二爺每次來訪，總是祁家全家人最興奮的一天。久住在都市裏，他們已經忘了大地的真正顏色與功用；他們的「地」不是黑土的大道，便是石子墊成，鋪着臭油的馬路。及至他們看到常二爺 —— 滿身黃土而拿着新小米或高粱的常二爺 —— 他們才覺出人與大地的關係，而感到親切與興奮。他們願意聽他講些與政治，國際關係，衣裝的式樣，和電影明星，完全無關，可是緊緊與生命相聯，最實際，最迫切的問題。聽他講話，就好像吃膩了雞鴨魚肉，而嚼一條剛從架上摘下來的，尖端上還頂着黃花的王瓜，那麼清鮮可喜。他們完全以朋友對待他，雖然他既是個鄉下人，又給他們種着地 —— 儘管只是三畝來的墳地。

祁老人這兩天心裏正不高興。自從給小順兒們買了兔兒爺那天起，他就老不大痛快。對於慶祝生日，他已經不再提起，表示出舉行與否全沒關係。對錢家，他打發瑞宣給送過十塊錢去，錢太太不收。他很想到冠家去說說情，可是他幾次已經走到三號的門外，又退了回來。他厭惡冠家像厭惡一群蒼蠅似的。但是，不去吧，他又覺得對不起錢家的人。不錯，在這年月，人人都該少管別人的閑事；像貓管不着狗的事那樣。可是，見死不救，究竟是與心不安的。人到底是人哪，況且，錢先生是他的好友啊！他不便說出心中的不安，大家動問，他只說有點想「小三兒」〔11〕，遮掩過去。

聽到常二爺的聲音，老人從心裏笑了出來，急忙的迎到院裏。院中的幾盆石榴樹上掛着的「小罐兒」已經都紅了〔12〕，老人的眼看到那發光的紅色，心中忽然一亮；緊跟着，他看到常二爺的大腮幫，花白鬍鬚的臉。他心中的亮光像探照燈照住了飛機那麼得意。

「常老二！你可好哇？」

「好噢！大哥好？」常二爺把糧袋放下，作了個通天扯地的大揖。

到了屋裏，兩位老人彼此端詳了一番，口中不住的說「好」，而心中都暗道：「又老了一些！」

小順兒的媽聞風而至，端來洗臉水與茶壺。常二爺一邊用硬手搓着硬臉，一邊對她說：「泡點好葉子[13]喲！」

她的熱誠勁兒使她的言語坦率而切於實際：

「那沒錯！先告訴我吧，二爺爺，吃了飯沒有？」

瑞宣正進來，臉上也帶着笑容，把話接過去：「還用問嗎，你作去就是啦！」

常二爺用力的用手巾鑽着耳朵眼，鬍子上的水珠一勁兒往下滴。「別費事！給我作碗片兒湯就行了！」

「片兒湯？」祁老人的小眼睛睜得不能再大一點。「你這是到了我家裏啦！順兒的媽，趕緊去作，作四大碗炸醬麵，煮硬一點！」

她回到廚房去。小順兒和妞子飛跑的進來。常二爺已洗完把兩個孩摟住，而後先舉妞子，後舉小順兒，把他們舉得幾乎夠着了天 —— 他們的天便是天花板。把他們放下，他從懷裏掏出五個大紅皮油雞蛋來，很抱歉的說：「簡直找不出東西來！得啦，就這五個蛋吧！真拿不出手去，哼！」

這時候，連天佑太太也振作精神，慢慢的走進來。瑞豐也很想過來，可是被太太攔住：「一個破種地的鄉下腦殼，有什麼可看的！」她撇着胖嘴說。

大家團團圍住，看常二爺喝茶，吃麵，聽他講說今年的年成，和家中大小的困難，都感到新穎有趣。最使他們興奮的，是他把四大碗麵條，一中碗炸醬，和兩頭大蒜，都吃了個乾淨。吃完，他要了一大碗麵湯，幾口把它喝乾，而後挺了挺腰，說了聲：「原湯化原食！」

大家的高興，可惜，只是個很短的時間的。常二爺在打過幾個長而

響亮的飽嗝兒以後，說出點使大家面面相覷的話來：

「大哥！我來告訴你一聲，城外頭近來可很不安靜！偷墳盜墓的很多！」

「什麼？」祁老人驚異的問。

「偷墳盜墓的！大哥你看哪，城裏頭這些日子怎麼樣，我不大知道。城外頭，乾脆沒人管事兒啦！你說鬧日本鬼子吧，我沒看見一個，你說沒鬧日本鬼子吧，黑天白日的又一勁兒咕咚大炮，打下點糧食來，不敢挑出去賣；不賣吧，又怎麼買些針頭線腦的呢；眼看着就到冬天，難道不給孩子們身上添點東西嗎？近來就更好了，王爺墳和張老公墳全教人家給扒啦，我不曉得由哪兒來的這麼一股兒無法無天的人，可是我心裏直沉不住氣！我自己的那幾畝旱也不收，澇也不收的冤孽地，和那幾間東倒西歪瘆病腔子的草房，都不算一回事！我就是不放心你的那塊墳地！大哥，你託我給照應着墳，我沒拿過你一個小銅板，你也沒拿我當作看墳的對待。咱們是朋友。每年春秋兩季，我老把墳頭拍得圓圓的，多添幾鍬土；什麼話呢，咱們是朋友。那點地的出產，我打了五斗，不能告訴你四斗九升。心眼放正，老天爺看得見！現在，王爺墳都教人家給扒了，萬一……」常二爺一勁兒眨巴他的沒有什麼睫毛的眼。

大家全愣住了。小順兒看出來屋裏的空氣有點不大對，扯了扯妞子：「走，咱們院子裏玩去！」

妞子看了看大家，也低聲說了聲：「肘！」——「走」字，她還不大說得上來。

大家都感到問題的嚴重，而都想不出辦法來。瑞宣只說出一個「亡」字來，就又閉上嘴。他本來要說「亡了國連死人也得受刑！」可是，說出來既無補於事，又足以增加老人們的憂慮，何苦呢，所以他閉上了嘴。

天佑太太說了話：「二叔你就多分點心吧，誰教咱們是父一輩子一輩

的交情呢！」她明知道這樣的話說不說都沒關係，可是她必須說出來；老太太們大概都會說這種與事無益，而暫時能教大家緩一口氣的話。

「就是啊，老二！」祁老人馬上也想起話來。「你還得多分分心！」

「那用不着大哥你囑咐！」常二爺拍着胸膛說：「我能盡心的地方，決不能耍滑！說假話是狗養的！我要交代清楚，到我不能盡心的時候，大哥你可別一口咬定，說我不夠朋友！哼，這才叫做天下大亂，大變人心呢！」

「老二！你只管放心！看事做事；你盡到了心，我們全家感恩不盡！我們也不能抱怨你！那是我們祁家的墳地！」祁老人一氣說完，小眼睛裏窩着兩顆淚。他真的動了心。假如不幸父母的棺材真叫人家給掘出來，他一輩子的苦心與勞力豈不全都落了空？父母的骨頭若隨便被野狗叼了走，他豈不是白活了七十多歲，還有什麼臉再見人呢？

常二爺看見祁老人眼中的淚，不敢再說別的，而只好橫打鼻樑負起責任：「得啦，大哥！什麼也甭再說了，就盼着老天爺不虧負咱們這些老實人吧！」說完，他背着手慢慢往院中走。（每逢他來到這裏，他必定要把屋裏院裏全參觀一遍，倒好像是遊覽故宮博物院呢。）來到院中，他故意的誇獎那些石榴，好使祁老人把眼淚收回去。祁老人也跟着來到院中，立刻喊瑞豐拿剪子來，給二爺剪下兩個石榴，給孩子們帶回去。瑞豐這才出來，向常二爺行禮打招呼。

「老二，不要動！」常二爺攔阻瑞豐去剪折石榴。「長在樹上是個玩藝兒！我帶回家去，還不夠孩子們吃三口的呢！鄉下孩子，老像餓瘋了似的！」

「瑞豐你剪哪！」祁老人堅決的說。「剪幾個大的！」

這時候，天佑太太在屋裏低聲的叫瑞宣：「老大，你攙我一把兒，我站不起來啦！」

瑞宣趕緊過去攙住了她。「媽！怎麼啦？」

「老大！咱們作了什麼孽，至於要掘咱們的墳哪！」

瑞宣的手碰着了她的，冰涼！他沒有話可說，但是沒法子不說些什麼：「媽！不要緊！不要緊！哪能可巧就輪到咱們身上呢！不至於！不至於！」一邊說着，他一邊攙着她走，慢慢走到南屋去。「媽！喝口糖水吧？」

「不喝！我躺會兒吧！」

扶她臥倒，他呆呆的看着她的瘦小的身軀。他不由的想到：她不定什麼時候就會死去，而死後還不知哪會兒就被人家掘出來！他是應當在這裏守着她呢？還是應當像老三那樣去和敵人決鬥呢？他決定不了什麼。

「老大，你去吧！」媽媽閉着眼說，聲音極微細。

他輕輕的走出來。

常二爺參觀到廚房，看小順兒的媽那份忙勁兒，和青菜與豬肉之多，他忽然的想起來：「喲！明天是大哥的生日！你看我的記性有多好！」說完，他跑到院中，就在石榴盆的附近給祁老人跪下了：「大哥，你受我三個頭吧！盼你再活十年二十年的，硬硬朗朗的！」

「不敢當噢！」祁老人喜歡得手足無措。「老哥兒們啦，不敢當！」

「就是這三個頭！」二爺一邊磕頭一邊說。「你跟我『要』禮物，我也拿不出來！」叩罷了頭，他立起來，用手撣了撣磕膝上的塵土。

瑞宣趕緊跑過來，給常二爺作揖致謝。

小順兒以為這很好玩，小青蛙似的，爬在地上，給他的小妹磕了不止三個頭。小妞子笑得哏哏的，也忙着跪下給哥哥磕頭。磕着磕着，兩個頭頂在一處，改為頂老羊。

大人們，心裏憂慮着墳墓的安全，而眼中看到兒童的天真，都無可如何的笑了笑。

「老二！」祁老人叫常二爺。「今天不要走，明天吃碗壽麵再出城！」

「那——」常二爺想了想：「我不大放心家裏呀！我並沒多大用處，究竟是在家可以給他們仗點膽！嘿！這個年月，簡直的沒法兒混！」

「我看，二爺爺還是回去的好！」瑞宣低聲的說。「省得兩下裏心都不安！」

「這話對！」常二爺點着頭說。「我還是說走就走！抓早兒出城，路上好走一點！大哥，我再來看你！我還有點蕎麥呢，等打下來，我送給你點！那麼，大哥，我走啦！」

「不准你走！」小順兒過來抱住常二爺的腿。

「不肘！」妞子永遠摹仿着哥哥，也過來拉住老人的手。

「好乖！真乖！」常二爺一手拍着一個頭，口中讚嘆着。「我還來呢！再來，我給你們扛個大南瓜來！」

正這麼說着，門外李四爺的清脆嗓音在喊：「城門又關上了，先別出門啊！」

祁老人與常二爺都是飽經患難的人，只知道謹慎，而不知道害怕。可是聽到李四爺的喊聲，他們臉上的肌肉都縮緊了一些，鬍子微微的立起來。小順兒和妞子，不知道為什麼，趕緊撒開手，不再纏磨常二爺了。

「怎麼？」小順兒的媽從廚房探出頭來問：「又關了城？我還忘了買黃花和木耳，非買去不可呢！」

大家都覺得這不是買木耳的好時候，而都想責備她一半句。可是，大家又都知道她是一片忠心，所以誰也沒肯出聲。見沒人搭話，她嘆了口氣，像蝸牛似的把頭縮回去。

「老二！咱們屋裏坐吧！」祁老人往屋中讓常二爺，好像屋中比院裏更安全似的。

常二爺沒說什麼，心中七上八下的非常的不安。晚飯，他到廚房去

幫着烙餅，本想和祁少奶奶説些家長裏短；可是，一提起家中，他就更不放心，所以並沒能説得很痛快。晚間，剛點燈不久，他就睡了，準備次日一清早就出城。

天剛一亮，他就起來了，可是不能不辭而別 —— 怕大門不鎖好，萬一再有「掃亮子」的小賊[14]。等到小順兒的媽起來升火，他用涼水漱了漱口，告訴她他要趕早兒出城。她一定要給他弄點東西吃，他一定不肯；最後，她塞給他一張昨天晚上剩下的大餅，又倒了一大碗暖瓶裏的開水，勒令教他吃下去。吃完，他拿着祁老人給的幾個石榴，告辭。她把他送出去。

城門還是沒有開。他向巡警打聽，巡警説不上來什麼時候才能開城，而囑咐他別緊在那裏晃來晃去。他又回到祁家來。

沒有任何人的幫助，小順兒的媽獨力做好了夠三桌人吃的「炒菜麵」。工作使她疲勞，可也使她自傲。看常二爺回來，她更高點興，因為她知道即使她的烹調不能盡滿人意，她可是必能由常二爺的口中得到最好的稱讚。

祁老人也頗高興常二爺的沒能走脱，而湊着趣説：「這是城門替我留客，老二！」

眼看就十點多鐘了，客人沒有來一個！祁老人雖然還陪着常二爺閒談，可是臉上的顏色越來越暗了。常二爺看出來老人的神色不對，頗想用些可笑的言語教他開心，但是自己心中正掛念着家裏，實在打不起精神來。於是，兩位老人就對坐着發愣。愣得實在難堪了，就交替着咳嗽一聲，而後以咳嗽為題，找到一兩句話 —— 只是一兩句，再往下説，就勢必説到年歲與健康，而無從不悲觀。假若不幸而提到日本鬼子，那就更糟，因為日本人是來毀滅一切的，不管誰的年紀多麼大，和品行怎樣好。

天佑[15]一清早就回來了，很慚愧的給父親磕了頭。他本想給父親買

些鮮果和螃蟹什麼的，可是城門關着，連西單牌樓與西四牌樓[16]的肉市與菜市上都沒有一個攤子，他只好空着手回來。他知道，老父親並不爭嘴；不過，能帶些東西回來，多少足以表示一點孝心。再說，街上還能買到東西，就是「天下太平」的證據，也好教老人高興一點。可是，他空着手回來！他簡直不敢多在父親面前立着或坐着，恐怕父親問到市面如何，而增加老人的憂慮。他也不敢完全藏到自己的屋中去，深恐父親挑了眼，說他並沒有祝壽的誠心。他始終沒敢進南屋去，而一會兒進到北屋給父親和常二爺添添茶，一會兒到院中用和悅的聲音對小順兒說：「看！太爺爺的石榴有多麼紅呀！」或對小妞子說：「喲！太爺爺給買的兔兒爺？真好看！好好拿着，別摔了噢！」他的語聲不但和悅，而且相當的高，好教屋裏的老人能聽見。口中這麼說道着，他的心裏可正在盤算：每年在這個時節，城裏的人多少要添置一些衣服；而城外的人，收了莊稼以後，必定進城來買布匹；只要價錢公道，尺碼兒大，就不怕城外的人不成群搭夥的來照顧的。他的小布舖，一向是言無二價，而且是尺碼加一[17]。他永不仗着「大減價」去招生意，他的尺就是最好的廣告。可是，今年，他沒看見一個鄉下的主顧；城門還關着啊！至於城裏的人，有錢的不敢花用，沒錢的連飯都吃不上，誰還買布！他看準，日本人不必用真刀真槍的亂殺人，只要他們老這麼佔據着北平，就可以殺人不見血的消滅多少萬人！他想和家裏的人談談這個，但是今天是老太爺的生日，他張不開口。他須把委屈放在肚子裏，而把孝心，像一件新袍子似的，露在外面。

天佑太太扎掙着，很早的就起來，穿起新的竹布大衫，給老公公行禮。在她低下頭行禮的時候，她的淚偷偷的在眼中轉了幾轉。她覺得她必死在老公公的前頭，而也許剛剛埋在地裏就被匪徒們給掘出來！

最着急的是小順兒的媽。酒飯都已預備好，而沒有一個人來！勞力是她自己的，不算什麼。錢可是大家的呢；假若把菜麵都剩下，別人還好

辦，老二瑞豐會首先責難她的！即使瑞豐不開口，東西都是錢買來的，她也不忍隨便扔掉啊！她很想溜出去，把李四爺請來，可是人家能空着手來嗎？她急得在廚房裏亂轉，實在憋不住了，她到上屋去請示：

「你們二位老人家先喝點酒吧？」

常二爺純粹出於客氣的説：「不忙！天還早呢！」其實，他早已餓了。

祁老人愣了一小會兒，低聲的説：「再等一等！」

她笑得極不自然的又走回廚房。

瑞豐也相當的失望，他平日最喜歡串門子，訪親友，好有機會把東家的事説給西家，再把西家的事説給東家，而在姑姑老姨之間充分的表現他的無聊與重要。親友們家中有婚喪事兒，他必定到場，去説，去吃，去展覽他的新衣帽，像隻格外討好的狗似的，總在人多的地方搖擺尾巴。自從結婚以後，他的太太扯住了他的腿，不許他隨便出去。在她看，中山公園的來今雨軒〔18〕，北海的五龍亭〔19〕，東安市場與劇院才是談心，吃飯，和展覽裝飾的好地方。她討厭那些連「嘉寶」與「阮玲玉」都不曉得的三姑姑與六姨兒。因此，他切盼今天能來些位親友，他好由北屋串到南屋的跟平輩的開些小玩笑，和長輩們説些陳穀子爛芝麻；到吃飯的時候，還要扯着他的乾而尖鋭的嗓子，和男人們拚酒猜拳。吃飽，喝足，把談話也都扯盡，他會去告訴大嫂：「你的菜作得並不怎樣，全仗着我的招待好，算是沒垮台；你説是不是？大嫂？」

等到十一點多鐘了，還是沒有人來。瑞豐的心涼了半截。他的話，他的酒量，他的酬應天才，今天全沒法施展了！「真奇怪！人們因為關城就不來往了嗎？北平人太洩氣！太洩氣！」他叼着根煙捲兒在屋中來回的走，口中嘟囔着。

「哼！不來人才好呢！我就討厭那群連牙也不刷的老婆子老頭子們！」二太太撇着嘴説。「我告訴你，豐，趕到明兒個老三的事犯了，連

條狗也甭想進這個院子來！看看錢家，你就明白了！」

瑞豐恍然大悟：「對呀！不都是關城的緣故，倒恐怕是老三逃走的事已然吵嚷動了呢！」

「你這才明白！木頭腦袋！我沒早告訴你嗎，咱們得分出去另過嗎？你老不聽我的，倒好像我的話都有毒似的！趕明兒老三的案子犯了，尊家也得教憲兵捆了走！」

「依你之見呢？」瑞豐拉住她的胖手，輕輕的拍了兩下。

「過了節，你跟大哥説：分家！」

「咱們月間的收入太少哇！」他的小乾臉上皺起許多細紋來，像個半熟了的花仔兒似的。「在這裏，大嫂是咱們的義務老媽子；分出去，你又不會作飯。」

「什麼不會？我會，就是不作！」

「不管怎樣吧，反正得僱女僕，開銷不是更大了嗎？」

「你是死人，不會去活動活動？」二太太彷彿感到疲乏，打了個肥大款式的哈欠；大紅嘴張開，像個小火山口似的。

「喲！你不是説話太多了，有點累的慌？」瑞豐很關切的問。

「在舞場，公園，電影園，我永遠不覺得疲倦；就是在這裏我才老沒有精神；這裏就是地獄，地獄也許比這兒還熱鬧點兒！」

「咱們找什麼路子呢？」他不能承認這裏是地獄，可是也不敢頂撞太太，所以只好發問。

她的胖食指指着西南：「冠家！」

「冠家？」瑞豐的小乾臉上登時發了光。他久想和冠家的人多有來往，一來是他羨慕曉荷的吃喝穿戴，二來是他想跟兩位小姐勾搭勾搭，開開心。可是，全家的反對冠家，使他不敢特立獨行，而太太的管束又教他不敢正眼看高第與招弟。今天，聽到太太的話，他高興得像餓狗得到一塊

骨頭。

「冠先生和冠太太都是頂有本事的人，跟他們學，你才能有起色！可是，」胖太太說到這裏，她的永遠縮縮着的脖子居然挺了起來，「你要去，必得跟我一道！要是偷偷的獨自去和她們耍骨頭[20]，我砸爛了你的腿！」

「也不至有那麼大的罪過呀！」他扯着臉不害羞的說。

他們決定明天去給冠家送點節禮。

瑞宣的憂慮是很多的，可是不便露在外面。為目前之計，他須招老太爺和媽媽歡喜。假若他們因憂鬱而鬧點病，他馬上就會感到更多的困難。他暗中去關照了瑞豐，建議給父親，囑託了常二爺：「吃飯的時候，多喝幾杯！拚命的鬧哄，不給老人家發牢騷的機會！」對二弟妹，他也投遞了降表：「老太爺今天可不高興，二妹，你也得幫忙，招他笑一笑！辦到了我過了節，請你看電影。」

二奶奶得到這個賄賂，這才答應出來和大家一同吃飯；她本想獨自吃點什麼，故意給大家下不來台的。

把大家都運動好，瑞宣用最歡悅的聲音叫：「順兒的媽！開飯喲！」然後又叫瑞豐：「老二！幫着拿菜！」

老二「啊」了一聲，看着自己的藍緞子夾袍，實在不願到廚房去。待了一會兒，看常二爺自動的下了廚房，他只好跟了過去，拿了幾雙筷子。

小順兒，妞子，和他們的兔兒爺 —— 小順兒的那個已短了一個犄角 —— 也都上了桌子，為是招祁老太爺歡喜。只有大奶奶不肯坐下，因為她須炒菜去。天佑和瑞宣爺兒倆把所能集合起來的笑容都擺在臉上。常二爺輕易不喝酒，但是喝起來，因為身體好，很有個量兒；他今天決定放量的喝。瑞豐心裏並沒有像父親與哥的那些憂慮，而純以享受的態度把筷子老往好一點的菜裏伸。

祁老人的臉上沒有一點笑容。很勉強的，他喝了半盅兒酒，吃了一

箸子菜。大家無論如何努力製造空氣，空氣中總是濕潮的，像有一片兒霧。霧氣越來越重，在老人的眼皮上結成兩個水珠。他不是個多愁善感的人，但是在今天他要是還能快樂，他就不是神經錯亂，也必定是有了別的毛病。

麵上來了，他只喝了一口鹵。擦了擦鬍子，他問天佑：「小三兒沒信哪？」

天佑看瑞宣，瑞宣沒回答出來什麼。

吃過麵，李四爺在大槐樹下報告，城門開了，常二爺趕緊告辭。常二爺走後，祁老人躺下了，晚飯也沒有起來吃。

【注釋】

〔1〕　花紅：水果名，果子比蘋果小，比海棠大。
〔2〕　香檳子：水果名，外形似蘋果，色紅，果實苦澀，不好吃，但極香，置於室內滿屋飄香，供觀賞和聞香味用。
〔3〕　大酒缸：一種小酒館，以大酒缸當桌基，酒客圍缸而坐。
〔4〕　高粱紅的河蟹：指秋蟹，高粱熟時河蟹正肥。
〔5〕　兔兒爺：泥製的小玩藝，兔頭人身，彩繪，有的騎老虎，有的坐着蓮花，是八月十五中秋節的時令傳統玩具。
〔6〕　豐台：位於北平的西南郊區，以產花著名。
〔7〕　豆汁兒攤子：豆汁兒是北平的地方食品，呈灰綠色液體，是綠豆漿發酵後的製品，味酸可口，是大眾食物，沿街有設攤出售的，必須喝熱，以鹹菜絲佐之。
〔8〕　過得多：交情深厚。
〔9〕　土城：元代大都殘存城牆，位於明代磚質城牆的北面，為土質，現仍保存。
〔10〕　將將的：將夠。

〔11〕 小三兒：祁老人的第三個孫子，他叫瑞全，小三兒是愛稱，已潛出城外參加抗戰。

〔12〕 「小罐兒」已經都紅了：指樹上結的石榴果已成熟，外表皮色發紅了。

〔13〕 泡點好葉子：泡點好茶葉。

〔14〕 「掃亮子」的小賊：拂曉出動的小偷。

〔15〕 天佑：祁老人的兒子，布店掌櫃。

〔16〕 西單牌樓與西四牌樓：北平的兩處鬧市口，位於西城，前者有牌樓一座，後者四座。

〔17〕 尺碼加一：賣布量尺寸時多讓出來一些，優惠買主。

〔18〕 來今雨軒：老字號飯館名，位於中山公園內。

〔19〕 五龍亭：北海公園北岸的名勝點，有五座造型莊重作工精細的亭子。

〔20〕 耍骨頭：調情，發賤，耍貧嘴。

【賞析】

故事的背景是北平淪陷後的第一個中秋節，兩天前，八月十三日則是祁老人的七十五歲生日。

作者通過兩件生活小事 —— 過節和過生日 —— 描寫了北平普通老百姓對亡國的切膚之痛。

文章的開頭是對北平秋天的描寫。中秋前後的北平是最美的。天高氣爽。各樣水果上市，好聞好看好吃，果香讓人微微的有些醉意。兔兒爺和菊花是中秋節的兩大象徵，將北平裝點得像人間天堂，或許比天堂還繁榮一些。這段文字相當的漂亮，可以單獨成篇，是一段精彩的散文，稱得上是一篇關於「秋天的北平」的範文。《四世同堂》語言文字上的高度成就始終是備受推崇的。

這段文字的作用是「反襯」。

前面的景致越漂亮，後面的遭遇才顯得越淒涼，越不漂亮，讓讀者領略北平人的亡國之悲。

祁老人決定上街去看看是否有往日過節的景氣。如果有，那麼日本人對北平的武力佔領大概也沒有什麼太了不得的地方。

到了街上，沒有果香，沒有月餅，沒有菊展。他明白了：日本人已經不准他過生日和過節。平常，他不關心國事，以為那些是與己無關的，他只求平安過日子。他覺得他沒有辜負過任何人，他有平安過日子和快樂過生日的權利。面對北平的悲涼，他落了淚，像個不順心的小兒。

接着是一大段祁老人買兔兒爺的故事。小小的兔兒爺是可愛的象徵，是北平許多特有的東西的代表。因為戰亂，兔兒爺攤子已經三天沒有開張。照此下去，要不了幾年，作兔兒爺的手藝非絕了根不可。祁老人由此看見了自己的晚年彷彿也將走入絕境。祁老人想不起「亡國慘」這樣的詞，但他深切的預感到隨着兔兒爺的消滅而即將來臨的悲慘後果，那將是一個「絕了根」的世界，他的子孫將生活在「絕了根」的世界裏，這「十分的」不對。此時此刻，他為自己還有心買兔兒爺而感到羞愧，於是，一下子，他的思緒和身體好像突然崩潰了，變得不支了，回到家，看見小曾孫子女快樂地取走兔兒爺，他頹廢地躺倒，憂傷襲來，節日變得索然無味了。

文學作品從來都是寫具體的事物的，在細微處見真情，兔兒爺的故事就是以小見大，以情動人的好例子，不必說教，不必直接指明結論，結論由讀者自己去思索。

常二爺是祁老人的老朋友，是一位頗可愛的人，是北平郊區的農民兼看墓人。他的到來永遠使祁家全家人興奮不已。他帶來了大地的親切和樸實。然而，此次帶來的壞消息卻使大家極為震驚。因為戰變，北平郊區

已面臨無政府狀態，盜墓者橫行。對老式中國人來說這是晴天霹靂，真如同世界末日來臨。如果父母的棺材讓人家給掘出來，骨頭隨便讓野狗叼了走，那將是天大的恥辱。祁老人落了淚，感到了天下大亂的分量和緊迫。

常二爺被留下來第二天為祁老人過生日。然而，上午十點多鐘了，客人都沒來。祁老人非常地難堪。是日本人毀滅了一切，不管老人的歲數有多大，品德有多好。

又過了一個多鐘頭，還是沒有人來祝壽，到了實在不能再乾等下去的時候，大孫子瑞宣把大家都發動好，宣佈吃飯，吃飯的時間，大家拚命的鬧哄，故意地喝酒，不給老人家發牢騷的機會，但是，祁老人並沒有發牢騷，他呆坐着，臉上沒有一絲笑容，他只喝了半杯酒，吃了一箸子菜，根本沒有動壽麵，他早早地退了席，躺下了，連晚飯也沒有起來吃。他再一次嚐到了亡國的痛苦，從心靈上被毀滅。

到了老人心中是充滿委屈又不再會流淚的時候，世界便到了最恐怖的時候。

一個很悲的悲劇便這麼開始了。

老舍通過這個悲劇不僅鞭撻了侵略者的不得人心和殘虐，而且也深刻地批判了受難者自身的缺點，這些缺點有經濟落後的根源，更有文化上的深遠根源，正是這些缺點和根源蒙住了他們的雙眼。

作者筆鋒一轉，把人物的注意力轉到「小三兒」身上。這一方面固然是故事發展的需要和小說結構的需要，另一方面，也是人物思想發展的必然，引出新的衝突。二孫子瑞豐和太太胖菊子以為不來客人是因為「小三兒」出走抗戰，人們因此而避嫌，從而引出他們要和爺爺、大哥分家單過的思路，甚至有要和親日的冠曉荷聯合的想法。與此同時，完全被難堪擊倒，處於絕望中的祁老人突然喃喃地吐了一句：「小三兒沒信哪？」

不自覺地，他把希望和生路給了「小三兒」——抗戰的鬥士。

戰爭是個大課堂，無數的痛苦和犧牲擦亮了祁老人們和瑞宣們的眼睛，使他們蛻變，死而後生。

　　這是一個深刻的故事，而且是精心構思，嚴謹佈局和用詞用字既考究又生動的故事，充滿了老舍的個人獨特風格。

微神

【題解】

微神，這個名字令人有些莫名其妙，頗為費解，雖然，字面上很美。

當老舍第一次在雜誌上發表《微神》時，「微神」兩字底下還有一個英文詞印在括弧裏：

「微神（VISION）」

微神，原來是個音譯過來的外來詞。

VISION 的原意是幻影、夢境。

「微神」這個詞顯然是老舍自己的發明，是音譯，但卻有和幻影、夢境相接近的含意在裏面。發明的很得體，應該說。

很像「HUMOR」被人譯成「幽默」，有異曲同工之妙。

《微神》最初發表於一九三三年十月一日出版的《文學》雜誌第一卷第四期上。當時老舍正在山東齊魯大學文學院任教，暑假裏剛剛創作完長篇小說《離婚》。這一年老舍三十四歲。結婚兩年，有一個幸福的家庭。

《微神》被老舍自己歸類於「材料來源於自己的經驗」。

《微神》來源於老舍自己的初戀，雖然，故事的結尾完全是杜撰的。

《微神》是老舍自己最滿意的短篇。

它最初收在短篇小說集《趕集》裏。及至老舍創作了六、七個短篇小說集之後，一九四七年至一九四八年他取這六、七個集子之精華重新編輯了兩個混編的短篇小說集，其中之一便直接命名為《微神集》。

足見《微神》在老舍的心目中的地位。

【文本】

清明已過了，大概是；海棠花不是都快開齊了嗎？今年的節氣自然是晚了一些，蝴蝶們還很弱；蜂兒可是一出世就那麼挺拔，好像世界確是甜蜜可喜的。天上只有三四塊不大也不笨重的白雲，燕兒們給白雲上釘小黑丁字玩呢。沒有什麼風，可是柳枝似乎故意地輕擺，像逗弄着四外的綠意。田中的清綠輕輕地上了小山，因為嬌弱怕累得慌，似乎是，越高綠色越淺了些；山頂上還是些黃多於綠的紋縷呢。山腰中的樹，就是不綠的也顯出柔嫩來，山後的藍天也是暖和的，不然，大雁們為何唱着向那邊排着隊去呢？石凹藏着些怪害羞的三月蘭，葉兒還趕不上花朵大。

小山的香味只能閉着眼吸取，省得勞神去找香氣的來源，你看，連去年的落葉都怪好聞的。那邊有幾隻小白山羊，叫的聲兒恰巧使欣喜不至過度，因為有些悲意。偶爾走過一隻來，沒長犄角就留下鬍的小動物，向一塊大石發了會兒愣，又顛顛着俏式的小尾巴跑了。

我在山坡上曬太陽，一點思念也沒有，可是自然而然地從心中滴下些詩的珠子，滴在胸中的綠海上，沒有聲響，只有些波紋走不到腮上便散了的微笑；可是始終也沒成功一整句。一個詩的宇宙裏，連我自己好似只是詩的什麼地方的一個小符號。

越曬越輕鬆，我體會出蝶翅是怎樣的歡欣。我摟着膝，和柳枝同一律動前後左右的微動，柳枝上每一黃綠的小葉都是聽着春聲的小耳勺兒。有時看看天空，啊，謝謝那塊白雲，它的邊上還有個小燕呢，小得已經快和藍天化在一處了，像萬頃藍光中的一粒黑痣，我的心靈像要往那兒飛似的。

　　遠處山坡的小道，像地圖上綠的省份裏一條黃線。往下看，一大片麥田，地勢越來越低，似乎是由山坡上往那邊流動呢，直到一片暗綠的松樹把它截住，很希望松林那邊是個海灣。及至我立起來，往更高處走了幾步，看看，不是；那邊是些看不甚清的樹，樹中有些低矮的村舍；一陣小風吹來極細的一聲雞叫。

　　春晴的遠處雞聲有些悲慘，使我不曉得眼前一切是真還是虛，它是夢與真實中間的一道用聲音作的金線；我頓時似乎看見了個血紅的雞冠；在心中，村舍中，或是哪兒，有隻 —— 希望是雪白的 —— 公雞。

　　我又坐下了；不，隨便的躺下了。眼留着個小縫收取天上的藍光，越看越深，越高；同時也往下落着光暖的藍點，落在我那離心不遠的眼睛上。不大一會兒，我便閉上了眼，看着心內的晴空與笑意。

　　我沒睡去，我知道已離夢境不遠，但是還聽得清清楚楚小鳥的相喚與輕歌。說也奇怪，每逢到似睡非睡的時候，我才看見那塊地方 —— 不曉得一定是哪裏，可是在入夢以前它老是那個樣兒浮在眼前。就管它叫作夢的前方吧。

　　這塊地方並沒有多大，沒有山，沒有海。像一個花園，可又沒有清楚的界限。差不多是個不甚規則的三角，三個尖端浸在流動的黑暗裏。一角上 —— 我永遠先看見它 —— 是一片金黃與大紅的花，密密層層；沒有陽光，一片紅黃的後面便全是黑暗，可是黑的背景使紅黃更加深厚，就好像大黑瓶上畫着紅牡丹，深厚得至於使美中有一點點恐怖。黑暗的背景，

我明白了，使紅黃的一片抱住了自己的彩色，不向四外走射一點；況且沒有陽光，彩色不飛入空中，而完全貼染在地上。我老先看見這塊，一看見它，其餘的便不看也會知道的，正好像一看見香山，準知道碧雲寺在哪兒藏着呢。

其餘的兩角，左邊是一個斜長的土坡，滿蓋着灰紫的野花，在不漂亮中有些深厚的力量，或者月光能使那灰的部分多一些銀色，顯出點詩的靈空；但是我不記得在哪兒有個小月亮。無論怎樣，我也不厭惡它。不，我愛這個似乎被霜弄暗了的紫色，像年輕的母親穿着暗紫長袍。右邊的一角是最漂亮的，一處小草房，門前有一架細蔓的月季，滿開着單純的花，全是淺粉的。

設若我的眼由左向右轉，灰紫、紅黃、淺粉，像是由秋看到初春，時候倒流；生命不但不是由盛而衰，反倒是玫瑰作香色雙艷的結束。

三角的中間是一片綠草，深綠、軟厚、微濕；每一短葉都向上挺着，似乎是聽着遠處的雨聲。沒有一點風，沒有一個飛動的小蟲；一個鬼艷的小世界，活着的只有顏色。

在真實的經驗中，我沒見過這麼個境界。可是它永遠存在，在我的夢前。英格蘭的深綠，蘇格蘭的紫草小山，德國黑林的幽晦，或者是它的祖先們，但是誰準知道呢。從赤道附近的濃艷中減去陽光，也有點像它，但是它又沒有虹樣的蛇與五彩的禽，算了吧，反正我認識它。

我看見它多少多少次了。它和「山高月小，水落石出」，是我心中的一對畫屏。可是我沒到那個小房裏去過。我不是被那些顏色吸引得不動一動，便是由它的草地上恍惚的走入另種色彩的夢境。它是我常遇到的朋友，彼此連姓名都曉得，只是沒細細談過心。我不曉得它的中心是什麼顏色的，是含着一點什麼神秘的音樂——真希望有點響動！

這次我決定了去探險。

一想就到了月季花下，或也許因為怕聽我自己的足音？月季花對於我是有些端陽前後的暗示，我希望在哪兒貼着張深黃紙，印着個硃紅的判官，在兩束香艾的中間。沒有。只在我心中聽見了聲「櫻桃」[1]的吆喝。這個地方是太靜了。

小房子的門閉着，窗上門上都擋着牙白[2]的簾兒，並沒有花影，因為陽光不足。裏邊什麼動靜也沒有，好像它是寂寞的發源地。輕輕地推開門，靜寂與整潔雙雙地歡迎我進去，是歡迎我；室中的一切是「人」的，假如外面景物是「鬼」的 —— 希望我沒用上過於強烈的字。

一大間，用幔帳截成一大一小的兩間。幔帳也是牙白的，上面繡着些小蝴蝶。外間只有一條長案，一個小橢圓桌兒，一把椅子，全是暗草色的，沒有油飾過。椅上的小墊是淺綠的，桌上有幾本書。案上有一盆小松，兩方古銅鏡，鏽色比小松淺些。內間有一個小床，罩着一塊快垂到地上的綠毯。床首懸一個小籃，有些快乾的茉莉花。地上鋪着一塊長方的蒲墊，墊的旁邊放着一雙繡白花的小綠拖鞋。

我的心跳起來了！我決不是入了複雜而光燦的詩境；平淡樸美是此處的音調，也不是幻境，因為我認識那隻繡着白花的小綠拖鞋。

愛情的故事往往是平凡的，正如春雨秋霜那樣平凡。可是平凡的人們偏愛在這些平凡的事中找些詩意；那麼，想必是世界上多數的事物是更缺乏色彩的；可憐的人們！希望我的故事也有些應有的趣味吧。

沒有像那一回那麼美的了。我説「那一回」，因為在那一天那一會兒的一切都是美的。她家中的那株海棠花正開成一個大粉白的雪球；沿牆的細竹剛拔出新筍；天上一片嬌晴；她的父母都沒在家；大白貓在花下酣睡。聽見我來了，她像燕兒似的從簾下飛出來；沒顧得換鞋，腳下一雙小綠拖鞋像兩片嫩綠的葉兒。她喜歡得像清早的陽光，腮上的兩片蘋果比往

常紅着許多倍，似乎有兩顆香紅的心在臉上開了兩個小井，溢着紅潤的胭脂泉。那時她還梳着長黑辮。

她父母在家的時候，她只能隔着窗兒望我一望，或是設法在我走去的時節，和我笑一笑。這一次，她就像一個小貓遇上了個好玩的伴兒；我一向不曉得她「能」這樣的活潑。在一同往屋中走的功夫，她的肩挨上了我的。我們都才十七歲。我們都沒說什麼，可是四隻眼彼此告訴我們是欣喜到萬分。我最愛看她家壁上那張工筆百鳥朝鳳；這次，我的眼勻不出功夫來。我看着那雙小綠拖鞋；她往後收了收腳，連耳根兒都有點紅了；可是仍然笑着。我想問她的功課，沒問；想問新生的小貓有全白的沒有，沒問；心中的問題多了，只是口被一種什麼力量給封起來，我知道她也是如此，因為看見她的白潤的脖兒直微微地動，似乎要將些不相干的言語嚥下去，而真值得一說的又不好意思說。

她在臨窗的一個小紅木檯上坐着，海棠花影在她半個臉上微動。有時候她微向窗外看看，大概是怕有人進來。及至看清了沒人，她臉上的花影都被歡悅給浸漬得紅艷了。她的兩手交換着輕輕地摸小檯的沿，顯着不耐煩，可是歡喜的不耐煩。最後，她深深地看了我一眼，極不願意而又不得不說地說，「走吧！」我自己已忘了自己，只看見，不是聽見，兩個什麼字由她的口中出來？可是在心的深處猜對那兩個字的意思，因為我也有點那樣的關切。我的心不願動，我的腦知道非走不可。我的眼盯住了她的。她要低頭，還沒低下去，便又勇敢地抬起來，故意地，不怕地，羞而不肯羞地，迎着我的眼。直到不約而同地垂下頭去，又不約而同地抬起來，又那麼看。心似乎已碰着心。

我走，極慢的，她送我到簾外，眼上蒙了一層露水。我走到二門，回了回頭，她已趕到海棠花下。我像一個羽毛似的飄蕩出去。

以後，再沒有這種機會。

有一次，她家中落了[3]，並不使人十分悲傷的喪事。在燈光下我和她説了兩句話。她穿着一身孝衣。手放在胸前，擺弄着孝衣的扣帶。站得離我很近，幾乎能彼此聽得見臉上熱力的激射，像雨後的禾穀那樣帶着聲兒生長。可是，只説了兩句極沒有意思的話 —— 口與舌的一些動作；我們的心並沒管它們。

　　我們都二十二歲了，可是五四運動還沒降生呢。男女的交際還不是普通的事。我畢業後便作了小學的校長，平生最大的光榮，因為她給了我一封賀信。信箋的末尾 —— 印着一枝梅花 —— 她注了一行：不要回信。我也就沒敢寫回信。可是我好像心中燃着一束火把，無所不盡其極地整頓學校。我拿辦好了學校作為給她的回信；她也在我的夢中給我鼓着得勝的掌 —— 那一對連腕也是玉的手！

　　提婚是不能想的事。許多許多無意識而有力量的阻礙，像個專以力氣自雄的惡虎，站在我們中間。

　　有一件足以自慰的，我那繫在心上的耳朵始終沒聽到她的定婚消息。還有件比這更好的事，我兼任了一個平民學校的校長，她擔任着一點功課。我只希望能時時見到她，不求別的。她呢，她知道怎麼躲避我 —— 已經是個二十多歲的大姑娘。她失去了十七八歲時的天真與活潑，可是增加了女子的尊嚴與神秘。

　　又過了二年，我上了南洋。到她家辭行的那天，她恰巧沒在家。

　　在外國的幾年中，我無從打聽她的消息。直接通信是不可能的。間接探問，又不好意思。只好在夢裏相會了。説也奇怪，我在夢中的女性永遠是「她」。夢境的不同使我有時悲泣，有時狂喜；戀的幻境裏也自有一種味道。她，在我的心中，還是十七歲時的樣子：小圓臉，眉眼清秀中帶着一點媚意。身量不高，處處都那麼柔軟，走路非常的輕巧。那一條長黑的髮辮，造成最動心的一個背影。我也記得她梳起頭來的樣兒，但是我總

夢見那帶辮的背景。

回國後，自然先探聽她的一切。一切消息都像謠言，她已作了暗娼！

就是這種刺心的消息，也沒減少我的熱情；不，我反倒更想見她，更想幫助她。我到她家去。已不在那裏住，我只由牆外看見那株海棠樹的一部分。房子早已賣掉了。

到底我找到她了。她已剪了髮，向後梳攏着，在項部有個大綠梳子。穿着一件粉紅長袍，袖子僅到肘部，那雙臂，已不是那麼活軟的了。臉上的粉很厚，腦門和眼角都有些褶子。可是她還笑得很好看，雖然一點活潑的氣象也沒有了。設若把粉和油都去掉，她大概最好也只像個產後的病婦。她始終沒正眼看我一次，雖然臉上並沒有羞愧的樣子，她也說也笑，只是心沒在話與笑中，好像完全應酬我。我試着探問她些問題與經濟狀況，她不大願意回答。她點着一枝香煙，煙很靈通地從鼻孔出來，她把左膝放在右膝上，仰着頭看煙的升降變化，極無聊而又顯着剛強。我的眼濕了，她不會看不見我的淚，可是她沒有任何表示。她不住地看自己的手指甲，又輕輕地向後按頭髮，似乎她只是為它們活着呢。提到家中的人，她什麼也沒告訴我。我只好走吧。臨出來的時候，我把住址告訴給她 —— 深願她求我，或是命令我，作點事。她似乎根本沒往心裏聽，一笑，眼看看別處，沒有往外送我的意思。她以為我是出去了，其實我是立在門口沒動，這麼着，她一回頭，我們對了眼光。只是那麼一擦似的她轉過頭去。

初戀是青春的第一朵花，不能隨便擲棄。我託人給她送了點錢去。留下了，並沒有回話。

朋友們看出我的悲苦來，眉頭是最會出賣人的。她們善意的給我介紹女友，慘笑地搖首是我的回答。我得等着她。初戀像幼年的寶貝永遠是

最甜蜜的，不管那個寶貝是一個小布人，還是幾塊小石子。慢慢的，我開始和幾個最知己的朋友談論她，他們看在我的面上沒說她什麼，可是假裝鬧着玩似的暗刺我，他們看我太愚，也就是說她不配一戀。他們越這樣，我越頑固。是她打開了我的愛的園門，我得和她走到山窮水盡。憐比愛少着些味道，可是更多着些人情。不久，我託友人向她說明，我願意娶她。我自己沒膽量去。友人回來，帶回來她的幾聲狂笑。她沒說別的，只狂笑了一陣。她是笑誰？笑我的愚，很好，多情的人不是每每有些傻氣嗎？這足以使人得意。笑她自己，那只是因為不好意思哭，過度的悲鬱使人狂笑。

　　愚痴給我些力量，我決定自己去見她。要說的話都詳細的編製好，演習了許多次，我告訴自己 —— 只許勝，不許敗。她沒在家。又去了兩次，都沒見着。第四次去，屋門裏停着小小的一口薄棺材，裝着她。她是因打胎而死。

　　一籃最鮮的玫瑰，瓣上帶着我心上的淚，放在她的靈前，結束了我的初戀，開始終生的虛空。為什麼她落到這般光景？我不願再打聽。反正她在我心中永遠不死。

　　我正呆看着那小綠拖鞋，我覺得背後的幔帳動了一動。一回頭，帳子上繡的小蝴蝶在她的頭上飛動呢。她還是十七八歲時的模樣，還是那麼輕巧，像仙女飛降下來還沒十分立穩那樣立着。我往後退了一步，似乎是怕一往前湊就能把她嚇跑。這一退的功夫，她變了，變成二十多歲的樣子。她也往後退了，隨退隨着臉上加着皺紋。她狂笑起來。我坐在那個小床上。剛坐下，我又起來了，撲過她去，極快；她在這極短的時間內，又變回十七歲時的樣子。在一秒鐘裏我看見她半生的變化，她像是不受時間的拘束。我坐在椅子上，她坐在我的懷中。我自己也恢復了十五六年前臉

上的紅色，我覺得出。我們就這樣坐着，聽着彼此心血的潮盪。不知有多麼久。最後，我找到聲音，唇貼着她的耳邊，問：

「你獨自住在這裏？」

「我不住在這裏；我住在這兒，」她指着我的心說。

「始終你沒忘了我，是麼？」我握緊了她的手。

「被別人吻的時候，我心中看着你！」

「可是你許別人吻你？」我並沒有一點妒意。

「愛在心裏，唇不會閑着；誰教你不來吻我呢？」

「我不是怕得罪你的父母嗎？不是我上了南洋嗎？」

她點了點頭，「懼怕使你失去一切，隔離使愛的心慌了。」

她告訴了我，她死前的光景。在我出國的那一年，她的母親死去。她比較得自由了一些。出牆的花枝自會招來蜂蝶，有人便追求她。她還想念着我，可是肉體往往比愛少些忍耐力，愛的花不都是梅花。她接受了一個青年的愛，因為他長得像我。他非常地愛她，可是她還忘不了我，肉體的獲得不就是愛的滿足，相似的容貌不能代替愛的真形。他疑心了，她承認了她的心是在南洋。他們倆斷絕了關係。這時候，她父親的財產全丟了。她非嫁人不可。她把自己賣給一個闊家公子，為是供給她的父親。

「你不會去教學掙錢？」我問。

「我只能教小學，那點薪水還不夠父親買煙吃的！」

我們倆都愣起來。我是想：假使我那時候回來，以我的經濟能力說，能供給得起她的父親嗎？我還不是大睜白眼地看着她賣身？

「我把愛藏在心中，」她說，「拿肉體掙來的茶飯營養着它。我深恐肉體死了，愛便不存在，其實我是錯了；先不用說這個吧。他非常的妒忌，永遠跟着我，無論我是幹什麼。上哪兒去，他老隨着我。他找不出我的破綻來，可是覺得出我是不愛他。慢慢的，他由討厭變為公開地辱罵我，甚

至於打我，他逼得我沒法不承認我的心是另有所寄。忍無可忍也就顧不及飯碗問題了。他把我趕出來，連一件長衫也沒給我留。我呢，父親照樣和我要錢，我自己得吃得穿，而且我一向吃好的穿好的慣了。為滿足肉體，還得利用肉體，身體是現成的本錢。凡給我錢的便買去我點筋肉的笑。我很會笑；我照着鏡子練習那迷人的笑。環境的不同使人作退一步想，這樣零賣，到是比終日叫那一個闊公子管着強一些。在街上，有多少人指着我的後影嘆氣，可是我到底是自由的，有時候我與些打扮得不漂亮的女子遇上，我也有些得意。我一共打過四次胎，但是創痛過去便又笑了。

「最初，我頗有一些名氣，因為我既是作過富宅的玩物，又能識幾個字，新派舊派的人都願來照顧我。我沒功夫去思想，甚至於不想積蓄一點錢，我完全為我的服裝香粉活着。今天的漂亮是今天的生活，明天自有明天管照着自己，身體的疲倦，只管眼前的刺激，不顧將來。不久，這種生活也不能維持了。父親的煙是無底的深坑。打胎需要許多花費。以前不想剩錢；錢自然不會自己剩下。我連一點無聊的傲氣也不敢存了。我得極下賤地去找錢了，有時是明搶。有人指着我的後影嘆氣，我也回頭向他笑一笑了。打一次胎增加兩三歲。鏡子是不欺人的，我已老醜了。瘋狂足以補足衰老。我盡着肉體的所能伺候人們，不然，我沒有生意。我敞着門睡着，我是大家的，不是我自己的。一天廿四小時，什麼時間也可以買我的身體。我消失在慾海裏。在清醒的世界中我並不存在。我的手指算計着錢數。我不思想，只是盤算 —— 怎能多進五毛錢。我不哭，哭不好看。只為錢着急，不管我自己。」

她休息了一會兒，我的淚已滴濕她的衣襟。

「你回來了！」她繼續着說：「你也三十多了；我記得你是十七歲的小學生。你的眼已不是那年 —— 多少年了？ —— 看我那雙綠拖鞋的眼。可是，你，多少還是你自己，我，早已死了。你可以繼續作那初戀的夢，

我已無夢可作。我始終一點也不懷疑，我知道你要是回來，必定要我。及至見着你，我自己已找不到我自己，拿什麼給你呢？你沒回來的時候，我永遠不拒絕，不論是對誰說，我是愛你；你回來了，我只好狂笑。單等我落到這樣，你才回來，這不是有意戲弄人？假如你永遠不回來，我老有個南洋作我的夢景，你老有個我在你的心中，豈不很美？你偏偏回來了，而且回來這樣遲──」

「可是來遲了並不就是來不及了，」我插了一句。

「晚了就是來不及了。我殺了自己。」

「什麼？」

「我殺了我自己。我命定的只能住在你心中，生存在一首詩裏，生死有什麼區別？在打胎的時候我自己下了手。有你在我左右，我沒法子再笑。不笑，我怎麼掙錢？只有一條路，名字叫死。你回來遲了，我別再死遲了；我再晚死一會兒，我便連住在你心中的希望也沒有了。我住在這裏，這裏便是你的心。這裏沒有陽光，沒有聲響，只有一些顏色。顏色是更持久的，顏色畫成咱們的記憶。看那雙小鞋，綠的，是點顏色，你我永遠認識它們。」

「但是我也記得那雙腳。許我看看嗎？」

她笑了，搖搖頭。

我很堅決，我握住她的腳，扯下她的襪，露出沒有肉的一支白腳骨。

「去吧！」她推了我一把。「從此你我無緣再見了！我願住在你的心中，現在不行了；我願在你心中永遠是青春。」

太陽已往西斜去；風大了些，也涼了些，東方有些黑雲。春光在一個夢中慘淡了許多。我立起來，又看見那片暗綠的松樹。立了不知有多久。遠處來了些蠕動的小人，隨着一些聽不甚真的音樂。越來越近了，

田中驚起許多白翅的鳥，哀鳴着向山這邊飛。我看清了，一群人們匆匆地走，帶起一些灰土。三五鼓手在前，幾個白衣人在後，最後是一口棺材。春天也要埋人的。撒起一把紙錢，蝴蝶似的落在麥田上。東方的黑雲更厚了，柳條的綠色加深了許多，綠得有些淒慘。心中茫然，只想起那雙小綠拖鞋，像兩片樹葉在永生的樹上作着春夢。

【注釋】

〔1〕　判官、香艾、櫻桃：都和端午節有關，判官是陰間的揚善去邪驅鬼
　　　　的法官，香艾是驅蟲去毒的艾草，櫻桃是端午節的時令水果。
〔2〕　牙白：象牙白。
〔3〕　中落了：中途敗落了。

【賞析】

　　《微神》在老舍小說中是很特別的一篇，它的內容好懂，而文字難懂，和《斷魂槍》正好相反，後者淺白通俗，而內容難懂，這是一。

　　其次，它的文字風格也和老舍已擁有的並為大家所熟知的風格不相同，雖然，仍是口語體，也適合朗誦，但，雕琢氣很濃，更貼近「文章」，是「文人畫」，不完全像提煉過和加工過的大白話，更不是販夫走卒的大白話，它雅。

　　再次，它是象徵主義的作品，屬於新產品，一種流派試驗，是移植，借鑒，嫁接和創新，而且時間很早，是中國現代文學中早期的現代主義傑作。

《微神》的結構也明顯下了功夫，篇幅短，卻精雕細刻，是「微雕」，誰讓它叫「微神」呢？

《微神》分四章：

第一章，「我」在山坡上，隨便躺下，漸入夢境，離夢境不遠。眼前出現了一個不規則的三角形。

第二章，回憶，一段初戀故事。十七、八歲的「那一回」，她二十二歲的賀信，兩人在平民學校，「我」出國，分離，她家境中落，她做了暗娼，「我」回國後願意娶她，她狂笑，她因打胎而死。

第三章，夢幻，姑娘的「魂兒」述說和解釋自己的死，只有死能讓這段情成為心中永駐的青春，剩下那點綠色，這代表情和代表戀情的顏色，教人永遠認識和記得。

第四章，我立起來，又見暗綠，春天也要埋人，心中茫然，只有那點綠色的春夢。

《微神》文字美，漂亮，詩一般，品味雅，知名度高，流傳廣，讀者多。

這是一方面。

另一方面，研究者並不多，不大敢碰，全是因為那點象徵主義。這句象徵着什麼，下一句又象徵着什麼，總得解讀出來啊。難怪，有的研究者說，唸了多年《微神》，均不甚了了。前幾年，東京有伊藤敬一，說，研究二十年，終於能逐句解讀《微神》，成為一家之言，立刻被傳為佳話，可見其難。

《微神》第一章裏那不規則的三角，是最難的核心。

依本書編者之見，這個三角似可作如下解釋：

三角之上角，一片金黃與大紅的花，代表這段如火如荼的初戀，後面是黑暗，表示沒有一點希望。

三角之左角，滿蓋着灰紫的野花，在不漂亮中有些深厚的力量，有點詩的空靈，代表出身卑賤的「我」。

三角之右角，最漂亮，一處小草房，門前有淺粉的月季，代表清秀、柔軟、輕巧的女子。

三角之中心，一片綠草，深綠，只有顏色，代表超越時空的戀情。

顏色更持久，顏色畫成記憶。

綠色，綠色繡花小拖鞋，是姑娘戀情的象徵和標誌。

三角中左角和右角裏的主角，「我」和她，沿着三角的兩個斜邊向上運動，在頂角相會，相戀，成為金黃色和大紅色的艷花，象徵着極為熱烈的感情，然而卻處在四周一片黑暗中，預示着他們的戀情無前途，無發展，最終只留下三角中心的一片綠色。

如果將《微神》中的初戀和生活中老舍自己的初戀作個對比，可以看出一些蛛絲馬跡的聯繫來。生活中「她」的原型是家居北京西直門大街的富貴名士劉壽綿的女兒，不過她的結局並不像小說中那樣悲慘，沒有當暗娼，也沒有死，而是當了尼姑。劉壽綿本人也曾被當作模特兒寫進小說，是《正紅旗下》中的定大爺。這從一個側面說明，一個好作品大致總是源於生活的，而不是完全憑空想像的。

正因為作者在生活中有刻骨銘心的感受，有感情上的劇烈衝動，沉積在思想中，形成創作的素材，加上想像和文學技巧，才有了創作上的好收穫。

的確，這個痴情而悲淒的初戀，那雙小綠拖鞋，像兩片樹葉，永生在綠色的樹上，作着永生的春夢。

月牙兒

【題解】

　　月牙兒，是天上的月亮牙兒，又是人。

　　老舍用月牙兒比喻一個人，比喻一個可憐的小人兒，一位被迫當了暗娼的姑娘。

　　本來，由英國回來之後，老舍在濟南創作了一部新長篇小說，題目叫《大明湖》。可惜，手稿寄出後，遇到上海「一二·八」戰火，商務印書館排印所被燒，印好的《小說月報》雜誌連同手稿一同毀於大火。老舍沒有抄手稿的習慣，總是把原稿寄出；又不願意再重寫一遍，於是，《大明湖》變成了死胎。

　　後來，過了大約四年，老舍把《大明湖》中最精彩的一段，也是最忘不了的一段，改成了短篇小說《月牙兒》。

　　《月牙兒》的成功首先歸功於提煉和精益求精。

　　不是故意把短的押長，硬湊成長篇或連續劇；而相反，把本可以寫成長篇小說的材料壓縮到中、短篇中去，改了又改，刪了又刪，高度凝縮，高度精練，追求短小精悍。

這是一個成功的經驗，值得借鑒。

這是精品意識。

《月牙兒》是老舍有名的作品之一，被改編成電影、電視劇，也被譯成許多種文字。往往，老舍的短篇小說集外文譯本就被冠以「月牙兒」的名字。《月牙兒》還被畫成連環畫。《月牙兒》流傳很廣。

《月牙兒》常常和老舍的名字連在一起，提到老舍便提到《月牙兒》。《月牙兒》是老舍的代表作。

《月牙兒》還有一點值得特別一提。就是小說前六章裏描寫的媽媽，是以老舍自己的媽媽為模特兒的。尤其是媽媽帶「我」出城去給爸爸上墳，媽媽教「我」去當東西，媽媽整天給人家洗髒衣裳和臭襪子，媽媽的手終年都起着層鱗……這些完全和生活中的老舍的媽媽一模一樣。

老舍的童年清貧而悲涼。童年裏的媽媽就是這個樣子。

老舍永遠記着他可憐的可愛的可敬的媽媽。是這位不識字的媽媽，給了他生命的教育。

老舍的善良和悲憤都來自媽媽。

老舍是悲劇大師。

媽媽的苦是老舍悲劇之源，影響了老舍一輩子。

【文本】

一

是的，我又看見月牙兒了，帶着點寒氣的一鈎兒淺金。多少次了，我看見跟現在這個月牙兒一樣的月牙兒；多少次了。它帶着種種不同的感

情，種種不同的景物，當我坐定了看它，它一次一次的在我記憶中的碧雲上斜掛着。它喚醒了我的記憶，像一陣晚風吹破一朵欲睡的花。

二

那第一次，帶着寒氣的月牙兒確是帶着寒氣。它第一次在我的雲中是酸苦，它那一點點微弱的淺金光兒照着我的淚。那時候我也不過是七歲吧，一個穿着短紅棉襖的小姑娘。戴着媽媽給我縫的一頂小帽兒，藍布的，上面印着小小的花，我記得。我倚着那間小屋的門垛，看着月牙兒。屋裏是藥味，煙味，媽媽的眼淚，爸爸的病；我獨自在台階上看着月牙，沒人招呼我，沒人顧得給我作晚飯。我曉得屋裏的慘凄，因為大家說爸爸的病……可是我更感覺自己的悲慘，我冷，餓，沒人理我。一直的我立到月牙兒落下去。什麼也沒有了，我不能不哭。可是我的哭聲被媽媽的壓下去；爸，不出聲了，面上蒙了塊白布。我要掀開白布，再看看爸，可是我不敢。屋裏只是那麼點點地方，都被爸佔了去。媽媽穿上白衣，我的紅襖上也罩了個沒縫襟邊的白袍，我記得，因為不斷地撕扯襟邊上的白絲兒。大家都很忙，嚷嚷的聲兒很高，哭得很慟，可是事情並不多，也似乎值不得嚷：爸爸就裝入那麼一個四塊薄板的棺材裏，到處都是縫子。然後，五六個人把他抬了走。媽和我在後邊哭。我記得爸，記得爸的木匣。那個木匣結束了爸的一切：每逢我想起爸來，我就想到非打開那個木匣不能見着他。但是，那木匣是深深地埋在地裏，我明知在城外哪個地方埋着它，可又像落在地上的一個雨點，似乎永難找到。

三

　　媽和我還穿着白袍，我又看見了月牙兒。那是個冷天，媽媽帶我出城去看爸的墳。媽拿着很薄很薄的一羅兒紙。媽那天對我特別的好，我走不動便揹我一程，到城門上還給我買了一些炒栗子。什麼都是涼的，只有這些栗子是熱的；我捨不得吃，用它們熱我的手。走了多遠，我記不清了，總該是很遠很遠吧。在爸出殯的那天，我似乎沒覺得這麼遠，或者是因為那天人多；這次只是我們娘兒倆，媽不說話，我也懶得出聲，什麼都是靜寂的；那些黃土路靜寂得沒有頭兒。天是短的，我記得那個墳：小小的一堆兒土，遠處有一些高土崗兒，太陽在黃土崗兒上頭斜着。媽媽似乎顧不得我了，把我放在一旁，抱着墳頭兒去哭。我坐在墳頭的旁邊，弄着手裏那幾個栗子。媽哭了一陣，把那點紙焚化了，一些紙灰在我眼前捲成一兩個旋兒，而後懶懶地落在地上；風很小，可是很夠冷的。媽媽又哭起來。我也想爸，可是我不想哭他；我倒是為媽媽哭得可憐而也落了淚。過去拉住媽媽的手：「媽不哭！不哭！」媽媽哭得更慟了。她把我摟在懷裏。眼看太陽就落下去，四外沒有一個人，只有我們娘兒倆。媽似乎也有點怕了，含着淚，扯起我就走，走出老遠，她回頭看了看，我也轉過身去；爸的墳已經辨不清了；土崗的這邊都是墳頭，一小堆一小堆，一直擺到土崗底下。媽媽嘆了口氣。我們緊走慢走，還沒有走到城門，我看見了月牙兒。四外漆黑，沒有聲音，只有月牙兒放出一道兒冷光。我乏了，媽媽抱起我來。怎樣進的城，我就不知道了，只記得迷迷糊糊的天上有個月牙兒。

四

剛八歲，我已經學會了去當東西。我知道，若是當不來錢，我們娘兒倆就不要吃晚飯；因為媽媽但分有點主意，也不肯叫我去。我準知道她每逢交給我個小包，鍋裏必是連一點粥底兒也看不見了。我們的鍋有時乾淨得像個體面的寡婦。這一天，我拿的是一面鏡子。只有這件東西似乎是不必要的，雖然媽媽天天得用它。這是個春天，我們的棉衣都剛脫下來就入了當舖。我拿着這面鏡子，我知道怎樣小心，小心而且要走得快，當舖是老早就上門的。我怕當舖的那個大紅門，那個大高長櫃台。一看見那個門，我就心跳。可是我必須進去，似乎是爬進去，那個高門坎兒是那麼高。我得用盡了力量，遞上我的東西，還得喊：「當當！」得了錢和當票，我知道怎樣小心的拿着，快快回家，曉得媽媽不放心。可是這一次，當舖不要這面鏡子，告訴我再添一號來。我懂得什麼叫「一號」。把鏡子摟在胸前，我拚命的往家跑。媽媽哭了；她找不到第二件東西。我在那間小屋住慣了，總以為東西不少；及至幫着媽媽一找可當的衣物，我的小心裏才明白過來，我們的東西很少，很少。媽媽不叫我去了。可是「媽媽咱們吃什麼呢？」媽媽哭着遞給我她頭上的銀簪 —— 只有這一件東西是銀的。我知道，她拔下過來幾回，都沒肯交給我去當。這是媽媽出門子時，姥姥家給的一件首飾。現在，她把這末一件銀器給了我，叫我把鏡子放下。我盡了我的力量趕回當舖，那可怕的大門已經嚴嚴地關好了。我坐在那門墩上，握着那根銀簪。不敢高聲地哭，我看着天，啊，又是月牙兒照着我的眼淚！哭了好久，媽媽在黑影中來了，她拉住了我的手，嘔，多麼熱的手，我忘了一切的苦處，連餓也忘了，只要有媽媽這隻熱手拉着我就好。我抽抽搭搭地說：「媽！咱們回家睡覺吧。明兒早上再來！」媽一聲沒出。又走了一會兒：「媽！你看這個月牙；爸死的那天，它就是這麼歪

歪着。為什麼它老這麼斜着呢？」媽還是一聲沒出，她的手有點顫。

五

媽媽整天地給人家洗衣裳。我老想幫助媽媽，可是插不上手。我只好等着媽媽，非到她完了事，我不去睡。有時月牙兒已經上來，她還哼哧哼哧地洗。那些臭襪子，硬牛皮似的，都是舖子裏的夥計們送來的。媽媽洗完這些「牛皮」就吃不下飯去。我坐在她旁邊，看着月牙，蝙蝠專會在那條光兒底下穿過來穿過去，像銀線上穿着個大菱角，極快的又掉到暗處去。我越可憐媽媽，便越愛這個月牙，因為看着它，使我心中痛快一點。它在夏天更可愛，它老有那麼點涼氣，像一條冰似的。我愛它給地上的那點小影子，一會兒就沒了；迷迷糊糊的不甚清楚，及至影子沒了，地上就特別的黑，星也特別的亮，花也特別的香 —— 我們的鄰居有許多花木，那棵高高的洋槐總把花兒落到我們這邊來，像一層雪似的。

六

媽媽的手起了層鱗，叫她給搓搓背頂解癢癢了。可是我不敢常勞動她，她的手是洗粗了的。她瘦，被臭襪子熏的常不吃飯。我知道媽媽要想主意了，我知道。她常把衣裳推到一邊，愣着。她和自己說話。她想什麼主意呢？我可是猜不着。

七

媽媽囑咐我不叫我彆扭，要乖乖地叫「爸」：她又給我找到一個爸。

這是另一個爸,我知道,因為墳裏已經埋好一個爸了。媽囑咐我的時候,眼睛看着別處。她含着淚說:「不能叫你餓死!」嗚,是因為不餓死我,媽才另給我找了個爸!我不明白多少事,我有點怕,又有點希望 —— 果然不再捱餓的話。多麼湊巧呢,離開我們那間小屋的時候,天上又掛着月牙。這次的月牙比哪一回都清楚,都可怕;我是要離開這住慣了的小屋了。媽坐了一乘紅轎,前面還有幾個鼓手,吹打得一點也不好聽。轎在前邊走,我和一個男人在後邊跟着,他拉着我的手。那可怕的月牙放着一點光,彷彿在涼風裏顫動。街上沒有什麼人,只有些野狗追着鼓手們咬;轎子走得很快。上哪去呢?是不是把媽抬到城外去,抬到墳地去?那個男人扯着我走,我喘不過氣來,要哭都哭不出來。那男人的手心出了汗,涼得像個魚似的,我要喊「媽」,可是不敢。一會兒,月牙像個要閉上的一道大眼縫,轎子進了個小巷。

八

我在三四年裏似乎沒再看見月牙。新爸對我們很好,他有兩間屋子,他和媽住在裏間,我在外間睡鋪板。我起初還想跟媽媽睡,可是幾天之後,我反倒愛「我的」小屋了。屋裏有白白的牆,還有條長桌,一把椅子。這似乎都是我的。我的被子也比從前的厚實暖和了。媽媽也漸漸胖了點,臉上有了紅色,手上的那層鱗也慢慢掉淨。我好久沒去當當了。新爸叫我去上學。有時候他還跟我玩一會兒。我不知道為什麼不愛叫他「爸」,雖然我知道他很可愛。他似乎也知道這個,他常常對我那麼一笑;笑的時候他有很好看的眼睛。可是媽媽偷告訴我叫爸,我也不願十分的彆扭。我心中明白,媽和我現在是有吃有喝的,都因為有這個爸,我明白。是的,在這三四年裏我想不起曾經看見過月牙兒;也許是看見過而不大記

得了。爸死時那個月牙，媽轎子前面那個月牙，我永遠忘不了。那一點點光，那一點寒氣，老在我心中，比什麼都亮，都清涼，像塊玉似的，有時候想起來彷彿能用手摸到似的。

九

我很愛上學。我老覺得學校裏有不少的花，其實並沒有；只是一想起學校就想到花罷了，正像一想起爸的墳就想起城外的月牙兒 ── 在野外的小風裏歪歪着。媽媽是很愛花的，雖然買不起，可是有人送給她一朵，她就頂喜歡地戴在頭上。我有機會便給她折一兩朵來；戴上朵鮮花，媽的後影還很年輕似的。媽喜歡，我也喜歡。在學校裏我也很喜歡。也許因為這個，我想起學校便想起花來？

十

當我要在小學畢業那年，媽又叫我去當當了。我不知道為什麼新爸忽然走了。他上了哪兒，媽似乎也不曉得。媽媽還叫我上學，她想爸不久就會回來的。他許多日子沒回來，連封信也沒有。我想媽又該洗臭襪子了，這使我極難受。可是媽媽並沒這麼打算。她還打扮着，還愛戴花；奇怪！她不落淚，反倒好笑；為什麼呢？我不明白！好幾次，我下學來，看她在門口兒立着。又隔了不久，我在路上走，有人「嗨」我了：「嗨！給你媽捎個信兒去！」「嗨！你賣不賣呀？小嫩的！」我的臉紅得冒出火來，把頭低得無可再低。我明白，只是沒辦法。我不能問媽媽，不能。她對我很好，而且有時候極鄭重地說我：「唸書！唸書！」媽是不識字的，為什麼這樣催我唸書呢？我疑心；又常由疑心而想到媽是為我才作那樣的事。

媽是沒有更好的辦法。疑心的時候，我恨不能罵媽媽一頓。再一想，我要抱住她，央告她不要再作那個事。我恨自己不能幫助媽媽。所以我也想到：我在小學畢業後又有什麼用呢？我和同學們打聽過了，有的告訴我，去年畢業的有好幾個作姨太太的。有的告訴我，誰當了暗門子。我不大懂這些事，可是由她們的說法，我猜到這不是好事。她們似乎什麼都知道，也愛偷偷地談論她們明知是不正當的事 —— 這些事叫她們的臉紅紅的而顯出得意。我更疑心媽媽了，是不是等我畢業好去作……這麼一想，有時候我不敢回家，我怕見媽媽。媽媽有時候給我點心錢，我不肯花，餓着肚子去上體操，常常要暈過去。看着別人吃點心，多麼香甜呢！可是我得省着錢，萬一媽媽叫我去……我可以跑，假如我手中有錢。我最闊的時候，手中有一毛多錢！在這些時候，即使在白天，我也有時望一望天上，找我的月牙兒呢。我心中的苦處假若可以用個形狀比喻起來，必是個月牙兒形的。它無倚無靠的在灰藍的天上掛着，光兒微弱，不大會兒便被黑暗包住。

十一

叫我最難過的是我慢慢地學會了恨媽媽。可是每當我恨她的時候，我不知不覺地便想起她揹着我上墳的光景。想到了這個，我不能恨她了。我又非恨她不可。我的心像 —— 還是像那個月牙兒，只能亮那麼一會兒，而黑暗是無限的。媽媽的屋裏常有男人來了，她不再躲避着我。他們的眼像狗似地看着我，舌頭吐着，垂着涎。我在他們的眼中是更解饞的，我看出來。在很短的期間，我忽然明白了許多的事。我知道我得保護自己，我覺出我身上好像有什麼可貴的地方，我聞得出我已有一種什麼味道，使我自己害羞，多感。我身上有了些力量，可以保護自己，也可以毀

了自己。我有時很硬氣，有時候很軟。我不知怎樣好。我願愛媽媽，這時候我有好些必要問媽媽的事，需要媽媽的安慰；可是正在這個時候，我得躲着她，我很恨她；要不然我自己便不存在了。當我睡不着的時節，我很冷靜地思索，媽媽是可原諒的。她得顧我們倆的嘴。可是這個又使我要拒絕再吃她給我的飯菜。我的心就這麼忽冷忽熱，像冬天的風，休息一會兒，颳得更要猛；我靜候着我的怒氣沖來，沒法兒止住。

十二

事情不容我想好方法就變得更壞了。媽媽問我，「怎樣？」假若我真愛她呢，媽媽說，我應該幫助她。不然呢，她不能再管我了。這不像媽媽能說得出的話，但是她確是這麼說了。她說得很清楚：「我已經快老了，再過二年，想白叫人要也沒人要了！」這是對的，媽媽近來擦許多的粉，臉上還露出褶子來。她要再走一步，去專伺候一個男人。她的精神來不及伺候許多男人了。為她自己想，這時候能有人要她 —— 是個饅頭舖掌櫃的願要她 —— 她該馬上就走。可是我已經是個大姑娘了，不像小時候那樣容易跟在媽媽轎後走過去了。我得打主意安置自己。假若我願意「幫助」媽媽呢，她可以不再走這一步，而由我代替她掙錢。代她掙錢，我真願意；可是那個掙錢方法叫我哆嗦。我知道什麼呢，叫我像個半老的婦人那樣去掙錢?! 媽媽的心是狠的，可是錢更狠。媽媽不逼着我走哪條路，她叫我自己挑選 —— 幫助她，或是我們娘兒倆各走各的。媽媽的眼沒有淚，早就乾了。我怎麼辦呢？

十三

我對校長說了。校長是個四十多歲的婦人，胖胖的，不很精明，可是心熱。我是真沒了主意，要不然我怎會開口述說媽媽的……我並沒和校長親近過。當我對她說的時候，每個字都像燒紅了的煤球燙着我的喉，我啞了，半天才能吐出一個字。校長願意幫助我。她不能給我錢，只能供給我兩頓飯和住處 —— 就住在學校和個老女僕作伴兒。她叫我幫助文書寫寫字，可是不必馬上就這麼辦，因為我的字還需要練習。兩頓飯，一個住處，解決了天大的問題。我可以不連累媽媽了。媽媽這回連轎也沒坐，只坐了輛洋車，摸着黑走了。我的鋪蓋，她給了我。臨走的時候，媽媽掙扎着不哭，可是心底下的淚到底翻上來了。她知道我不能再找她去，她的親女兒。我呢，我連哭都忘了怎麼哭了，我只咧着嘴抽達，淚蒙住了我的臉。我是她的女兒、朋友、安慰。但是我幫助不了她，除非我得作那種我決不肯作的事。在事後一想，我們娘兒倆就像兩個沒人管的狗，為我們的嘴，我們得受着一切的苦處，好像我們身上沒有別的，只有一張嘴。為這張嘴，我們得把其餘一切的東西都賣了。我不恨媽媽了，我明白了。不是媽媽的毛病，也不是不該長那張嘴，是糧食的毛病，憑什麼沒有我們的吃食呢？這個別離，把過去一切的苦楚都壓過去了。那最明白我的眼淚怎流的月牙這回會沒出來，這回只有黑暗，連點螢火的光也沒有。媽媽就在暗中像個活鬼似的走了，連個影子也沒有。即使她馬上死了，恐怕也不會和爸埋在一處了，我連她將來的墳在哪裏都不會知道。我只有這麼個媽媽，朋友。我的世界裏剩下我自己。

十四

　　媽媽永不能相見了，愛死在我心裏，像被霜打了的春花。我用心地練字，為是能幫助校長抄抄寫寫些不要緊的東西。我必須有用，我是吃着別人的飯。我不像那些女同學，她們一天到晚注意別人，別人吃了什麼，穿了什麼，説了什麼；我老注意我自己，我的影子是我的朋友。「我」老在我的心上，因為沒人愛我。我愛我自己，可憐我自己，鼓勵我自己，責備我自己；我知道我自己，彷彿我是另一個人似的。我身上有一點變化都使我害怕，使我歡喜，使我莫名其妙。我在我自己手中拿着，像捧着一朵嬌嫩的花。我只能顧目前，沒有將來，也不敢深想。嚼着人家的飯，我知道那是晌午或晚上了，要不然我簡直想不起時間來；沒有希望，就沒有時間。我好像釘在個沒有日月的地方。想起媽媽，我曉得我曾經活了十幾年。對將來，我不像同學們那樣盼望放假，過節，過年；假期，節，年，跟我有什麼關係呢？可是我的身體是往大了長呢，我覺得出。覺出我又長大了一些，我更渺茫，我不放心我自己。我越往大了長，我越覺得自己好看，這是一點安慰；美使我抬高了自己的身份。可是我根本沒身份，安慰是先甜後苦的，苦到末了又使我自傲。窮，可是好看呢！這又使我怕：媽媽也是不難看的。

十五

　　我又老沒看月牙了，不敢去看，雖然想看。我已畢了業，還在學校裏住着。晚上，學校裏只有兩個老僕人，一男一女。他們不知怎樣對待我好，我既不是學生，也不是先生，又不是僕人，可有點像僕人。晚上，我一個人在院中走，常被月牙給趕進屋來，我沒有膽子去看它。可是在屋

裏，我會想像它是什麼樣，特別是在有點小風的時候。微風彷彿會給那點微光吹到我的心上來，使我想起過去，更加重了眼前的悲哀。我的心就好像在月光下的蝙蝠，雖然是在光的下面，可是自己是黑的；黑的東西，即使會飛，也還是黑的，我沒有希望。我可是不哭，我只常皺着眉。

十六

我有了點進款：給學生織些東西，她們給我點工錢。校長允許我這麼辦。可是進不了許多，因為她們也會織。不過她們自己急於要用，而趕不來，或是給家中人打雙手套或襪子，才來照顧我。雖然是這樣，我的心似乎活了一點，我甚至想到：假若媽媽不走那一步，我是可以養活她的。一數我那點錢，我就知道這是夢想，可是這麼想使我舒服一點。我很想看看媽媽。假若她看見我，她必能跟我來，我們能有方法活着，我想——可是不十分相信。我想媽媽，她常到我的夢中來。有一天，我跟着學生們去到城外旅行，回來的時候已經是下午四點多了。為是快點回來，我們抄了個小道。我看見了媽媽！在個小胡同裏有一家賣饅頭的，門口放着個元寶筐，筐上插着個頂大的白木頭饅頭。順着牆坐着媽媽，身兒一仰一彎地拉風箱呢。從老遠我就看見了那個大木饅頭與媽媽，我認識她的後影。我要過去抱住她。可是我不敢，我怕學生們笑話我，她們不許我有這樣的媽媽。越走越近了，我的頭低下去，從淚中看了她一眼，她沒看見我。我們一群人擦着她的身子走過去，她好像是什麼也沒看見，專心地拉她的風箱。走出老遠，我回頭看了看，她還在那兒拉呢。我看不清她的臉，只看到她的頭髮在額上披散着點。我記住這個小胡同的名兒。

十七

　　像有個小蟲在心中咬我似的，我想去看媽媽，非看見她我心中不能安靜。正在這個時候，學校換了校長。胖校長告訴我得打主意，她在這兒一天便有我一天的飯食與住處，可是她不能保險新校長也這麼辦。我數了數我的錢，一共是兩塊七毛零幾個銅子。這幾個錢不會叫我在最近的幾天中捱餓，可是我上哪兒呢？我不敢坐在那兒呆呆地發愁，我得想主意。找媽媽去是第一個念頭。可是她能收留我嗎？假若她不能收留我，而我找了她去，即使不能引起她與那個賣饅頭的吵鬧，她也必定很難過。我得為她想，她是我的媽媽，又不是我的媽媽，我們母女之間隔着一層用窮作成的障礙。想來想去，我不肯找她去了。我應當自己擔着自己的苦處。可是怎麼擔着自己的苦處呢？我想不起。我覺得世界很小，沒有安置我與我的小鋪蓋捲的地方。我還不如一條狗，狗有個地方便可以躺下睡；街上不准我躺着。是的，我是人，人可以不如狗。假若我扯着臉不走，焉知新校長不往外攆我呢？我不能等着人家往外推。這是個春天。我只看見花兒開了，葉兒綠了，而覺不到一點暖氣。紅的花只是紅的花，綠的葉只是綠的葉，我看見些不同的顏色，只是一點顏色；這些顏色沒有任何意義，春在我的心中是個涼的死的東西。我不肯哭，可是淚自己往下流。

十八

　　我出去找事了。不找媽媽，不依賴任何人，我要自己掙飯吃。走了整整兩天，抱着希望出去，帶着塵土與眼淚回來。沒有事情給我作。我這才真明白了媽媽，真原諒了媽媽。媽媽還洗過臭襪子，我連這個都作不上。媽媽所走的路是唯一的。學校裏教給我的本事與道德都是笑話，都

是吃飽了沒事時的玩藝。同學們不准我有那樣的媽媽，她們笑話暗門子；是的，她們得這樣看，她們有飯吃。我差不多要決定了：只要有人給我飯吃，什麼我也肯幹；媽媽是可佩服的。我才不去死，雖然想到過；不，我要活着。我年輕，我好看，我要活着。羞恥不是我造出來的。

十九

這麼一想，我好像已經找到了事似的。我敢在院中走了，一個春天的月牙在天上掛着。我看出它的美來。天是暗藍的，沒有一點雲。那個月牙清亮而溫柔，把一些軟光兒輕輕送到柳枝上。院中有點小風，帶着南邊的花香，把柳條的影子吹到牆角有光的地方來，又吹到無光的地方去；光不強，影兒不重，風微微地吹，都是溫柔，什麼都有點睡意，可又要輕軟地活動着。月牙下邊，柳梢上面，有一對星兒好像微笑的仙女的眼，逗着那歪歪的月牙和那輕擺的柳枝。牆那邊有棵什麼樹，開滿了白花，月的微光把這團雪照成一半兒白亮，一半兒略帶點灰影，顯出難以想到的純淨。這個月牙是希望的開始，我心裏説。

二十

我又找了胖校長去，她沒在家。一個青年把我讓進去。他很體面，也很和氣。我平素很怕男人，但是這個青年不叫我怕他。他叫我説什麼，我便不好意思不説；他那麼一笑，我心裏就軟了。我把找校長的意思對他説了，他很熱心，答應幫助我。當天晚上，他給我送了兩塊錢來，我不肯收，他説這是他嬸母 —— 胖校長 —— 給我的。他並且説他的嬸母已經給我找好了地方住，第二天就可以搬過去。我要懷疑，可是不敢。他的笑臉

好像笑到我的心裏去。我覺得我要疑心便對不起人，他是那麼溫和可愛。

二十一

他的笑唇在我的臉上，從他的頭髮上我看着那也在微笑的月牙。春風像醉了，吹破了春雲，露出月牙與一兩對兒春星。河岸上的柳枝輕擺，春蛙唱着戀歌，嫩蒲的香味散在春晚的暖氣裏。我聽着水流，像給嫩蒲一些生力，我想像着蒲梗輕快地往高裏長。小蒲公英在潮暖的地上生長。什麼都在溶化着春的力量，然後放出一些香味來。我忘了自己，我沒了自己，像化在了那點春風與月的微光中。月兒忽然被雲掩住，我想起來自己。我失去那個月牙兒，也失去了自己，我和媽媽一樣了！

二十二

我後悔，我自慰，我要哭，我喜歡，我不知道怎樣好。我要跑開，永不再見他；我又想他，我寂寞。兩間小屋，只有我一個人，他每天晚上來。他永遠俊美，老那麼溫和。他供給我吃喝，還給我作了幾件新衣。穿上新衣，我自己看出我的美。可是我也恨這些衣服，又捨不得脫去。我不敢思想，也懶得思想，我迷迷糊糊的，腮上老有那麼兩塊紅。我懶得打扮，又不能不打扮，太閑在了，總得找點事作。打扮的時候，我憐愛自己；打扮完了，我恨自己。我的淚很容易下來，可是我設法不哭，眼終日老那麼濕潤潤的，可愛。我有時候瘋了似的吻他，然後把他推開，甚至於破口罵他；他老笑。

二十三

我早知道，我沒希望；一點雲便能把月牙遮住，我的將來是黑暗。果然，沒有多久，春便變成了夏，我的春夢作到了頭兒。有一天，也就是剛晌午吧，來了一個少婦。她很美，可是美得不玲瓏，像個瓷人兒似的。她進到屋中就哭了。不用問，我已明白了。看她那個樣兒，她不想跟我吵鬧，我更沒預備着跟她衝突。她是個老實人。她哭，可是拉住我的手：「他騙了咱們倆！」她說。我以為她也只是個「愛人」。不，她是他的妻。她不跟我鬧，只口口聲聲的說：「你放了他吧！」我不知怎麼才好，我可憐這個少婦。我答應了她。她笑了。看她這個樣兒，我以為她是缺個心眼，她似乎什麼也不懂，只知道要她的丈夫。

二十四

我在街上走了半天。很容易答應那個少婦呀，可是我怎麼辦呢？他給我的那些東西，我不願意要；既然要離開他，便一刀兩斷。可是，放下那點東西，我還有什麼呢？我上哪兒呢？我怎麼能當天就有飯吃呢？好吧，我得要那些東西，無法。我偷偷的搬了走。我不後悔，只覺得空虛，像一片雲那樣的無倚無靠。搬到一間小屋裏，我睡了一天。

二十五

我知道怎樣儉省，自幼就曉得錢是好的。湊合着手裏還有那點錢，我想馬上去找個事。這樣，我雖然不希望什麼，或者也不會有危險了。事情可是並不因我長了一兩歲而容易找到。我很堅決，這並無濟於事，只覺

得應當如此罷了。婦女掙錢怎這麼不容易呢！媽媽是對的，婦人只有一條路走，就是媽媽所走的路。我不肯馬上就往那麼走，可是知道它在不很遠的地方等着我呢。我越掙扎，心中越害怕。我的希望是初月的光，一會兒就要消失。一兩個星期過去了，希望越來越小。最後，我去和一排年輕的姑娘們在小飯館受選閱。很小的一個飯館，很大的一個老闆；我們這群都不難看，都是高小畢業的少女們，等皇賞似的，等着那個破塔似的老闆挑選。他選了我。我不感謝他，可是當時確有點痛快。那群女孩子們似乎很羨慕我，有的竟自含着淚走去，有的罵聲「媽的！」女人夠多麼不值錢呢！

二十六

我成了小飯館的第二號女招待。擺菜、端菜、算賬、報菜名，我都不在行。我有點害怕。可是「第一號」告訴我不用着急，她也都不會。她說，小順管一切的事；我們當招待的只要給客人倒茶，遞手巾把，和拿賬條；別的不用管。奇怪！「第一號」的袖口捲起來很高，袖口的白裏子上連一個污點也沒有。腕上放着一塊白絲手絹，繡着「妹妹我愛你」。她一天到晚往臉上拍粉，嘴唇抹得血瓢似的。給客人點煙的時候，她的膝往人家腿上倚；還給客人斟酒，有時候她自己也喝了一口。對於客人，有的她伺候得非常的周到；有的她連理也不理，她會把眼皮一搭拉，假裝沒看見。她不招待的，我只好去。我怕男人。我那點經驗叫我明白了些，什麼愛不愛的，反正男人可怕。特別是在飯館吃飯的男人們，他們假裝義氣，打架似的讓座讓賬；他們拚命的猜拳，喝酒；他們野獸似的吞吃，他們不必要而故意的挑剔毛病，罵人。我低頭遞茶遞毛巾，我的臉發燒。客人們故意的和我說東說西，招我笑；我沒心思說笑。晚上九點多鐘完了事，我

非常的疲乏了。到了我的小屋，連衣裳沒脫，我一直地睡到天亮。醒來，我心中高興了一些，我現在是自食其力，用我的勞力自己掙飯吃。我很早的就去上工。

二十七

「第一號」九點多才來，我已經去了兩點多鐘。她看不起我，可也並非完全惡意地教訓我：「不用那麼早來，誰八點來吃飯？告訴你，喪氣鬼，把臉別搭拉得那麼長；你是女跑堂的，沒讓你在這兒送殯玩。低着頭，沒人多給酒錢；你幹什麼來了？不為掙子兒〔1〕嗎？你的領子太矮，咱這行全得弄高領子，綢子手絹，人家認這個！」我知道她是好意，我也知道設若我不肯笑，她也得吃虧，少分酒錢；小賬是大家平分的。我也並非看不起她，從一方面看，我實在佩服她，她是為掙錢。婦女掙錢就得這麼着，沒第二條路。但是，我不肯學她。我彷彿看得很清楚：有朝一日，我得比她還開通，才能掙上飯吃。可是那得到了山窮水盡的時候；「萬不得已」老在那兒等我們女人，我只能叫它多等幾天。這叫我咬牙切齒，叫我心中冒火，可是婦女的命運不在自己手裏。又幹了三天，那個大掌櫃的下了警告：再試我兩天，我要是願意往長了幹呢，得照「第一號」那麼辦。「第一號」一半嘲弄，一半勸告的說：「已經有人打聽你，幹嘛藏着乖的賣傻的呢？咱們誰不知道誰是怎着？女招待嫁銀行經理的，有的是；你當是咱們低賤呢？闖開臉兒幹呀，咱們也他媽的坐幾天汽車！」這個，逼上我的氣來，我問她：「你什麼時候坐汽車？」她把紅嘴唇撇得要掉下去：「不用你耍嘴皮子，幹什麼說什麼；天生下來的香屁股，還不會幹這個呢？」我幹不了，拿了一塊另五分錢，我回了家。

二十八

　　最後的黑影又向我邁了一步。為躲它，就更走近了它。我不後悔丟了那個事，可我也真怕那個黑影。把自己賣給一個人，我會。自從那回事兒，我很明白了些男女之間的關係。女人把自己放鬆一些，男人聞着味兒就來了。他所要的是肉，他發散了獸力，你便暫時有吃有穿；然後他也許打你罵你，或者停止了你的供給。女人就這麼賣了自己，有時候還很得意，我曾經覺到得意。在得意的時候説的淨是一些天上的話；過了會兒，你覺得身上的疼痛與喪氣。不過，賣給一個男人，還可以説些天上的話；賣給大家，連這些也沒法説了，媽媽就沒説過這樣的話。怕的程度不同，我沒法接受「第一號」的勸告；「一個」男人到底使我少怕一點。可是，我並不想賣我自己。我並不需要男人，我還不到二十歲。我當初以為跟男人在一塊兒必定有趣，誰知道到了一塊他就要求那個我所害怕的事。是的，那時候我像把自己交給了春風，任憑人家擺佈；過後一想，他是利用我的無知，暢快他自己。他的甜言蜜語使我走入夢裏；醒過來，不過是一個夢，一些空虛；我得到的是兩頓飯，幾件衣服。我不想再這樣掙飯吃，飯是實在的，實在地去掙好了。可是，若真掙不上飯吃，女人得承認自己是女人，得賣肉！一個多月，我找不到事作。

二十九

　　我遇見幾個同學，有的升入了中學，有的在家裏作姑娘。我不願理她們，可是一説起話兒來，我覺得我比她們精明。原先，在學校的時候，我比她們傻；現在，「她們」顯着呆傻了。她們似乎還都作夢呢。她們都打扮得很好，像舖子裏的貨物。她們的眼溜着年輕的男人，心裏好像作着

愛情的詩。我笑她們。是的，我必定得原諒她們，她們有飯吃，吃飽了當然只好想愛情，男女彼此織成了網，互相捕捉；有錢的，網大一些，捉住幾個，然後從容地選擇一個。我沒有錢，我連個結網的屋角都找不到。我得直接地捉人，或是被捉，我比她們明白一些，實際一些。

三十

有一天，我碰見那個小媳婦，像瓷人似的那個。她拉住了我，倒好像我是她的親人似的。她有點癲三倒四的樣兒。「你是好人！你是好人！我後悔了，」她很誠懇地說：「我後悔了！我叫你放了他，哼，還不如在你手裏呢！他又弄了別人，更好了，一去不回頭了！」由探問中，我知道她和他也是由戀愛而結的婚，她似乎還很愛他。他又跑了。我可憐這個小婦人，她也是還作着夢，還相信戀愛神聖。我問她現在的情形，她說她得找到他，她得從一而終。要是找不到他呢？我問。她咬上了嘴唇，她有公婆，娘家還有父母，她沒有自由，她甚至於羨慕我，我沒有人管着。還有人羨慕我，我真要笑了！我有自由，笑話！她有飯吃，我有自由；她沒自由，我沒飯吃，我倆都是女人。

三十一

自從遇上那個小瓷人，我不想把自己專賣給一個男人了，我決定玩玩了；換句話說，我要「浪漫」地掙飯吃了。我不再為誰負着什麼道德責任，我餓。浪漫足以治餓，正如同吃飽了才浪漫，這是個圓圈，從哪兒走都可以。那些女同學與小瓷人都跟我差不多，她們比我多着一點夢想，我比她們更直爽，肚子餓是最大的真理。是的，我開始賣了。把我所有的一

點東西都折賣了，作了一身新行頭，我的確不難看。我上了市。

三十二

我想我要玩玩，浪漫。啊，我錯了。我還是不大明白世故。男人並不像我想的那麼容易勾引。我要勾引文明一些的人，要至多只賠上一兩個吻。哈哈，大家不上那個當，人家要初次見面便得到便宜。還有呢，人家只請我看電影，或逛逛大街，吃杯冰激凌；我還是餓着肚子回家。所謂文明人，懂得問我在哪兒畢業，家裏作什麼事。那個態度使我看明白，他若是要你，你得給他相當的好處；你若是沒有好處可貢獻呢，人家只用一角錢的冰激凌換你一個吻。要賣，得痛痛快快地。我明白了這個。小瓷人們不明白這個。我和媽媽明白，我很想媽了。

三十三

據說有些女人是可以浪漫地掙飯吃，我缺乏資本；也就不必再這樣想了。我有了買賣。可是我的房東不許我再住下去，他是講體面的人。我連瞧他也沒瞧，就搬了家，又搬回我媽媽和新爸爸曾經住過的那兩間房。這裏的人不講體面，可也更真誠可愛。搬了家以後，我的買賣很不錯。連文明人也來了。文明人知道了我是賣，他們是買，就肯來了；這樣，他們不吃虧，也不丟身份。初幹的時候，我很害怕，因為我還不到二十歲。乃至作過了幾天，我也就不怕了。多嗑他們像了一攤泥，他們才覺得上了算，他們滿意，還替我作義務的宣傳。幹過了幾個月，我明白的事情更多了，差不多每一見面，我就能斷定他是怎樣的人。有的很有錢，這樣的人一開口總是問我的身價，表示他買得起我。他也很嫉妒，總想包了我；逛

暗娼他也想獨佔，因為他有錢。對這樣的人，我不大招待。他鬧脾氣，我不怕，我告訴他，我可以找上他的門去，報告給他的太太。在小學裏唸了幾年書，到底是沒白唸，他唬不住我。「教育」是有用的，我相信了。有的人呢，來的時候，手裏就攥着一塊錢，唯恐上了當。對這種人，我跟他細講條件，他就乖乖地回家去拿錢，很有意思。最可恨的是那些油子，不但不肯花錢，反倒要佔點便宜走，什麼半盒煙捲呀，什麼一小瓶雪花膏呀，他們隨手拿去。這種人還是得罪不的，他們在地面上很熟，得罪了他們，他們會叫巡警跟我搗亂。我不得罪他們，我餵着他們；及至我認識了警官，才一個個的收拾他們。世界就是狼吞虎嚥的世界，誰壞誰就佔便宜。頂可憐的是那像學生樣兒的，袋裏裝着一塊錢，和幾十銅子，叮噹地直響，鼻子上出着汗。我可憐他們，可是也照常賣給他們。我有什麼辦法呢！還有老頭子呢，都是些規矩人，或者家中已然兒孫成群。對他們，我不知道怎樣好；但是我知道他們有錢，想在死前買些快樂，我只好供給他們所需要的。這些經驗叫我認識了「錢」與「人」。錢比人更厲害一些，人若是獸，錢就是獸的膽子。

三十四

我發現了我身上有了病。這叫我非常的苦痛，我覺得已經不必活下去了。我休息了，我到街上去走；無目的，亂走。我想去看看媽，她必能給我一些安慰，我想像着自己已是快死的人了。我繞到那個小巷，希望見着媽媽；我想起她在門外拉風箱的樣子。饅頭舖已經關了門。打聽，沒人知道搬到哪裏去。這使我更堅決了，我非找到媽媽不可。在街上喪膽遊魂地走了幾天，沒有一點用。我疑心她是死了，或是和饅頭舖的掌櫃的搬到別處去，也許在千里以外。這麼一想，我哭起來。我穿好了衣裳，擦上了

脂粉，在床上躺着，等死。我相信我會不久就死去的。可是我沒死。門外又敲門了，找我的。好吧，我伺候他，我把病盡力地傳給他。我不覺得這對不起人，這根本不是我的過錯。我又痛快了些，我吸煙，我喝酒，我好像已是三四十歲的人了。我的眼圈發青，手心發熱，我不再管；有錢才能活着，先吃飽再說別的吧。我吃得並不錯，誰肯吃壞的呢！我必須給自己一點好吃食，一些好衣裳，這樣才稍微對得起自己一點。

三十五

一天早晨，大概有十點來鐘吧，我正披着件長袍在屋中坐着，我聽見院中有點腳步聲。我十點來鐘起來，有時候到十二點才想穿好衣裳，我近來非常的懶，能披着件衣服呆坐一兩個鐘頭。我想不起什麼，也不願想什麼，就那麼獨自呆坐。那點腳步聲，向我的門外來了，很輕很慢。不久，我看見一對眼睛，從門上那塊小玻璃向裏面看呢。看了一會兒，躲開了；我懶得動，還在那兒坐着。待了一會兒，那對眼睛又來了。我再也坐不住，我輕輕的開了門。「媽！」

三十六

我們母女怎麼進了屋，我說不上來。哭了多久，也不大記得。媽媽已老得不像樣兒了。她的掌櫃的回了老家，沒告訴她，偷偷地走了，沒給她留下一個錢。她把那點東西變賣了，辭退了房，搬到一個大雜院裏去。她已找了我半個多月。最後，她想到上這兒來，並沒希望找到我，只是碰碰看，可是竟自找到了我。她不敢認我了，要不是我叫她，她也許就又走了。哭完了，我發狂似的笑起來：她找到了女兒，女兒已是個暗娼！她養

着我的時候，她得那樣；現在輪到我養着她了，我得那樣！女人的職業是世襲的，是專門的！

三十七

我希望媽媽給我點安慰。我知道安慰不過是點空話，可是我還希望來自媽媽的口中。媽媽都往往會騙人，我們把媽媽的誆騙叫作安慰。我的媽媽連這個都忘了。她是餓怕了，我不怪她。她開始檢點我的東西，問我的進項與花費，似乎一點也不以這種生意為奇怪。我告訴她，我有了病，希望她勸我休息幾天。沒有；她只說出去給我買藥。「我們老幹這個嗎？」我問她。她沒言語。可是從另一方面看，她確是想保護我，心疼我。她給我作飯，問我身上怎樣，還常偷看我，像媽媽看睡着了的小孩那樣。只是有一層她不肯說，就是叫我不用再幹這行了。我心中很明白——雖然有一點不滿意她——除了幹這個，還想不到第二個事情作。我們母女得吃得穿——這個決定了一切。什麼母女不母女，什麼體面不體面，錢是無情的。

三十八

媽媽想照應我，可是她得聽着看着人家蹂躪我。我想好好對待她，可是我覺得她有時候討厭。她什麼都要管管，特別是對於錢。她的眼已失去年輕時的光澤，不過看見了錢還能發點光。對於客人，她就自居為僕人，可是當客人給少了錢的時候，她張嘴就罵。這有時候使我很為難。不錯，既幹這個還不是為錢嗎？可是幹這個的也似乎不必罵人。我有時候也會慢待人，可是我有我的辦法，使客人急不得惱不得。媽媽的方法太笨

了，很容易得罪人。看在錢的面上，我們不應當得罪人。我的方法或者出於我還年輕，還幼稚；媽媽便不顧一切的單單站在錢上了，她應當如此，她比我大着好些歲。恐怕再過幾年我也就這樣了，人老心也跟着老，漸漸老得和錢一樣的硬。是的，媽媽不客氣。她有時候劈手就搶客人的皮夾，有時候留下人家的帽子或值錢一點的手套與手杖。我很怕鬧出事來，可是媽媽說的好：「能多弄一個是一個，咱們是拿十年當作一年活着的，等七老八十還有人要咱們嗎？」有時候，客人喝醉了，她便把他架出去，找個僻靜地方叫他坐下，連他的鞋都拿回來。說也奇怪，這種人倒沒有來找賬的，想是已人事不知，說不定也許病一大場。或者事過之後，想過滋味，也就不便再來鬧了，我們不怕丟人，他們怕。

三十九

媽媽是說對了：我們是拿十年當一年活着。幹了二三年，我覺出自己是變了。我的皮膚粗糙了，我的嘴唇老是焦的，我的眼睛裏老灰溽溽的帶着血絲。我起來的很晚，還覺得精神不夠。我覺出這個來，客人們更不是瞎子，熟客漸漸少起來。對於生客，我更努力的伺候，可是也更厭惡他們，有時候我管不住自己的脾氣。我暴躁，我胡說，我已經不是我自己了。我的嘴不由的老胡說，似乎是慣了。這樣，那些文明人已不多照顧我，因為我丟了那點「小鳥依人」—— 他們唯一的詩句 —— 的身段與氣味。我得和野雞學了。我打扮得簡直不像個人，這才招得動那不文明的人。我的嘴擦得像個紅血瓢，我用力咬他們，他們覺得痛快。有時候我似乎已看見我的死，接進一塊錢，我彷彿死了一點。錢是延長生命的，我的掙法適得其反。我看着自己死，等着自己死。這麼一想，便把別的思想全止住了。不必想了，一天一天地活下去就是了，我的媽媽是我的影子，我

至好不過將來變成她那樣，賣了一輩子肉，剩下的只是一些白頭髮與抽皺的黑皮。這就是生命。

四十

我勉強地笑，勉強地瘋狂，我的痛苦不是落幾個淚所能減除的。我這樣的生命是沒什麼可惜的，可是它到底是個生命，我不願撒手。況且我所作的並不是我自己的過錯。死假如可怕，那只因為活着是可愛的。我決不是怕死的痛苦，我的痛苦久已勝過了死。我愛活着，而不應當這樣活着。我想像着一種理想的生活，像作着夢似的；這個夢一會兒就過去了，實際的生活使我更覺得難過。這個世界不是個夢，是真的地獄。媽媽看出我的難過來，她勸我嫁人。嫁人，我有了飯吃，她可以弄一筆養老金。我是她的希望。我嫁誰呢？

四十一

因為接觸的男子很多了，我根本已忘了什麼是愛。我愛的是我自己，及至我已愛不了自己，我愛別人幹什麼呢？但是打算出嫁，我得假裝說我愛，說我願意跟他一輩子。我對好幾個人都這樣說了，還起了誓；沒人接受。在錢的管領下，人都很精明。嫖不如偷，對，偷省錢。我要是不要錢，管保人人說愛我。

四十二

正在這個期間，巡警把我抓了去。我們城裏的新官兒非常地講道

德，要掃清了暗門子。正式的妓女倒還照舊作生意，因為她們納捐；納捐的便是名正言順的，道德的。抓了去，他們把我放在了感化院，有人教給我作工。洗、做、烹調、編織，我都會；要是這些本事能掙飯吃，我早就不幹那個苦事了。我跟他們這樣講，他們不信，他們說我沒出息，沒道德。他們教給我工作，還告訴我必須愛我的工作。假如我愛工作，將來必定能自食其力，或是嫁個人。他們很樂觀。我可沒這個信心。他們最好的成績，是已經有十幾多個女的，經過他們感化而嫁了人。到這兒來領女人的，只須花兩塊錢的手續費和找一個妥實的舖保就夠了。這是個便宜。從男人方面看；據我想，這是個笑話。我乾脆就不受這個感化。當一個大官兒來檢閱我們的時候，我唾了他一臉唾沫。他們還不肯放了我，我是帶危險性的東西。可是他們也不肯再感化我。我換了地方，到了獄中。

四十三

獄裏是個好地方，它使人堅信人類的沒有起色；在我作夢的時候都見不到這樣醜惡的玩藝。自從我一進來，我就不再想出去，在我的經驗中，世界比這兒並強不了許多。我不願死，假若從這兒出去而能有個較好的地方；事實上既不這樣，死在哪兒不一樣呢。在這裏，在這裏，我又看見了我的好朋友，月牙兒！多久沒見着它了！媽媽幹什麼呢？我想起來一切。

【注釋】

〔1〕 掙子兒：掙銅子，掙錢。

【賞析】

《月牙兒》一共四十三章，兩萬字，是個短篇小說，充其量是個小中篇，可是，它的內容極豐富。

它講了一個女學生短暫一生的遭遇。

女孩子自幼喪父，媽媽靠洗衣為生，後來，沒了辦法，改了嫁，過了幾年平靜日子，可惜好景不長，後爸失蹤。媽媽當了暗門子。女孩開始恨媽媽。媽媽二次改嫁，不過姑娘大了，只能和媽媽分開。校長允許姑娘住在學校裏，靠抄寫文件和織些小東西為生。學校換了校長，姑娘受騙當了校長侄子的外室。侄子太太找上門來，姑娘放了他。姑娘去當了「二號」女招待，但不肯出賣色相，主動辭了職。姑娘最終走投無路，也當上了暗娼，身上染了病。媽媽回來找到女兒。媽媽心疼女兒，可就是不肯說，不再幹這行了。餓決定了一切。錢是無情的。姑娘被送進感化院。一個當大官的來視察，姑娘唾了他一臉唾沫。她被關進獄中。在獄中她又看見了她的老朋友 —— 月牙兒。

故事不複雜，但取材特殊。

媽媽被迫當了妓女，女兒力圖避免步媽媽的後塵，拼命掙扎，想盡辦法，但「肚子餓是最大的真理」，只得承認自己是女子。「她養着我的時候，她得那樣；現在輪到我養着她了，我得那樣！女人的職業是世襲的，是專門的！」

《月牙兒》通篇充滿了巨大的悲憤，帶着滿腔的血淚向黑暗現實提出控訴：「這個世界不是個夢，是真的地獄！」把美好毀滅給人看的悲劇力量達到了最強烈的震級。

《月牙兒》的心理描寫極為細微，取得了巨大成功，在中國現代小說中達到了新的高度。扭曲的心態常常變成揪人心肺的詛咒，句句精闢，句

句有分量：

「為我們的嘴，我們得受着一切的苦處，好像我們身上沒有別的，只有一張嘴。為這張嘴，我們得把其餘一切的東西都賣了。我不恨媽媽了，我明白了。不是媽媽的毛病，也不是不該長那張嘴，是糧食的毛病，憑什麼沒有我們的吃食呢？」

「我還不如一條狗，狗有個地方便可以躺下睡；街上不准我躺着。是的，我是人，人可以不如狗。」

「錢比人更厲害一些，人若是獸，錢就是獸的膽子。」

「錢是延長生命的，我的掙法適得其反。」

「我的媽媽是我的影子，我至好不過將來變成她那樣，賣了一輩子肉，剩下的只是一些白髮與抽皺的黑皮。這就是生命。」

《月牙兒》的結構新穎，用字講究，簡潔淡雅，是恬淡的散文詩。

「不久，我看見一對眼睛，從門上那塊小玻璃向裏面看呢。看了一會兒，躲開了；我懶得動，還在那兒坐着。待了一會兒，那對眼睛又來了。我再也坐不住，我輕輕的開了門。『媽！』」

這種描寫真是簡煉，但令人刻骨銘心，黯然淚下。

月牙兒本身也是小說裏的重要角色，它多次入畫，由頭到尾，以景敍情，表達的悲淒冷調意境達到了無與倫比的完美程度。讀過小說後，天幕上冷孤的月牙兒同樣令人永世難以忘懷，可謂大手筆。

斷魂槍

【題解】

　　斷魂槍，全名五虎斷魂槍，是槍術的名字，多麼威風的名字！

　　槍術是國術中的一種，和劍術、刀術、棍術等等並列，是器械術中的主要項目，常說「刀槍劍戟斧鉞鈎叉棍棒」，這些都是器械。它們過去是兵器，後來，漸漸變成了健身術，和對抗表演術的器械，真正還有點兵器意思的是在鏢局裏。

　　鏢局是提供保鏢的機構，是一種商業職業，相當於私營的安全保衛公司，其主要任務是長途押送重要的貨物，帶領車隊走南闖北，遇有土匪路劫，便一路打過去，所以鏢局的人必須有一身好武藝，多半都帶着器械，還有旗幟，走起來威風凜凜，頗有震懾力量，令人望而生畏，就是真打起來，也都身懷絕技，吃不了虧。當然，僱傭保鏢的，是要付錢的。鏢局以此為職業，吃這口飯。

　　《斷魂槍》說的是一位叫沙子龍的拳師的故事，他槍法極好，有「神槍沙子龍」之稱，他的一套槍技叫「五虎斷魂槍」，是絕技，極高明，只有他會。不過，沙子龍生不逢時，鏢局到了手槍和火車時代便沒落了，沒

有用武之地了。他的這套槍技也只能淪落到廟會去賣藝。

沙子龍最後的命運是混不上飯吃，槍法也只能跟着他進棺材。

一個悲劇。

沙子龍們輝煌的生命沒有意義了。

所以，小說一開始有一句話：

「生命是鬧着玩，事事顯出如此，從前我這麼想過，現在我懂得了。」

致人死命的槍，自己面臨斷魂，一語雙關，名字也起得好。

【文本】

　　　　生命是鬧着玩，事事顯出如此，從前我這麼想過，現在我懂得了。

　　沙子龍的鏢局已改成客棧。

　　東方的大夢沒法子不醒了。炮聲壓下去馬來與印度野林中的虎嘯。半醒的人們，揉着眼，禱告着祖先與神靈；不大會兒，失去了國土、自由與主權。門外立着不同面色的人，槍口還熱着。他們的長矛毒弩，花蛇斑彩的厚盾，都有什麼用呢；連祖先與祖先所信的神明全不靈了啊！龍旗的中國也不再神秘，有了火車呀，穿墳過墓破壞着風水。棗紅色多穗的鏢旗，綠鯊皮鞘的鋼刀，響着串鈴的口馬[1]，江湖上的智慧與黑話，義氣與聲名，連沙子龍，他的武藝、事業，都夢似的變成昨夜的。今天是火車、快槍，通商與恐怖。聽說，有人還要殺下皇帝的頭呢！

　　這是走鏢已沒有飯吃，而國術還沒被革命黨與教育家提倡起來的時候。

誰不曉得沙子龍是短瘦、利落、硬棒，兩眼明得像霜夜的大星？可是，現在他身上放了肉[2]。鏢局改了客棧，他自己在後小院佔着三間北房，大槍立在牆角，院子裏有幾隻樓鴿。只是在夜間，他把小院的門關好，熟習熟習他的「五虎斷魂槍」。這條槍與這套槍，二十年的功夫，在西北一帶，給他創出來：「神槍沙子龍」五個字，沒遇見過敵手。現在，這條槍與這套槍不會再替他增光顯勝了；只是摸摸這涼、滑、硬而發顫的桿子，使他心中少難過一些而已。只有在夜間獨自拿起槍來，才能相信自己還是「神槍沙」。在白天，他不大談武藝與往事；他的世界已被狂風吹了走。

　　在他手下創練起來的少年們還時常來找他。他們大多數是沒落子的[3]，都有點武藝，可是沒地方去用。有的在廟會上去賣藝：踢兩趟腿，練套傢伙，翻幾個跟頭，附帶着賣點大力丸，混個三吊兩吊的。有的實在閑不起了，去弄筐果子，或挑些毛豆角，趕早兒在街上論斤吆喝出去。那時候，米賤肉賤，肯賣膀子力氣本來可以混個肚兒圓[4]；他們可是不成：肚量既大，而且得吃口管事兒的[5]；乾餑餑辣餅子嚥不下去。況且他們還時常去走會[6]；五虎棍，開路，太獅少獅……雖然算不了什麼──比起走鏢來──可是到底有個機會活動活動，露露臉。是的，走會捧場是買臉的事[7]，他們打扮的得像個樣兒，至少得有條青洋縐褲子，新漂白細市布的小褂，和一雙魚鱗灑鞋──頂好是青緞子抓地虎靴子。他們是神槍沙子龍的徒弟──雖然沙子龍並不承認──得到處露臉，走會得賠上倆錢，說不定還得打場架。沒錢，上沙老師那裏去求。沙老師不含糊，多少不拘，不讓他們空着手兒走。可是，為打架或獻技去討教一個招數，或是請給說個「對子」[8]──什麼空手奪刀，或虎頭鈎進槍──沙老師有時說句笑話，馬虎過去：「教什麼？拿開水澆吧！」有時直接把他們趕出去。他們不大明白沙老師是怎麼了，心中也有點不樂意。

可是，他們到處為沙老師吹騰，一來是願意使人知道他們的武藝有真傳授，受過高人的指教；二來是為激動沙老師：萬一有人不服氣而找上老師來，老師難道還不露一兩手真的麼？所以：沙老師一拳就砸倒了個牛！沙老師一腳把人踢到房上去，並沒使多大的勁！他們誰也沒見過這種事，但是說着說着，他們相信這是真的了，有年月，有地方，千真萬確，敢起誓！

王三勝——沙子龍的大夥計——在土地廟拉開了場子，擺好了傢伙。抹了一鼻子茶葉末色的鼻煙，他掄了幾下竹節鋼鞭，把場子打大一些。放下鞭，沒向四圍作揖，叉着腰唸了兩句：「腳踢天下好漢，拳打五路英雄！」向四圍掃了一眼：「鄉親們，王三勝不是賣藝的；玩藝兒會幾套，西北路上走過鏢，會過綠林中的朋友。現在閑着沒事，拉個場子陪諸位玩玩。有愛練的儘管下來，王三勝以武會友，有賞臉的，我陪着。神槍沙子龍是我的師傅；玩藝地道！諸位，有願下來的沒有？」他看着，準知道沒人敢下來，他的話硬，可是那條鋼鞭更硬，十八斤重。

王三勝，大個子，一臉橫肉，努着對大黑眼珠，看着四圍。大家不出聲。他脫了小褂，緊了緊深月白色的「腰裏硬」[9]，把肚子殺進去。給手心一口唾沫，抄起大刀來：

「諸位，王三勝先練趟瞧瞧。不白練，練完了，帶着的扔幾個；沒錢，給喊個好，助助威。這兒沒生意口。好，上眼！」

大刀靠了身，眼珠努出多高，臉上綳緊，胸脯子鼓出，像兩塊老樺木根子。一跺腳，刀橫起，大紅纓子在肩前擺動。削砍劈撥，蹲越閃轉，手起風生，忽忽直響。忽然刀在右手心上旋轉，身彎下去，四圍鴉雀無聲，只有纓鈴輕叫。刀順過來，猛的一個「跺泥」，身子直挺，比眾人高着一頭，黑塔似的。收了勢：「諸位！」一手持刀，一手叉腰，看着四圍。稀稀的扔下幾個銅錢，他點點頭。「諸位！」他等着，等着，地上依

舊是那幾個亮而削薄的銅錢，外層的人偷偷散去。他嘆了口氣：「沒人懂！」他低聲的說，可是大家全聽見了。

「有功夫！」西北角上一個黃鬍子老頭兒答了話。

「啊？」王三勝好似沒聽明白。

「我說：你 —— 有 —— 功 —— 夫！」老頭子的語氣很不得人心。

放下大刀，王三勝隨着大家的頭往西北看。誰也沒看重這個老人：小乾巴個兒，披着件粗藍布大衫，臉上窩窩瘰瘰，眼陷進去很深，嘴上幾根細黃鬍，肩上扛着條小黃草辮子，有筷子那麼細，而絕對不像筷子那麼直順。王三勝可是看出這老傢伙有功夫，腦門亮，眼睛亮 —— 眼眶雖深，眼珠可黑得像兩口小井，深深的閃着黑光。王三勝不怕：他看得出別人有功夫沒有，可更相信自己的本事，他是沙子龍手下的大將。

「下來玩玩，大叔！」王三勝說得很得體。

點點頭，老頭兒往裏走。這一走，四外全笑了。他的胳臂不大動；左腳往前邁，右腳隨着拉上來，一步步的往前拉扯，身子整着，像是患過癱瘓病。蹭到場中，把大衫扔在地上，一點沒理會四圍怎樣笑他。

「神槍沙子龍的徒弟，你說？好，讓你使槍吧；我呢？」老頭子非常的乾脆，很像久想動手。

人們全回來了，鄰場耍狗熊的無論怎麼敲鑼也不中用了。

「三截棍進槍吧？」王三勝要看老頭子一手，三截棍不是隨便就拿得起來的傢伙。

老頭子又點點頭，拾起傢伙來。

王三勝努着眼，抖着槍，臉上十分難看。

老頭子的黑眼珠更深更小了，像兩個香火頭，隨着面前的槍尖兒轉，王三勝忽然覺得不舒服，那倆黑眼珠似乎要把槍尖吸進去！四外已圍得風雨不透，大家都覺出老頭子確是有威。為躲那對眼睛，王三勝耍了

個槍花。老頭子的黃鬍子一動：「請！」王三勝一扣槍，向前躬步，槍尖奔了老頭子的喉頭去，槍纓打了一個紅旋。老人的身子忽然活展了，將身微偏，讓過槍尖，前把一掛，後把撩王三勝的手。拍，拍，兩響，王三勝的槍撒了手。場外叫了好。王三勝連臉帶胸口全紫了，抄起槍來；一個花子，連槍帶人滾了過來，槍尖奔了老人的中部。老頭子的眼亮得發着黑光；腿輕輕一屈，下把掩襠，上把打着剛要抽回的槍桿；拍，槍又落在地上。

場外又是一片彩聲。王三勝流了汗，不再去拾槍，努着眼，木在那裏。老頭子扔下傢伙，拾起大衫，還是拉拉着腿，可是走得很快了。大衫搭在臂上，他過來拍了王三勝一下：「還得練哪，夥計！」

「別走！」王三勝擦着汗：「你不離⁽¹⁰⁾，姓王的服了！可有一樣，你敢會會沙老師？」

「就是為會他才來的！」老頭子的乾巴臉上皺起點來，似乎是笑呢。「走；收了吧；晚飯我請！」

王三勝把兵器攏在一處，寄放在變戲法二麻子那裏，陪着老頭子往廟外走。後面跟着不少人，他把他們罵散了。

「你老貴姓？」他問。

「姓孫哪，」老頭子的話與人一樣，都那麼乾巴。「愛練；久想會會沙子龍。」

沙子龍不把你打扁了！王三勝心裏説。他腳底下加了勁，可是沒把孫老頭落下。他看出來，老頭子的腿是老走着查拳門中的連跳步；交起手來，必定很快。但是，無論他怎麼快，沙子龍是沒對手的。準知道孫老頭要吃虧，他心中痛快了些，放慢了些腳步。

「孫大叔貴處？」

「河間的⁽¹¹⁾，小地方。」孫老者也和氣了些：「月棍年刀一輩子槍，

不容易見功夫！説真的，你那兩手就不壞！」

王三勝頭上的汗又回來了，沒言語。

到了客棧，他心中直跳，唯恐沙老師不在家，他急於報仇。他知道老師不愛管這種事，師弟們已碰過不少回釘子，可是他相信這回必定行，他是大夥計，不比那些毛小孩；再説，人家在廟會上點名叫陣，沙老師還能丟這個臉麼？

「三勝，」沙子龍正在床上看着本《封神榜》，「有事嗎？」

三勝的臉又紫了，嘴唇動着，説不出話來。

沙子龍坐起來，「怎麼了，三勝？」

「栽了跟頭！」

只打了個不甚長的哈欠，沙老師沒別的表示。

王三勝心中不平，但是不敢發作；他得激動老師：「姓孫的一個老頭兒，門外等着老師呢；把我的槍，槍，打掉了兩次！」他知道「槍」字在老師心中有多大分量。沒等吩咐，他慌忙跑出去。

客人進來，沙子龍在外間屋等着呢。彼此拱手坐下，他叫三勝去泡茶。三勝希望兩個老人立刻交了手，可是不能不沏茶去。孫老者沒話講，用深藏着的眼睛打量沙子龍。沙很客氣：

「要是三勝得罪了你，不用理他，年紀還輕。」

孫老者有些失望，可也看出沙子龍的精明。他不知怎樣好了，不能拿一個人的精明斷定他的武藝。「我來領教領教槍法！」他不由地説出來。

沙子龍沒接茬兒。王三勝提着茶壺走進來──急於看二人動手，他沒管水開了沒有，就沏在壺中。

「三勝，」沙子龍拿起個茶碗來，「去找小順們去，天匯^{〔12〕}見，陪孫老者吃飯。」

「什麼！」王三勝的眼珠幾乎掉出來。看了看沙老師的臉，他敢怒而

不敢言地説了聲「是啦！」走出去，撅着大嘴。

「教徒弟不易！」孫老者説。

「我沒收過徒弟。走吧，這個水不開！茶館去喝，喝餓了就吃。」沙子龍從桌子上拿起緞子搭褳，一頭裝着鼻煙壺，一頭裝着點錢，掛在腰帶上。

「不，我還不餓！」孫老者很堅決，兩個「不」字把小辮從肩上掄到後邊去。

「説會子話兒。」

「我來為領教領教槍法。」

「功夫早擱下了，」沙子龍指着身上，「已經放了肉！」

「這麼辦也行，」孫老者深深的看了沙老師一眼：「不比武，教給我那趟五虎斷魂槍。」

「五虎斷魂槍？」沙子龍笑了：「早忘乾淨了！早忘乾淨了！告訴你，在我這兒住幾天，咱們各處逛逛，臨走，多少送點盤纏〔13〕。」

「我不逛，也用不着錢，我來學藝！」孫老者立起來，「我練趟給你看看，看夠得上學藝不夠！」一屈腰已到了院中，把樓鴿都嚇飛起去。拉開架子，他打了趟查拳：腿快，手飄灑，一個飛腳起去，小辮兒飄在空中，像從天上落下來一個風箏；快之中，每個架子都擺得穩、準、利落；來回六趟，把院子滿都打到，走得圓，接得緊，身子在一處，而精神貫串到四面八方。抱拳收勢，身兒縮緊，好似滿院亂飛的燕子忽然歸了巢。

「好！好！」沙子龍在台階上點着頭喊。

「教給我那趟槍！」孫老者抱了抱拳。

沙子龍下了台階，也抱着拳：「孫老者，説真的吧；那條槍和那套槍都跟我入棺材，一齊入棺材！」

「不傳？」

「不傳！」

孫老者的鬍子嘴動了半天，沒說出什麼來。到屋裏抄起藍布大衫，拉拉着腿：「打擾了，再會！」

「吃過飯走！」沙子龍說。

孫老者沒言語。

沙子龍把客人送到小門，然後回到屋中，對着牆角立着的大槍點了點頭。

他獨自上了天匯，怕是王三勝們在那裏等着。他們都沒有去。

王三勝和小順們都不敢再到土地廟去賣藝，大家誰也不再為沙子龍吹勝；反之，他們說沙子龍栽了跟頭，不敢和個老頭兒動手；那個老頭子一腳能踢死個牛。不要說王三勝輸給他，沙子龍也不是他的對手。不過呢，王三勝到底和老頭子見了個高低，而沙子龍連句硬話也沒敢說。「神槍沙子龍」慢慢似乎被人們忘了。

夜靜人稀，沙子龍關好了小門，一氣把六十四槍刺下來；而後，拄着槍，望着天上的群星，想起當年在野店荒林的威風。嘆一口氣，用手指慢慢摸着涼滑的槍身，又微微一笑，「不傳！不傳！」

【注釋】

〔1〕 響着串鈴的口馬：張家口以北的蒙古良馬，脖子上戴着一串鈴鐺。
〔2〕 放了肉：不再鍛煉肌肉，開始發胖長脂肪。
〔3〕 沒落子的：失業的無固定收入者。
〔4〕 肚兒圓：吃飽飯。
〔5〕 吃口管事兒的：吃有滋味有營養能頂事的食品。
〔6〕 走會：在廟會上表演武術和民間傳統節目，諸如五虎棍、開路、太

〔7〕　買臉的事：花錢露臉。

〔8〕　對子：二人對打，有各種方式。

〔9〕　腰裏硬：練功夫用的寬而硬的腰帶。

〔10〕　不離：差不離，不錯。

〔11〕　河間的：河北省河間縣人。

〔12〕　天匯：茶館名字。

〔13〕　盤纏：旅費。

【賞析】

鏢局時代過去了，有了手槍，有了火車，不用鏢局了，鏢局的人都失了業。一身的好武藝只能去廟會賣藝，很可憐。

來了一位孫老者，要學沙子龍這身絕技「五虎斷魂槍」，沙子龍笑臉相迎，客客氣氣，極有禮貌地拒絕傳授，甚至倒過來，對請求者要請客，要送錢，又讓住下，要陪着逛，只是不傳授，說什麼也不教，氣走了孫老者，連徒弟也和他斷了交，徒弟們說他沒本事，說他栽了跟頭，不敢和老頭兒動手。

「夜靜人稀，沙子龍關好了小門，一氣把六十四槍刺下來；而後，拄着槍，望着天上的群星，想起當年在野店荒林的威風。嘆一口氣，用手指慢慢摸着涼滑的槍身，又微微一笑，『不傳！不傳！』」

小說寫於一九三五年。在山東濟南、青島老舍練過拳，認識不少著名拳師，他曾想寫一本叫《二拳師》的長篇小說。《二拳師》不曾出世，後來，老舍用《二拳師》的材料寫了一篇短篇小說，五千字，就是《斷魂槍》。他說《斷魂槍》是《二拳師》中的「一塊」。它的成功精彩地證明了作者「寧吃鮮桃一口，不吃爛梨一筐」的文學主張的正確。

《斷魂槍》是老舍的得意之作，十幾年後，老舍在美國曾把《斷魂槍》改編成英文多幕話劇，交給美國大學生去演出。不過，話劇中已有不少新思想，作者為二拳師找到了新出路。

　　《斷魂槍》的故事、人物、語言和立意無一不精。

　　它很通俗，沒有難認的字，但很難懂。表和裏非常矛盾。

　　日本著名文學評論家伊藤敬一教授說老舍文學是「不傳的文學」，即源自沙子龍的「不傳！不傳！」，意思是說，老舍文學表面上嘻嘻哈哈，通俗易懂，其內容卻深不可測，不大能理解，像沙子龍的「不傳！不傳！」一樣費解。

　　《斷魂槍》的表面層次的含意是：時代的進步和自身的保守斷送了不少優秀傳統的前程，進步往往以犧牲傳統為代價，這很糟糕，也很無情。

　　《斷魂槍》的內在的深層次的含意是：呼喚生命的真實價值，在世界科學技術突飛猛進面前，東方的大夢應當醒了，沉重的文化包袱拖了中國後腿。

　　《斷魂槍》的頭和尾，萬分精彩，尤其是尾。奏到最歡處，戛然而止，琴弦突斷，餘音繞樑，三日不絕。